1

Spanner, alte Flitzpiepe!«, sage ich. »Was geht?«
Tolles Wort, oder? Flitzpiepe. Hier im Wald reden die Tiere so. Also, manche. Solche wie Spanner zum Beispiel. Die Gelbhalsmaus tut sehr beschäftigt. Typisch Spanner: hat immer was zu tun und immer was zu meckern.

Statt zu antworten, kehrt er mir den Rücken zu. Er will nicht, dass ich die drei Haselnüsse sehe, die er gleichzeitig in seinen Bau zu rollen versucht. Hat voll die Panik, er müsste was abgeben. An die Afrikaner. An mich also. Diese Afrikaner fressen einem ja bekanntlich die Haare vom Kopf. Dabei fressen Erdmännchen Nüsse nur, wenn keine einzige Zecke mehr im Pelz zu finden ist.

»So früh schon so beschäftigt?«, frage ich.

Der selbst ernannte Ordnungshüter blickt mich über die Schulter hinweg an. »Spare in der Zeit, dann hast du in der Not.«

Ich sehe mich um. Es riecht nach feuchtem Laub. Über dem abgeernteten Acker, der an den Wald grenzt, liegt eine fluffige Nebelschicht. Irgendwie malerisch, aber auch ein bisschen spooky.

»Was denn für 'ne Not?«, frage ich.

Spanner versucht, etwas Verschwörerisches in seinen Blick zu legen, was für einen wie ihn nicht einfach ist. Gelbhalsmäuse haben voll die Glubschaugen. »Auf Nebel im Herbst folgt Schnee im Winter«, orakelt er.

Na, wenn das nichts ist, denke ich. »Und?«

»Und? Wie kann man nur so dumme Fragen stellen? Ich lege einen Vorrat an, das ist doch wohl offensichtlich!« Seine Glubschis fixieren mich. »Und Sie und Ihr Clan sollten das ebenfalls tun, und zwar schleunigst! Auf Nebel im Herbst folgt …«

»… Schnee im Winter. Hab's kapiert, Spanner. Aber, weißt du, dieses ›Vorrat anlegen‹ und so – damit hat die Natur uns einfach nicht ausgestattet. Meint jedenfalls Rufus.«

»Ach, und wie konnte die Natur diesbezüglich so nachlässig sein?«

»Das müsstest du meinen Bruder fragen.«

»Danke, ich verzichte. Und hören Sie auf, mich zu duzen.«

Um ehrlich zu sein: Dass er Rufus nicht fragen will, kann ich Spanner nicht verübeln. Seit wir hier im Wald, ich will nicht sagen, die Herrschaft übernommen haben, aber doch so etwas wie den Ton angeben, geht Rufus' Zwanghaftigkeit ganz schön mit ihm durch. Alles hat neuerdings in geordneten Bahnen zu laufen, muss genehmigt werden und so.

»Na dann«, ich hebe versöhnlich eine Klaue, »fröhliches Anlegen noch.«

»Taugenichtse«, höre ich Spanner hinter meinem Rücken murmeln.

So sieht's also aus. Neues Leben, alte Gewohnheiten. Statt wie früher vor dem Öffnen der Pforten meine Runde durch den Zoo zu drehen, checke ich jetzt morgens unseren Wald ab. Rituale sind wichtig, meint Rufus. Sie würden den familiären Zusammenhalt erlebbar machen, Sicherheit vermitteln und dem Leben in der neuen Umgebung Struktur verleihen. So redet der. Labertasche. Aber ganz unrecht hat er nicht. Ich schätze, man könnte sagen, dass unser Clan nach der überstürzten Flucht aus dem Berliner Zoo doch noch irgendwie angekommen ist.

Als Nächstes schlendere ich wie zufällig an Gretes Mulde vorbei. Eine ausgesprochen gemütliche und gut riechende Mulde. Da liegt auch nichts rum oder so. Grete hat es gerne ordentlich.

Meistens, so wie jetzt, schläft sie noch, wenn ich vorbeikomme. Dann betrachte ich durchs Unterholz die schwarzen Spitzen ihrer extralangen Ohren und wie sie zucken, wenn der Wind durch den Wald streicht. Und wie sich ihr Brustfell hebt und senkt. Und dann würde ich mich am liebsten in ihren flauschigen Superflausch stürzen. Aber das kann ich nicht bringen. Würde Grete unter Garantie auch total abtörnen.

Grete ist übrigens eine Feldhäsin. Und hammerattraktiv. Schlau und warmherzig und unglaublich langbeinig. Und seit sie sich zum zweiten Mal von ihrem Mann Emil getrennt hat, der jetzt in einer für ihn viel zu großen Höhle am anderen Ende des Waldes in Depressionen versinkt, wirkt sie manchmal, wie soll ich sagen, einsam?

Im Sommer, als wir hier gestrandet sind, bin ich eine Zeit lang total steil auf Grete gegangen, aber wie sich herausstellte, geht sie auf Genies steil. Mit anderen Worten: Rufus und sie wären eigentlich das perfekte Paar, doch mein kleiner Bruder hat es mal wieder verbockt. Grete möchte nämlich gerne Nachwuchs, eine Familie, aber Feldhäsinnen und Erdmännchen können keine Kinder zeugen, hat mit ihren Chromosamen – oder wie die heißen – zu tun. Feldhäsinnen haben da mehr von als Erdmännchen, deshalb funktioniert es nicht. Vielleicht hat Grete deshalb auch so lange Ohren, allerdings bin ich mir da nicht sicher.

Jedenfalls hat Rufus sich geopfert – da steht er immer besonders drauf – und ihr gesagt, sie solle einen finden, der sie auch in dieser Hinsicht glücklich machen könne, er dürfe ihr da nicht im Weg stehen bla, bla. Im Grunde kann es mir egal sein. Ich bin aus der Liebesnummer sowieso raus. Schwöre. Und zwar für immer. Zweimal habe ich mein Herz verschenkt, beide Male wurde es übel zertreten.

Ich weiß nicht, wie ich durchs Unterholz geschlüpft bin, aber jetzt, da ich diesen Gedanken habe, stelle ich fest, dass ich direkt am Rand von Gretes Mulde stehe. Um ehrlich zu sein, steht eins meiner Hinterbeine bereits *in* Gretes Mulde – ts, ts –, und der Duft ihrer Flanken steigt verführerisch in mein hochsensibles Näschen. Und dieses Brustfell! Wenn man da einmal seinen Kopf reingedrückt hat, dann … Vielleicht, wenn ich ganz vorsichtig …

»Guten Morgen, Ray«, flüstert eine verschlafene Stimme.

Gretes verschlafene Stimme. Und ja, sie hat die Augen geöffnet und streicht sich mit ihrem Vorderbein über ein Ohr, während sie mich ansieht, und wer schon einmal erlebt hat, wie eine verschlafene Feldhäsin sich mit dem Vorderbein über das Ohr streicht, der ahnt, was sich gerade in mir abspielt.

»Grete!« Unauffällig ziehe ich mein vorwitziges Hinterbein aus der Mulde. »Wie läuft's bei dir?«

Sie streicht sich über das andere Ohr. »Gut, danke. Was machst du hier?«

»Ich …« Mit meiner Vorderklaue mache ich eine komplett bescheuerte Geste. »Ich dreh nur meine Morgenrunde.«

»Ich meinte: Was machst du hier an meiner Mulde? Oder sollte ich sagen: *in* meiner Mulde?«

Ach, Grete, denke ich. Sonst nichts. Ach, Grete.

»Ich dachte, ich hätte was gesehen«, sage ich, »einen Fuchs oder so. Wollte nur sichergehen, dass alles in Ordnung ist.«

»Wie lieb von dir«, sagt Grete. Aber eigentlich sagt sie: ein Fuchs, soso. »Und wo ist er hin, der Fuchs?«

»Äh, weiß nicht. Vielleicht hab ich mich auch getäuscht, ist ja noch gar nicht richtig hell, und wir Erdmännchen können zwar super riechen, aber mit dem Gucken is eher so mittel.«

»Na, dann kann ich mich ja noch einmal beruhigt auf die andere Seite drehen und weiterschlafen – wo ich mich so gut beschützt weiß.«

»Logisch, mach ruhig.«

Sie tut es. Dreht sich auf die andere Seite und schuckelt sich in ihre Mulde ein. Duft steigt auf, mir in die Nase. Irgendwo hinten in meinem Kopf fackelt ein kleines Feuerwerk ab, gerade groß genug, um meine Ohren kurzzeitig in Brand zu setzen.

Apropos Feuerwerk: Ich sollte beim Wasserfall vorbeischauen, denn heute Abend findet die große Wiedereröffnung statt. Gemeint ist logisch das *Acapulco*, meine Dancehall. Also die von den Waschbären und mir, wir machen das gemeinsam. Da sollte ich dringend nach dem Rechten sehen, denn die Party muss groß werden, voll episch so.

»Ist noch was?«, fragt Grete.

Die weiß genau Bescheid.

»Nö«, sage ich, »bin schon weg.«

2

Auf dem Weg zum Wasserfall mache ich vor allem eins, nämlich einen Bogen um die Keilerschanze, vielmehr um das, was davon übrig ist. In der Ruine hängen Herrmann und seine Rotte ab. Die Wildschweine. Und die sind nicht gut auf uns zu sprechen.

Im Sommer haben sie mit ziemlich krassen Methoden versucht, uns zu verjagen beziehungsweise uns absaufen zu lassen. Tiere mit Migrationshintergrund hätten im deutschen Wald nichts zu suchen, und solche mit afrikanischen Wurzeln schon mal gar nicht.

Damals wurde Herrmann von den Waldbewohnern einschließlich seiner selbst noch »Herrmann, der Drachenbezwinger« genannt, weil er den großen Feuerdrachen verjagt haben wollte. »Ich, Herrmann, der Drachenbezwinger.« Voll die Ehrfurchtsnummer.

Was das mit dem großen Feuerdrachen auf sich hatte, haben wir kapiert, als sie unsere Savanne geflutet haben – einen ehemaligen Truppenübungsplatz, auf dem kein Grün mehr wächst und auf dem noch jede Menge Munition und so herumliegt, weshalb sich keiner rauftraut. Außer uns natürlich, weil wir die feinsten Nasen der Welt haben und den Shit riechen können. Nicht einmal die Wildschweine können das, dabei sind die geruchsmäßig ganz schön weit vorne, wie Rufus meint. Aber an uns kommen sie nicht ran. Jedenfalls setzt außer uns freiwillig keiner einen Huf in die

Savanne, weshalb wir da einigermaßen sicher sind. Gefahr von oben droht einem Erdmännchen ja immer.

Und weil Herrmann und sein Erstgeborener Fritz und der Rest der Rotte nicht wussten, wie sie uns sonst loswerden sollten, haben sie versucht, uns absaufen zu lassen, indem sie die Biber gezwungen haben, den Bach so umzuleiten, dass die Savanne vollgelaufen ist. Als uns das Wasser schon bis zum Hals stand, hat sich auf einmal ein Krater aufgetan, das ganze Wasser ist in die unterirdische Bunkeranlage gerauscht, unseren Feldherrenhügel hat es komplett weggespült, und plötzlich saßen wir auf dem großen grünen Feuerdrachen – einem alten russischen Panzer nämlich, einem T-72, wie Rufus sofort erkannte, dem russischen Exportschlager.

Da ist den Waldbewohnern, die sich am Rand der Savanne versammelt hatten, ganz schön die Düse gegangen. Fahren kann er blöderweise nicht mehr, der Feuerdrache, allerdings – wie Colin herausfand, indem er einfach auf jeden Scheißknopf drückte, der seine Aufmerksamkeit erregte – steckte noch genau eine Granate im Magazin, und mit der hat der Sohn unseres Clanchefs die Keilerschanze sowie Rockys Trommelfelle zerlegt.

Seither herrscht, was die Machtverhältnisse im Wald betrifft, ein, sagen wir mal, sensibler Frieden. Denn wir wissen zwar, dass das Magazin des Panzers leer ist, aber die übrigen Waldbewohner wissen es eben nicht und glauben, dass der schlafende Feuerdrache jederzeit von uns geweckt werden kann.

Rufus meint, dieses Wissen bezeichne man als Herrschaftswissen und dass Demokratie eigentlich anders funktionieren solle, aber schon Machiavelli habe gesagt, dass jemand, der moralisch immer die volle Punktzahl abräumen will, unter einem Haufen, den Moral nicht interessiert, garantiert ins Gras beißt. So ähnlich jedenfalls. Nachprüfen kann ich es sowieso nicht, abgesehen davon finde ich, dass Machiavelli wie eine Nudelsorte klingt.

Auf jeden Fall haben wir die Wildschweine im Sommer krass gedemütigt, und Herrmann, der Drachenbezwinger, heißt seitdem einfach nur noch Herrmann, und der deutsche Wald nur noch Wald. Und wie das so ist, wenn man umfänglich gedemütigt wird, dann will man dem anderen das heimzahlen. Kindisch, aber is so. Die Wildschweine lauern also auf ihre Gelegenheit, und man muss nicht wie eine Nudelsorte heißen, um sich auszumalen, was passieren wird, wenn unser Herrschaftswissen irgendwann nicht mehr Herrschaftswissen ist. Und das ist der Grund, weshalb ich morgens auf meiner Runde gerne einen kleinen Bogen um die Keilerschanze mache.

Oha! Ich bleibe stehen, als wäre ich in eine Falle getreten. Angriff, Flucht, Starre. Das sind die drei Möglichkeiten, mit denen die Natur uns für Extremsituationen ausgestattet hat. *Flight, fight, freeze*, wie die Chinesen sagen. Wenn es *freeze* ist, bin ich, wenn es vorbei ist, immer schwer genervt. Als hätte ich nicht mehr drauf, als mich tot zu stellen. Das Dumme ist, es ist ein Reflex, und Rufus meint, das kann man nicht steuern.

Offenbar war ich so in Gedanken, dass ich Herrmann nicht gerochen habe, der gerade mit hängendem Kopf keine drei Beinlängen vor mir aus dem Nebel auftaucht und meinen Pfad kreuzt. Jetzt, da ich ihn sehe, spüre ich auch die Vibration in den Klauen. Es gibt übrigens noch etwas, das ich manchmal schwer steuern kann. Meine große Klappe.

»Herrmann, alter Haudegen!«, rufe ich. »Was geht?«

Herrmann hört auf zu trotten, die Erde hört auf zu

vibrieren. Langsam dreht er mir seinen mächtigen Kopf zu. Er sieht ganz schön müde aus, wie mir auffällt. Und irgendwie auch unglücklich. Seit der Demütigungsaktion im Sommer zieht sich übrigens ein Streifen grauer Borsten über seinen Körper, was, wie ich finde, ihm gar nicht schlecht steht. Herrmann allerdings sieht das anders.

Wie er mich so anstarrt, ohne etwas zu sagen, hab ich immer noch ganz schön Eierflattern. Immerhin fällt langsam die Starre von mir ab. »Hey, Silberpfeil«, ich nun wieder, »so früh schon unterwegs? Und wo hast du deine Rotte gelassen? Ihr seid doch sonst immer nur als Gang unterwegs?«

Er kommt einen Schritt auf mich zu. Dann noch einen. Der Nebel weicht ehrfürchtig zurück. Dieser Atem! Daran werde ich mich nie gewöhnen. »Problem damit?«, gurgelt es aus seinem Inneren.

»Nicht doch.«

»Hm.« Er dreht mir seinen Silberschweif zu, der echt aussieht wie reingefärbt, und will sich abwenden.

»Ach, Herrmann?« Ich kann es offenbar nicht lassen.

»Übertreib es nicht«, mahnt er.

Irgendwie tut er mir ein bisschen leid, also sage ich: »Ich versteh ja, dass ihr sauer seid, wegen dem Drachen und so. Das ist echt blöd für euch gelaufen. Aber findest du nicht, ihr könntet langsam mal aufhören zu schmollen? Ich meine, so schlimm ist das nun auch wieder nicht.«

Rufus ist ja der Überzeugung, dass die Wildschweine nie aufhören werden, auf Rache zu sinnen. Ein Tier, das keine natürlichen Feinde hat, ist, wenn es sich unterwerfen muss, emotional so überfordert, dass es da nicht drüber wegkommt. Lebenslange Traumatisierung.

Als könnte er meine Gedanken lesen, sagt Herrmann:

»Kommen auch wieder andere Zeiten. Machtverhältnisse ändern sich. Kann ganz schnell gehen.«

»Und dann?«, frage ich. Blöde Frage, aber ich kann's nicht lassen.

Herrmanns Kopf schaukelt in meine Richtung, so dass praktisch mein gesamtes Sichtfeld von seinen bräunlichen Haderern eingenommen wird. Und dieser Maulgeruch! Ich weiß schon: kann er nichts für. Trotzdem.

»Verfatz dich, Erdnuckel«, grollt er.

»Alles klar«, sage ich, hüpfe davon und hoffe, dass ich sehr schnell von Nebel umhüllt werde.

3

Bis ich im *Acapulco* eintreffe, hat sich die Sonne durch den Nebel getastet. Schräge Strahlen brechen durch die Baumkronen und glänzen auf den Steinen, die die Badebecken säumen. Hinter mir rauscht der Wasserfall, ansonsten herrscht Ruhe. Es riecht nach Steinpilzen. Herbst. Alles in allem voll die Kino-Atmo, als müsste als Nächstes ein T-Rex ins Bild hämmern. Ich würde ja sagen, dass ich immer noch eher so der Großstadttyp bin. Wer in Berlin aufgewachsen ist, hat das einfach in sich. Aber in Momenten wie diesen hat der Wald echt was drauf.

Das Wasserrauschen macht, dass ich pinkeln muss, also stelle ich mich auf einen der sonnenbeschienenen Steine, spüre die erste Wärme des Tages in meinen Hinterklauen, lass es laufen und betrachte, wie sich mein Pipi mit dem kalten Wasser vermischt und sich langsam seine Spuren verlieren. Ist aber immer noch drin im Wasser, auch wenn man es nicht mehr sieht. Selbst wenn das Wasser irgendwann in einen Fluss und von da irgendwann ins Meer gespült wird. Dann ist ein winziger Teil von mir in diesem Meer. Ich schweife ab. Eigentlich wollte ich die Pinkelpause nutzen, um zwei Worte über das *Acapulco* zu verlieren.

Bevor unser Clan nach der Flucht aus dem Zoo hier im Wald aufgeschlagen ist, war das Höhlengewölbe, das man durch eine Öffnung hinter dem Wasserfall betritt, einfach nur der mehr oder weniger geheime Abhängespot der

Waschbären. Viel gelaufen ist da nicht, außer dass sich vergammelte Pizzakartons, majo-verkrustete Alufolie und leere Getränkedosen angesammelt haben. Bis. Unter. Die. Decke. Als ich denen erklärt habe, dass man Müll auch entsorgen kann, haben die mich angesehen wie Colin, wenn man ihm sagt, er soll eine liegende Acht in den Sand zeichnen. Das Konzept war denen genauso unklar wie den Zehntklässlern im Zoo. Wieso soll man Müll irgendwo hinbewegen, ist doch Müll? Und Müll lässt man liegen.

Rufus meint, Waschbären blieben in ihrer geistig-seelischen Entwicklung in der Pubertät stecken und kämen da auch nicht mehr raus. Ich hab erwidert, dass Freddie und Bernie hier im Wald meine besten Freunde seien. Darauf Rufus nur: »Quod erat demonstrandum.«

Zurück zum *Acapulco*. Das war also eine Müllhalde. Bis ich kam. Und mit mir die Idee eines Clubs geboren wurde. Klingt jetzt ein bisschen angeberisch, schon klar, ist aber Fakt. Jedenfalls hatte ich die Vision, aus der Höhle eine Art Crossover-Dancehall zu machen, eine Disco im 80er-Style, gepaart mit einem Lounge-Club.

Von da an war es ein Gemeinschaftsprojekt. Die Waschbären halfen, ein im Wald gestrandetes Auto zu zerlegen, Rufus schaffte es, die Batterie aufzuladen, am Ende hatten wir Surround-Sound mit Bass-Woofer, eine von mir entworfene Spiegelpyramide, die sich, an einer Slackline befestigt, unter dem Gewölbe drehte, eine Lightshow, einen Darkroom, Knutschecken, von Archi entwickelte Designerdrogen, twerkende Dachsladys, einfach alles. Die Blütezeit des *Acapulco* war so prächtig und farbenfroh wie die in der Mojave-Wüste.

Leider war sie ebenso kurz. Nachdem Keiler Herrmann und seine Anhänger König Karl vertrieben und die Macht an sich gerissen hatten, wurde das *Acapulco* in einer heimtückischen Nacht-und-Nebel-Aktion platt gemacht. Wer nicht für uns ist, ist gegen uns, meinte Herrmann. Als wäre das ein Grund, einfach das *Acapulco* zu zerlegen. Für die nächsten tausend Jahre würden keine die Moral der Jugend zersetzenden Partys mehr stattfinden, meinte er noch, dafür werde er sorgen, persönlich.

Ich hab Rufus nicht gefragt, aber ich gehe jede Wette ein, dass kein Säugetier tausend Jahre alt wird. Die Frage ist natürlich, ob dann trotzdem noch irgendwas von uns da ist. Wie mit dem Pipi. Wenn ich sterbe und verwese und in Miniteile zerfalle und die dann aber von irgendeinem Grashalm aufgesogen werden oder von einer Buche und dann bis in die Bucheckern wandern und von Herrmann gefressen werden, steckt dann etwas von mir in Herrmann? Kompliziert.

Jedenfalls haben Bernie, Freddie, ich und ein paar andere, nachdem die Herrschaft der Wildschweine eben doch nur ein paar Tage und nicht eine Million oder was Jahre dauerte, das *Acapulco* liebevoll renoviert, und heute Abend steigt die große Wiedereröffnungsparty. Allerdings nur, sofern die Anlage wieder funktioniert, der letzte Müll beseitigt und alles für unsere Spezial-Begrüßungsdrinks vorbereitet ist. Rufus meint, das mit der Anlage hat er im Griff, er war gestern extra mit Steinmarderin Soraja am Auto und hat sich von ihr die letzten Kabel aus den Türverkleidungen nagen lassen. Mit denen, meint er, lässt sich alles überbrücken, was die Wildschweine zertrümmert haben.

Ich finde Bernie, Freddie und Shabby genau da, wo ich sie vermute: auf einem Haufen mit Alina, Olivia und Abigail. Sie schnarchen im Chor. Das ist ein bisschen das Problem bei der Abstimmung mit Waschbären. Die sind eher nachtaktiv, wir eher tagaktiv.

Vielleicht stecken auch noch andere in dem Knäuel. Sehen kann ich es nicht, nur tasten. Sie haben sich in den Darkroom gekuschelt, was kein Wunder ist, denn den haben wir pünktlich zur Wiedereröffnung mit der Füllung aus den Autositzen zu einer fluffigen Liege- und Spielwiese ausgepolstert. Offenbar wollten die Waschbären nicht bis zur Eröffnungsfeier warten, um die zu testen. Es riecht verdächtig hormonell, als hätten ein paar von ihnen letzte Nacht vorgefeiert.

Ich stakse auf dem Fellhaufen herum, ertaste Bäuche, Beine und Köpfe, und als ich Freddie gefunden habe, halte ich ihm so lange Nase und Maul zu, bis er aufwacht. »Freddie?«, flüstere ich.

»Nein, Abigail. Und nimm deine Klaue aus meiner Leiste, ich stehe nicht auf Mangusten.«

»Oh, entschuldige. Weißt du, wo …«

»Hier«, höre ich Freddie vom anderen Ende des Haufens.

Ich taste mich über alle möglichen Körperteile hinweg, und als ich da ankomme, wo ich Freddie vermute, furzt mir jemand direkt ins Gesicht. Ich höre Shabby und Bernie kichern. Wie sagt Rufus: lebenslange Pubertät. Was ja, wie mein Bruder glaubt, der Grund dafür ist, weshalb ich mich so gut mit ihnen verstehe. Also steche ich als Nächstes eine Vorderkralle in Freddies Ohr.

»Das ist *mein* Ohr!«, ruft Abigail, worauf mir sofort noch jemand ins Gesicht furzt und der ganze Fellhaufen vor Lachen zu wackeln beginnt.

»Alina, warst du das?«, fragt Bernie.

»Hm-m«, kichert Alina.

»Riecht man doch wohl«, kommt Olivias Stimme von hinter mir. »Alinas Furze stinken am meisten.«

»Und meine!«, ruft Shabby. »Soll ich …«

»Bloß nicht«, sagt Freddie, »sonst …«

Doch da höre ich bereits ein ausgedehntes Pfeifen, wie von einer Eisenbahn aus einem Schwarz-Weiß-Film.

»Das tut gut«, sagt Shabby.

Abigail ruft: »Alle raus hier!«

Abgesehen von Shabby und Alina, die sich in ihrem Gestank offenbar ganz wohl fühlen, versammeln sich alle in der großen Halle, dem Tanztempel. Ehrlich gesagt, macht das hier nicht den Eindruck, als wäre letzte Nacht noch aufgeräumt worden, eher so, als wäre Müll dazugekommen.

»Wolltet ihr nicht letzte Nacht die Slackline aufspannen und die neue Discokugel montieren?« Ich sehe mich um. »Und die Bassbox ist auch nicht wieder zusammengebaut, und wenn die Kabel bis auf den Boden hängen, dann dauert es doch garantiert keine …«

Ich werde von etwas Hartem am Hintern getroffen. Zeckt ganz schön, lasse ich mir aber nicht anmerken. Roter Hartriegel, kleine, fiese Kügelchen. Das ist der Dank dafür, dass ich Freddie und Bernie gezeigt habe, wie man aus einem Fineliner ein Blasrohr bastelt.

»Hört auf, ihr Blödelheinis«, sage ich. Und werde natürlich gleich vom nächsten Hartriegel getroffen, am Ohr diesmal.

Die Mannschaft unterdrückt ein Kichern. Aber nur für drei Sekunden oder so, dann fangen sie an herumzublödeln. Sofort werde ich von zwei weiteren Kügelchen getroffen. Irgendwie sind die noch alberner als sonst – würde gerne wissen, was hier letzte Nacht abgegangen ist.

»Entspann dich«, sagt Freddie.

Das ist sonst eigentlich mein Spruch.

»Ja«, meint Bernie, »mach dich locker. Kriegen wir bis heute Abend alles hin.«

»Also schön«, sage ich, »ich verlass mich auf euch. Ist aber noch eine Menge zu tun bis heute Abend.« Ich wende mich zum Gehen, und zack, steckt mir ein Hartriegel in der Poritze. »Und passt mir gut auf den Honigvorrat auf«, rufe ich. »Ihr wisst ja: Ohne Honig kein Begrüßungsdrink, und ohne Begrüßungsdrink …«

»… keine Party!«, johlen die anderen.

Meine neue Gang, ich liebe sie. Ist doch irre, dass man in der Fremde Tiere trifft, denen man noch nie begegnet ist und trotzdem sofort das Gefühl hat: Die kenn ich schon mein ganzes Leben.

Ich gehe vor zur Kante, direkt hinter den Wasserfall, drehe mich den anderen zu und forme meine Krallen zu einem V.

Die Waschbären bilden einen Halbkreis, legen ihre Vorderpfoten übereinander, fangen an zu johlen – »oooooo-OOOOHHH!« –, ich gehe in die Hocke, und als sich ihre Vorderpfoten voneinander lösen und mit Jucheee zur Hallendecke emporschießen, mache ich das, was kein fucking Tier außer mir kann, nicht einmal Rufus, die alte Schlaumeiersocke: einen Rückwärtssalto mit halber Schraube durch den Wasserfall hindurch ins Becken.

4

Zurück in der Savanne trabe ich locker auf den »großen Feuerdrachen« zu, als mir jemand entgegenwackelt. »Pa! Wohin des Wegs?«

Unser alter Herr knibbelt an seinem Gehstock herum und blinzelt mich an. »Sie kenn ich doch!«

Vom Vater vergessen, das Los meines Lebens. Die anderen aus dem ersten Wurf, also Roxane, Rocky und Rufus, hat Pa immer noch verlässlich auf dem Schirm, aber zu mir hat er keinen Eintrag mehr. Hatte nie einen, um ehrlich zu sein. »Aber sicher kennen wir uns«, sage ich. »Ich bin's, Ray.«

Er kneift die Augen zusammen, aber in seiner Erinnerung findet sich unter »Ray« nur endlose Ödnis, ich sehe es an seinem Gesichtsausdruck. Schließlich löst sich seine Stockspitze vom Boden und richtet sich zittrig auf mich. »Nun werden Sie mal nicht gleich vertraulich, junger Mann.«

Im Vorbeigehen klopfe ich ihm auf die Schulter. »Bis später, Pa. Und verlauf dich nicht wieder.«

»Einen Umgangston haben diese jungen Leute«, höre ich es hinter mir.

Vom Rest meines Clans ist noch nichts zu sehen. Dabei hat sich der Nebel längst gelichtet, und die Sonne ist gerade dabei, unseren Feldherrenhügel aufzuwärmen. Im Zoo hatten wir einen künstlich angelegten Hügel mit einem künstlich angelegten Steinbruch auf der Rückseite. Der Natur nachempfunden, wie Zoodirektor Windhoek, der alte Fruchtzwerg, das nannte. Den haben Rufus und ich auch schon Feldherrenhügel genannt, einfach so, aus Fun. Jetzt allerdings, da unser neuer Feldherrenhügel der Gefechtsturm eines russischen Panzers ist, passt der Name natürlich viel besser. Ein neues Headquarter haben wir übrigens auch. Das Innere des Panzers. Außer Rufus und mir darf da keiner rein. Und Rocky. Also eigentlich nicht mal Rocky, aber wenn Rocky was will, egal, was, dann fragt er nicht, ob er das darf. Also Rocky auch. Aber sonst keiner.

Vom Rest meines Clans also ist noch nichts zu sehen – im Zoo wären wir um diese Zeit ins Winterquartier umgezogen –, einzig Rufus sitzt auf dem Gefechtsturm und unterhält sich mit Ritter von Schleich, der wie üblich auf dem Kanonenrohr hockt und von seinem morgendlichen Rundflug berichtet.

»Morgen, Schleichi«, sage ich, als ich unter ihm hindurchgehe, »alles locker in der Hüfte?«

Statt zu antworten, dreht Ritter von Schleich den Kopf in alle möglichen Richtungen und stiert mich aus einem Auge an, dann dreht er den Kopf in die Richtungen, die er noch nicht hatte, und sieht mich aus dem anderen Auge an. Nehme ich jedenfalls an, dass es das andere ist, sonst würde die Show keinen Sinn machen. Kann einem schwindelig von werden.

Rufus meint, Schleichi mache so ein Theater, weil Falken fünfzehn Halswirbel haben, Säugetiere dagegen nur sieben. Ist mir natürlich Latte, wie viele Wirbel die wo haben, auf jeden Fall kann Schleichi seinen Kopf bewegen wie einen Fidget Spinner. Ist übrigens einer der Gründe, weshalb ich ihm nicht traue.

Rufus hat mir erklärt, Ritter von Schleich sei ein typischer Wendehals, und die seien Spezialisten im Erspüren von Windrichtungen, und dass, solange der Wind aus unserer Richtung weht, wir nichts zu befürchten haben. Trotzdem habe ich jedes Mal ein bisschen Eierflattern, wenn Schleichi irgendwo über mir ist. Dann stelle ich mir vor, wie er mit dreihundert Sachen auf mich herabstürzt und mir, schnips, das Genick bricht, einfach so, weil der Wind gerade mal aus der falschen Richtung kam.

Kaum bin ich auf den Panzer geklettert, hat Schleichi mich schon wieder im Blick, diesmal mit beiden Augen. Dabei zeigt sein Kopf in Rufus' und meine Richtung, seine schwarzen Krallen in die Gegenrichtung. Gesund sieht das nicht aus. »Bekommt man da nicht Migräne von«, frage ich, »wenn man ständig den Kopf so verdreht?«

»Nicht, wenn Sie ein Wanderfalke sind«, erwidert er, Betonung auf »Wander«. Ist ihm wichtig, das zu betonen. Die schnellste Tierart der Welt. Ein echter Jagdflieger. Und hinterhältig noch dazu. Tötet am liebsten andere Vögel in der Luft, indem er von oben auf sie hinabschießt. Und dazu dieser fies gebogene Schnabel und die gelb umrandeten Augen. Gruselig, Digger.

»Meine Herren«, Schleichi spreizt abwechselnd seine Flügel, »ich empfehle mich.«

»Herr von Schleich«, sagt Rufus förmlich, »ich danke Ihnen.«

»Stets zu Diensten.« Und schon hebt er ab, in all seiner majestätischen Arroganz.

Rufus und ich blicken ihm nach, bis er hinter den Bäumen verschwindet, erst dann fühle ich mich wieder sicher.

»Wieso lässt du dir eigentlich jeden Morgen von dem den Kaffeesatz lesen?«, frage ich. »Ist doch eh für 'n Arsch.«

»Um ihm das Gefühl zu geben, eine wichtige Aufgabe zu erfüllen.«

»Tut er aber nicht. Ob der morgens seinen bescheuerten Rapport erstattet oder nicht, ist völlig rille.«

»Solche wie Ritter von Schleich leben in dem festen Glauben, dass die Gemeinschaft auf sie angewiesen ist. Wenn du denen das wegnimmst, dann kommen die schnell auf dumme Gedanken.«

Ich lasse mich auf das Kanonenrohr rutschen und balanciere ein bisschen darauf herum, während Rufus Sandkörner aus den Fugen des Zielfernrohrs puhlt. Seine Schultern hängen schon wieder so verdächtig nach unten, dabei hat der Tag gerade erst angefangen.

»Du bist schon dabei heute Abend, oder?«

»Hm?«

Ich versuche mich auf dem glatten Kanonenrohr an ein paar Dancemoves, wackel mit der Hüfte und kreise dabei mit den Armen, um mein Gleichgewicht zu halten. »Schon vergessen?!«, rufe ich. »Die große Wiedereröffnung! Du musst die Anlage noch anschließen, hast du mir versprochen.«

»Ach so, ja. Mach ich noch. Aber heute Abend ... Ich glaub, mit der Party, das schaffe ich nicht. Zeitlich. Hab echt viel zu tun.«

Seit wir die Herren des Waldes sind, wird Rufus wegen jedem Scheiß um Erlaubnis gefragt. Was ihm einerseits schmeichelt, ihn andererseits total stresst. Aber darauf steht er ja.

Inzwischen habe ich mich auf dem Rohr so weit nach vorne geschoben, dass ich von oben in den Fahrerausguck sehen kann. Ab hier tut es echt weh, wenn man runterfällt. Rufus puhlt immer noch Sandkörner aus der Gummidichtung, und etwas an der Art, wie er das macht, sagt mir: Mit beruflicher Überlastung hat das heute Abend nichts zu tun.

5

Komm schon, du Sesselfurzer!« Ich lasse meinen Po kreisen, schüttel die Arme wie eine Discoqueen und singe: »Going loco, down in Acapulco, the magic down there is so …«

»Hübsche Choreo«, höre ich eine Stimme hinter mir, und bevor ich mich umgedreht habe, weiß ich schon, wer das ist, Grete nämlich, und ich mach mich hier gerade voll zum Löffel und verliere außerdem das Gleichgewicht, na wunderbar, glitsche vom Rohr, winke ihr im Fallen dämlich zu, knalle auf die Kante des Panzers – aua! –, vergesse, meine Ohren zuzuklappen, klatsche mit dem Gesicht voran in den Sand und würde am liebsten genau so stecken bleiben. Problem ist: Ich bekomme keine Luft, muss also meinen Kopf aus dem Sand ziehen und mir das Zeug aus den Ohren schütteln.

Gretes Blick besteht aus einer Prise Mitleid und sehr viel Belustigung. Ich habe das Gefühl, auszusehen wie Schleichi, nur eben nicht mit fünfzehn Halswirbeln, sondern mit der Hälfte oder so.

»Alles in Ordnung?«, ruft sie vom Rand der Savanne.

Bevor ich antworten kann, höre ich Rufus über mir sagen: »Oh, Grete, guten Morgen!«

Plötzlich sitzt er auf dem Kanonenrohr, lässt lässig ein Bein baumeln, und seine Schultern sind so gestrafft, dass er damit kaum durch die Kommandantenluke passen würde.

Sie winkt ihm zu, dabei haben sie sich längst gesehen: »Guten Morgen, Rufus!«

Dass ich auch noch anwesend bin und mir außerdem den Hals verrenkt habe, interessiert offenbar niemanden.

»Hey, Grete!«, rufe ich, »kommst du heute Abend zur Party?«

»Schätze, schon. Eigentlich bin ich eher nicht so die Partyhäsin, aber da ja der ganze Wald seit Tagen von nichts anderem mehr spricht ...« Und schon wieder gleitet ihr Blick über mich hinweg und wendet sich meinem Bruder zu. »Sehen wir uns da heute Abend, Rufus?«

Hinter dieser harmlos scheinenden Frage steckt mehr. Rufus und Grete haben nämlich an die erste Party im *Acapulco* unauslöschliche Erinnerungen. Hat mit bemoosten Steinen bei Vollmond zu tun und drogenbedingter vollständiger Enthemmung.

»Ich hatte auf jeden Fall vor, zu kommen«, lügt Rufus, worauf sein Bein noch etwas stärker hin und her schwingt.

»Fein«, Grete streicht über ihr Ohr. »Ich wollte sowieso mal mit dir reden. Bis später dann, ich freu mich.«

Der Hüftschwung, mit dem sie sich abwendet, entgeht weder mir noch Rufus.

»Tschüss, Grete«, sage ich, doch da ist sie bereits in den Wald gehoppelt. Als ich meinem Bruder den Kopf zudrehe, knackt es im Nacken, was hoffentlich bedeutet, dass alles wieder an seinem Platz ist. »Du hattest also auf jeden Fall vor, heute zur Party zu kommen«, sage ich.

»Hab ich doch gerade gesagt.«

»Und sie wollte ›sowieso mal mit dir reden‹?«

Rufus steht auf. »Ich denke, ich sollte mich jetzt um die Anlage kümmern. Eine Party ohne Musik ist schließlich keine richtige Party. Bis später.« Mit diesen Worten verschwindet mein kleiner Bruder in unserem Bau.

Ich mache ein paar vorsichtige Bewegungen, so halsmäßig, stelle fest, dass alles wieder geschmeidig ist, da höre ich die nächste Stimme vom Waldrand.

»Äh, Ray?«

»Bernie! Freddie! Was geht?«

Freddie zupft sich am Ohr. »Gibt 'n kleines Problemchen.«

Ich gehe zu ihnen. »Wie klein?«

»Na ja«, sagt Bernie, »wir wollten ja noch das *Acapulco* aufräumen, und da haben wir gedacht, es wäre cooler, wenn alle mitmachen, also haben wir versucht, Shabby und Abigail zu wecken, aber die waren irgendwie total ausgeschaltet, und da ist mir dann eingefallen, dass die ja noch wie wild getanzt haben, als sich der Rest von uns längst abgelegt hatte.«

»Die haben getanzt?«

»Die ganze Nacht durch.«

»Ohne Musik?«

»Jetzt, wo du es sagst. Ein bisschen gewundert hat mich das auch. Na, jedenfalls hab ich gedacht, ich sollte besser mal nach dem Honig sehen, weil ja eigentlich Shabby dafür sorgen sollte, dass nichts wegkommt.«

»Shabby?«

Der ist bei den Waschbären das, was Nick und Kato bei uns sind: hundert Prozent Verpeilung.

»Wir dachten, das wär 'ne gute Idee«, übernimmt Freddie, »weil Shabby ja sowieso am liebsten im *Acapulco* abhängt. Ich meine, der kommt da ja eigentlich gar nicht mehr raus …«

»Lass mich raten: Und jetzt isser weg.«

Freddie und Bernie sehen einander an. Dann sagt Bernie: »Nee, der liegt noch im Darkr…«

»Der Honig«, sage ich.

»Was ist damit?«, fragt Freddie.

»Der ist weg, stimmt's?«

Bernie: »Ähh …«

»Isser weg, oder isser nich weg.«

»Also das Glas ist noch da«, sagt Freddie.

Und Bernie ergänzt: »Nur der Inhalt irgendwie nicht mehr.«

6

Ist das erste Mal, dass ich mit Bernie und Freddie auf Einkaufstour gehe. So nennen die das, wenn sie bei Bauer Fröhlich in den Vorratskeller einsteigen und gucken, was zu holen ist. Die Stechapfelwiesen haben wir bereits hinter uns, jetzt latschen wir den Grünstreifen entlang, der einen Acker vom nächsten trennt. »Ist das nicht gefährlich?«, frage ich.

»Na ja«, meint Freddie.

»Na ja?«, hake ich nach.

»Im Prinzip schon«, erklärt Bernie.

»Im Prinzip?«

Freddie bleibt stehen, also bleiben auch Bernie und ich stehen. »Kann es sein, dass du uns gerade alles nachquatschst?«

Ich lasse meine Klauen sinken. Wie ich es hasse, die Stimme der Vernunft zu sein, das ist sonst eindeutig Rufus' Job. Ich blicke zwischen den beiden hindurch zum Hof von Bauer Fröhlich. In der Ferne kann man bereits die Gigantoglubscher und den leuchtenden Mund von Rotkäppchen erkennen. So nennen Freddie und Bernie die aus drei übereinandergestapelten Heuballen geformte, tja, was ist das, eine Skulptur?

»Wir können uns ja tarnen«, schlägt Bernie vor.

»Tarnen?« Ich quatsche wirklich alles nach. »Als was denn, bitte? Als drei Hühner? Oder als Hauskatzen?«

Freddie rupft ein paar Mohnstängel und eine Klaue voll Zittergras aus und wickelt sich den Quatsch um den Kopf wie einen Turban. Selten etwas gesehen, was bescheuerter aussah. Als er damit fertig ist, spreizt er die Vorderbeine, als hätte er einen Zaubertrick vollführt. »Ta-taa!«

»Muss ich dich jetzt echt fragen, was das soll?«, murre ich.

»Ich tarne mich!«

»Ah, und als was?«

»Als Blumenwiese!«

»Geilo!« Bernie ist sofort dabei. Er zieht ein Stück Baumrinde aus der Ackerfurche, hält es sich vor das Gesicht und lässt oben seine gespreizte Pfote herausschauen. »Ich gehe als Wald!«

Schulter an Schulter wackeln die beiden vorwärts.

»Echt jetzt?«, rufe ich, und da die beiden nur kichernd weiterwackeln: »Hört mal für einen Moment auf mit dem Scheiß.«

Bernie lässt seine Deckung sinken, Freddie zieht sich das Gestrüpp vom Kopf. Die beiden sehen ehrlich enttäuscht aus.

»Mal im Ernst: Was glaubt ihr, was passiert, wenn der Bauer uns erwischt?«

»Keine Ahnung«, meint Bernie, »ist ja noch nie passiert.«

Und Freddie: »Das Problem ist eher der Hund.«

»Der Hund?«

»Ja. Zeus.«

»Zeus?«

»Ist echt lustig«, meint Bernie, »wie du uns alles nachplapperst.«

»Entspann dich«, sagt Freddie, »das mit dem Hund haben wir im Griff. Und Bauer Fröhlich …«

»… auch.«

»Ach ja? Dann sag ich euch mal, was passiert, wenn der Hund uns erwischt. Der beißt uns die Kehlen durch.«

»Aber er erwischt uns ja nicht.«

»Und der Bauer«, lege ich nach, »zieht uns das Fell über die Ohren! Rufus meint, Waschbären sind in Brandenburg zum Abschuss freigegeben. Der knallt uns eiskalt ab.«

Bernie und Freddie schütteln die Köpfe. »Nee«, meint Freddie, »nich Bauer Fröhlich.«

»Der ist so nicht«, ergänzt Bernie.

Ein Glück, dass die beiden sich nicht in der Stadt durchschlagen müssen. Wenn bei mir schon sämtliche Warnlampen glühen, hat es bei denen noch nicht mal angefangen zu flackern. In Charlottenburg würden die keine drei Blocks weit kommen.

Je näher der Bauernhof rückt, desto größer wird Rotkäppchen. Das Ding ist so hoch wie der Stall und war früher vermutlich eine Art Kinderattraktion. Früher hatte der Bauer noch Reitponys, wie Bernie und Freddie mich aufklären, aber die gibt es nicht mehr, also weder die Ponys noch die Kinder. Die Koppel ist verwildert, der Bretterzaun eingefallen, und das rote Käppchen von Rotkäppchen, das sich bei näherer Betrachtung als Spannbettlaken herausstellt, hängt ihr quer und ausgewaschen über einem Auge und macht aus ihr eine Piratin.

Vom Hoftor ist nur noch ein Flügel vorhanden, und der hängt schief in den Angeln. Auf dem Hof türmt sich der Mist.

»Und wie kommen wir jetzt ins Haus?«, frage ich, als wir den Hof betreten.

»Also, am besten ist, wir schleichen uns durch den Stall.« Bernie blickt sich um, als hätte er seinen Schlüssel verloren. »Du musst nur auf die Markierung achten.«

»Was denn für eine Markierung?«

»So 'n rosa Kreidestrich, der muss hier irgendwo ...«

In diesem Moment höre ich ein helles Rasseln, das aus irgendeinem Grund ausgesprochen bedrohlich klingt. Ich blicke auf, und dann, bevor ich das Rasseln irgendwie einordnen kann, sehe ich einen schwarzen Fellbatzen um den Misthaufen kommen, der direkt auf uns zugaloppiert.

»Der muss doch hier irgendwo ...«, sagt Bernie, der noch immer nach seinem bekloppten Kreidestrich sucht.

Ich reiße ihn herum, rufe »Bernie!« und renne mit den beiden Richtung Tor, nur bleibe ich, kaum dass ich aus den Startblöcken bin, mit einem Hinterbein in einer Asphaltritze stecken und schlage der Länge nach hin. Ich blicke über die Schulter, stelle fest, dass es sich bei dem galoppierenden Fellhaufen um einen Rottweiler handelt, der mit maximaler Geschwindigkeit auf mich zubulldozert, keine Chance mehr für mich, das Vieh ist riesig und schnell, und alleine die Zunge, die ihm aus dem Maul hängt, ist so groß wie mein Kopf. Ich habe gerade noch Gelegenheit, mich auf den Rücken zu drehen und die Vorderbeine über dem Kopf zu kreuzen, um meine Kapitulation zu signalisieren, was Zeus nicht die Bohne interessiert, der sich auf mich stürzt, das Maul aufreißt und ...

... von der Kette, die um seinen Hals befestigt ist, zurückgerissen wird. Er jault auf, stemmt sich mit aller Macht gegen die Kette, die ihrerseits mit aller Macht dagegenhält, was dazu führt, dass er sich selbst die Luft abdreht, während seine Hinterbeine unbeirrt nach vorne drängen und die Vorderbeine durch die Luft kraulen, in dem Versuch, irgendeinen Teil von mir zu erreichen und mich zu zerfleischen. Zum Glück für mich gewinnt am Ende die Kette. Zeus schnürt sich so sehr die Luft ab, dass erst sein Bellen verstummt, dann sein Jaulen und er zu guter Letzt exakt eine Klauenbreite vor meinem Hinterbein ohnmächtig zusammensackt.

Ich versuche noch, mein Herz, das sich irgendwie aus meinem Körper gelöst zu haben scheint, wieder einzufangen und meine Augen zurück in ihre Höhlen zu drücken, als Bernie neben mir auftaucht, meinen Fuß aus der Ritze zieht und sagt: »Da isser ja.«

Ich will ihn scharfstellen, leider schwirren meine Augen immer noch um meinen Kopf herum.

»Hier.« Bernie deutet auf den Asphalt.

Ich sehe nur verschwimmendes Grau und irgendwelche Gräser, die offenbar auf Betonritzen stehen, ich meine, das versteht doch niemand. Wenn ich ein Gras bin und die Wahl habe zwischen saftigem Wald, saftiger Wiese und Beton, wie komme ich dann auf die Idee zu sagen, hey, cool, ich nehme die Asphaltritze?

Zurück zu Bernie. Ich sehe also nichts als bröseligen Asphalt und dümmliche Gräser, aber dann, als die Augen schließlich in ihre Höhlen zurückflutschen, erkenne ich außerdem einen sehr blassen rosa Schatten. »Das soll eine Markierung sein?«, rufe ich.

»Hat sich Freddie ausgedacht, schlau, oder? Ist Malkreide. Genau bis hierher reicht die Kette. Also wenn du da nicht drüber …«

»Eure fucking Markierung ist praktisch unsichtbar!«

Jetzt, da ich es sage, fällt es auch Freddie auf: »Ist ganz schön verwaschen«, gibt er zu. »Sollte man mal nachziehen.«

Sie helfen mir auf. Inzwischen kehrt auch in Zeus das Leben zurück, seine Atmung normalisiert sich, und seine Augenlider beginnen zu flattern.

»Wir sollten hintenrum gehen«, meint Bernie.

»Besser is«, sagt Freddie.

Als wir unter der Stalltür durchflutschen – also, ich flutsche, bei Bernie und Freddie würde ich eher von zwängen sprechen –, bläst es mir echt das Hirn weg. Hier drin stinkt es noch mehr als auf dem Hof. Wann hat dieser Bauer zum letzten Mal seinen Stall ausgemistet? Ich atme durch den Mund, was nur so teilweise funktioniert.

Wir schleichen uns an leeren Boxen vorbei, nur aus der letzten dringen Geräusche, und es riecht krass nach Hausschwein.

»Trink nur, meine Kleine«, höre ich eine Sau sagen, »trink nur ordentlich.«

Als ich um die Ecke luge, sehe ich eine sehr rosafarbene Muttersau auf der Seite liegen, während etwas Struppiges an einer ihrer Zitzen nuckelt. Das sieht ganz schön innig aus, auch wenn es hier durch sämtliche Ritzen zieht und das Stroh dringend getauscht werden müsste. Ich frage mich, wo die anderen Ferkel sind oder ob sie tatsächlich nur das eine bekommen hat.

»Süß, oder?«, flüstert mir Bernie ins Ohr, was mich daran erinnert, dass wir uns auf einer lebensgefährlichen Mission befinden.

Wie sich herausstellt, kommt man, wenn man durch den Stall schleicht, unbemerkt zur Rückseite des Hauses. Was uns nichts bringt. Denn die Tür steht zwar offen, und die Kette von Zeus reicht nie und nimmer bis hierher, dafür gibt es neben der Tür eine Bank, und auf der sitzt Bauer Fröhlich.

Er hat sich in eine Decke gewickelt und die Unterarme auf die Oberschenkel gestützt. Unten aus der Decke ragen nackte Füße in Hauspantoffeln hervor. In den Händen hält er eine dampfende Tasse Kaffee, neben ihm steht eine Thermoskanne. Sieht nicht so aus, als würde der sich so bald hier wegbewegen. Ich überlege, woran mich diese Schulterhaltung erinnert, und dann, na klar, weiß ich es: an meinen kleinen Bruder, wenn der mal wieder an Grete denkt. Bauer Fröhlich hat Liebeskummer im fortgeschrittenen Stadium.

»Und was machen wir jetzt?«, frage ich, doch da wackeln Freddie und Bernie bereits ungeniert und ungetarnt auf die Terrasse, einfach so.

Freddie dreht sich zu mir um und winkt mich zu sich. Selbstmordkommando.

»Wie blond seid ihr denn?«, zische ich.

Freddie ruft: »Komm ruhig. Wenn er so drauf ist wie jetzt, dann sieht der uns gar nicht. Schau mal.« Und dann macht Freddie etwas, von dem ich denke, dass es einen pelzigen Wackelpudding darstellen soll, bis mir klar wird, dass er sich an einem Moonwalk versucht. So wackelt er direkt an Bauer Fröhlich vorbei ins Haus.

7

»Und was ist, wenn er reinkommt?«, frage ich.

Wir stehen in Bauer Fröhlichs Küche, die vor allem nach mehrfach aufgewärmter Dosensuppe riecht.

»Keine Ahnung«, meint Freddie. »Aber du kannst ja hier oben bleiben und Schmiere stehen, und wenn er kommt, lässt du dir was einfallen. Wir machen so lange den Honig klar.«

Die beiden schubsen die Tür auf, hinter der es zum Vorratskeller runtergeht, und dackeln die Stufen hinab, während ich blöd in der Gegend herumstehe, mich ausgesprochen unwohl fühle und froh bin, wenn das hier vorbei ist.

Die Küche von Bauer Fröhlich ist ein trauriger Ort. Auf der Anrichte labbriger Toast, Aldi-Margarine und Presswurst aus deprimierten Tieren. Ich rieche das, ohne Witz. Depressive Wurst. So was würde ich nicht einmal anrühren, wenn mich die Wildschweine in der Keilerschanze gefangen hielten.

Von Zeus ist weit und breit nichts zu sehen oder zu hören, nervös bin ich trotzdem. Deshalb schabe ich auch an einem der Tischbeine herum. Dabei blättert die Farbe ganz von alleine ab. Unter dem Tisch sieht's krass nach Schuppenbefall aus.

»Gibt es etwas, worüber du gerne sprechen würdest?«

Vor Schreck breche ich mir beinahe eine Kralle ab. Über

mir, auf der Lehne der Küchenbank, sitzt ein Kolkrabe. So was von schwarz. Das kenne ich sonst nur von Kong.

Ich tue so, als hätte ich mir nicht gerade um ein Haar auf die Hinterbeine gepinkelt. »Wer bist *du* denn?«, frage ich.

»Mein Name ist Aurin. Also?«

»Also was?«

»*Gibt* es etwas, worüber du gerne sprechen würdest?«

»Äh, nö, wieso?«

»Mir scheint, als würde dich etwas beschäftigen.«

»Wie lange sitzt du denn schon da?«

»Lange genug, um den Eindruck zu gewinnen, dass dich etwas beschäftigt, Ray.«

Schräger Vogel. Kennt sogar meinen Namen.

Ich knibbel weiter am Tischbein herum, fröhlich rieseln die Farbflocken zu Boden, manche groß wie Cornflakes. »Nö, mich beschäftigt nix.« Und, um von mir abzulenken: »Was machst 'n du überhaupt hier? Ich meine, ein Rabe in der Küche, das ist ja nicht unbedingt Standard, oder?«

»Ich bin da, wo ich gebraucht werde«, antwortet Aurin. »Im Übrigen gilt das Gleiche für Erdmännchen.«

»Oh, du weißt, was für einer Gattung ich angehöre!«

»Ich weiß möglicherweise mehr über dich, als dir lieb ist. Also?«

»Also was?«

»Wie kommt es, dass *du* hier bist?«

Mann, der nervt. »Ich, äh, wir …«

»Ihr seid hier, um Honig zu stehlen.«

»Ja«, gebe ich zu, während ich mit meiner Kralle ein Kreuz ins Tischbein ritze. »Na und? Hast du mal draußen auf der Bank nachgesehen? Dieser Bauer Fröhlich ist so lost, der kriegt das doch gar nicht mit.«

»Auf jeden Fall ist er einsam. Wenn du findest, dass das

ein guter Grund ist, ihm seinen letzten Honig zu stehlen …«

»Der hat doch den ganzen Keller voll mit dem Zeug, das merkt der doch gar nicht, wenn da ein Glas fehlt.«

»Meinst du?«

»Ja, mein ich.«

Der Rabe reibt seinen Schnabel an der Lehne, kommt zwei Schritte auf mich zu.

Bleib bloß da oben, denke ich.

»Ist nicht so einfach«, sagt er, »seine Zuversicht zurückzugewinnen, wenn einem der Sinn abhandenkommt.«

»Was denn für ein Sinn?«

»Das muss jeder für sich herausfinden. Schließlich ist der Sinn kein Hund, den man einfach so ruft, und dann kommt er.«

»Sondern?«

»Ein Bau, den man sich gräbt.«

Alter, wie ist der denn drauf? »Wir brauchen den Honig«, sage ich, »supersorry, Mann. Sonst wird die Wiedereröffnung …«

Die Kellertür schwingt auf, und Freddie und Bernie erscheinen, jeder mit einem fetten Honigglas zwischen den Pfoten.

»Viel ist da nicht mehr«, meint Bernie.

»Und wieso habt ihr dann gleich zwei so große Gläser genommen? Hätte eins nicht gereicht?«

Freddie sieht mich an. »Erst haben wir zu wenig Honig, und jetzt haben wir zu viel?«

»Zu viel geht nicht«, stellt Bernie klar. »Nich bei Honig.«

Ich verdrehe die Augen und deute möglichst unauffällig in Richtung des Raben hinter mir, aber die beiden starren nur blind in die Gegend.

»Nee, stimmt schon«, sage ich. »Lasst uns abhauen.«

Wir marschieren aus der Küche hinaus, und ich erwarte halb, dass Aurin mir noch irgendeine Weisheit mit auf den Weg gibt, aber es bleibt still hinter mir, und als ich mich umdrehe, kann ich den Raben nirgends entdecken.

8

Ganz große Klasse, mein Lieber!« Vor Begeisterung haut mir Stefan-Albert von der Wiese volle Suppe eine Pfote ins Kreuz. »Wirklich! Gaaaanz große Klasse!«

Ich sehe ihm nach, wie er sich auf die Tanzfläche schlängelt, dann schaut plötzlich sein Kopf oben aus der Menge und zuckt im Takt der Musik.

»Seit wann können Iltisse auf zwei Beinen stehen?«, fragt Natalie.

Sie weicht mir nicht von der Seite, eine ganze Weile schon. Ich glaube, sie genießt es, die Gefährtin des Clubbetreibers zu sein. Und der Clubbetreiber, also ich, genießt es ebenfalls.

»Seit heute?«, antworte ich.

Ausgerechnet Stefan-Albert von der Wiese, dieser Lauch. Ich weiß noch, als wir im Sommer hier ankamen, da war er sich zu fein, um auch nur mit uns zu reden. Ist er eigentlich immer noch. Nur habe ich ihm vorhin einen von Archis Begrüßungsdrinks verabreicht, und jetzt kann er plötzlich auf zwei Beinen tanzen, haut mir vor Freude seine Pfote zwischen die Schulterblätter und brüllt mir ins Ohr.

Ich hoffe, die Party läuft nicht noch aus dem Ruder. Vor der nächsten muss Archi auf jeden Fall noch mal die Zusammensetzung seines Drinks überprüfen, sonst zerlegt uns die Partymeute das *Acapulco* schneller, als es die Wildschweine getan haben.

Natalie und ich haben jeweils ein Vorderbein um die Hüfte des anderen gelegt und bouncen ein bisschen, hip hop style, nur ganz lässig, so im Stehen. Trotzdem lädt sich mein Fell elektrisch auf. Ich weiß nicht, wie man das nennt, was Natalie und ich seit einiger Zeit sind, mal ganz abgesehen davon, dass wir ja sowieso Geschwister sind. Freunde? Geliebte? Ist das, was wir haben, eine Affäre? Aber muss man für eine Affäre nicht außerdem einen Partner haben?

Ich werde zärtlich in die Hüfte gezwickt, und als ich mich zu ihr umdrehe, steigt mir ein Duft in die Nase, der mir sagt, dass, wenn der offizielle Teil der Party vorbei ist, möglicherweise noch ein inoffizieller auf mich wartet. Ist doch rille, denke ich, wie man das nennt, was wir haben, oder ob es überhaupt ein Wort dafür gibt. So, wie es ist, ist es gut.

Sie lächelt, ich meine, Stolz zu erkennen. »Krasse Party!«

»Danke!«

Tatsächlich geht auf der Tanzfläche voll die Post ab: Soraja, die gestern noch die Kabel für uns aus dem Auto genagt hat, ist voll im Bounce-Groove unterwegs, und Erna, die Waldspitzmaus, versucht sicher zum hundertsten Mal oder so, eine Pirouette zu drehen, packt sich hin, lacht, steht auf und macht weiter.

Gerade räumt eine twerkende Dachslady mit ihrem Hintern das Chipsbuffet ab. Aber von solchen Kleinigkeiten lasse ich mir heute nicht die Laune verderben. Was soll's, denke ich. Eine Eröffnungsparty, auf der nichts zu Bruch geht, ist keine richtige Eröffnungsparty. Die Bassbox scheppert zwar ein bisschen, und wir mussten einen Teil des Mülls in einer der hinteren Kammern zwischenparken, aber abgesehen davon ist das hier die PARTY DES JAHRES!

Ein schummriger Sound schwebt zur Kuppel empor. Natalies Pfote greift nach meiner und will mich auf die Tanzfläche ziehen. »Unser Lied!«, ruft sie.

Ich halte sie zurück, spitze die Ohren. *Cherry Lady* von *Capital Bra* soll unser Lied sein? »Das ist doch voll der Dödelsong!«, sage ich.

Sie lächelt, drückt ihren Bauch gegen meinen. Ihre Barthaare kitzeln mein Ohr. »Checkst du's nicht? Jeder Song kann unser Song sein. Wir müssen ihn nur dazu machen.«

Ich lege ihr meine Vorderpfoten auf die Hüfte und spüre elektrischen Strom fließen, schwöre. »Natalie«, sage ich, »du bist eine sehr besondere Erdfrau. Aber um mit dir zu *Capital Bra* abzugehen, müsste ich selber einen von Archis Begrüßungsdrinks kippen. Kann ich aber nicht machen, denn erstens sind die längst alle, und zweitens muss einer hier die Mütze aufhaben, und das bin ich. Aber misch dich ruhig unters Jungvolk, dir beim Tanzen zuzusehen, ist für mich Belohnung genug.« Das habe ich sehr schön gesagt, finde ich.

Zum Dank zieht Natalie einen süßen Flunsch. »Machst du jetzt auf stiller Genießer, oder was?«

»Nur für den Moment.« Ich will ihr zuzwinkern, mit einem Auge, was wie immer in einer Grimasse endet. »Die Nacht ist noch jung.«

Sie zuckt die Schultern, sagt »na schön« und streicht mir mit einer abgespreizten Kralle über die Wange, bevor sie sich von mir ab- und der Tanzmeute zuwendet. Die Art, wie ihre Hüfte schwingt, während sie die Tanzfläche ansteuert, sagt mir, dass sie sehr genau weiß, dass ich ihr nachsehe. Ein letztes Winken mit den Krallen, dann taucht sie, die Vorderbeine über Kopf, in die Menge ein.

Ich lehne mich locker in den Durchgang – wie einer das

eben macht, der alles gesehen und alles erlebt hat –, erfreue mich am Anblick der twerkenden Dachsladys und freue mich außerdem des Lebens.

Als Nächstes kommt Stefan-Albert von der Wiese an mir vorbeigerauscht, ruft »Erfrischung« und hechtet durch den Wasserfall. Gefühlt habe ich noch nicht einmal Atem geholt, da ist er wieder da, schüttelt sich das Wasser aus dem Pelz und ruft: »Weiter geht's!«

Dann bounct Archi heran, in einer einzigen, fließenden Jowasgehtabbruder-Bewegung. Er nickt mir zu. Seine Ghettofaust-Begrüßung hebt er sich für seine Homies auf. »Na, Alter«, sagt er.

»Na«, sage ich.

Er blickt Richtung Tanzfläche. »Krass.«

»Auf jeden.«

Ich erwarte, dass er weiterschlendert, aber für den Moment scheint er sich in meiner Gegewart ganz wohlzufühlen. Verstohlen beobachte ich ihn. Würde man dem Archi, der hier neben mir steht, den Archi von vor, weiß nicht, drei Monaten oder so, zur Seite stellen, würde man kaum Gemeinsamkeiten entdecken. Vom Strebernerd zum Partypirat. »Bei dir so?«, frage ich.

Er ruckelt an seiner Kopfbedeckung herum. »Alles flüssig.«

Auf einem seiner Streifzüge zur Stechapfelwiese hat er neulich unter einem Hochstand einen schwarzen Spitzen-BH gefunden und sich daraus etwas gemacht, das wie eine verkehrt herum aufgesetzte Basecap aussehen soll. Meiner Ansicht nach sieht es eher so aus, als würde ihm irgendwo das Gehirn rauslaufen, aber Marcia und Minka finden Archis neues Outfit »hot«, wie sie mir gestanden haben.

Zeit für einen Gedanken: Unser Clan lebt ja, wenn man

so will, im Exil. Und für viele von uns ist das nach wie vor hart. Jeden Tag sehe ich die Enttäuschung in den Gesichtern von Cindy und Chantal, wenn sie aus dem Bau kommen und wieder keine Besucher da sind, um Selfies mit ihnen zu machen. Die beginnen sich schon zu fragen, für wen sie sich jeden Morgen so aufbitchen. Und Nick und Nemo schieben immer noch den Blues, weil ihr Zuckerspiegel, seit sie im Wald leben, praktisch auf null gesunken ist. Für ein Hanuta oder ein paar fiese Kaubonbons würden die töten. Für Archi aber ist das Exil bis jetzt eine einzige große Befreiungsgeschichte.

Seine Geschwister, die ihn früher nur »Arschi« gerufen haben, finden ihn cool, er hat sich von seinen Eltern freigeschwommen und etwas gefunden, worin er echt gut ist, auch wenn »Designerdrogen herstellen« nicht der Traumberuf ist, den sich die meisten Eltern für ihre Kinder wünschen.

Ein bisschen ist Schicksal eben auch immer, was man daraus macht. Man muss Glück haben, logisch, und ohne fremde Hilfe schafft man es nicht. Aber dann … kommt es darauf an, was man daraus macht. Komisch, dass ich ausgerechnet jetzt an den Raben von heute Nachmittag denken muss, diesen Aurin. Sinn, meinte der, sei so etwas wie eine Höhle, die man sich gräbt. Oder ein Nest, das man sich baut. So richtig kapiert hab ich's nicht. Ist das wie eine Bestimmung, die man findet? Oder von der man gefunden wird? Und was, wenn man keine hat? Gräbt man sich dann eine?

»Die Bassbox rumpelt«, raunt Archi mir zu.

»Steht schon auf der Liste«, erwidere ich. »Ich setz Rufus darauf an. Apropos: Hast du eine Ahnung, wo dein … *Onkel* sich rumtreibt?«

Ist noch nicht lange her, da hatten Archi und ich eine ausgesprochen persönliche Unterredung, in der er mir gestanden hat, dass er längst weiß, was praktisch jeder im Clan weiß, nämlich dass sein leiblicher Vater Rufus ist und nicht Rocky und dass, wenn ich künftig eine Beziehung auf Augenhöhe mit ihm haben will, ich aufhören muss, ihn ständig wie ein Jungtier zu behandeln. Ich fühlte mich von seiner Offenheit geehrt, also haben wir beschlossen, den anderen künftig ernster zu nehmen.

Wenn wir über Rufus reden, tun wir trotzdem weiterhin so, als wäre er Archis Onkel, aber um zu signalisieren, dass ich natürlich weiß, dass Rufus nicht wirklich Archis Onkel ist, und um Archi zu zeigen, dass ich auch weiß, dass er es weiß, schiebe ich immer eine kurze Pause ein, bevor ich »Onkel« sage.

»Ist irgendwie albern, oder?«, sagt Archi. »Jedesmal die Pause vor dem ›Onkel‹?«

»Irgendwie schon«, gebe ich zu. »Aber so ist das eben, wenn man in einem Clan lebt, da muss man ein paar Rücksichten nehmen.«

Archi kaut kurz auf meiner Antwort herum, dann sagt er: »Gesehen hab ich ihn schon länger nicht mehr, schätze, er streift mit Grete durch den Wald und hält ihr dabei Vorträge.«

9

Ich stelle mich an die Kante der Felshöhle, mache meinen Rückwärtssalto durch den Wasserfall, lande im Sprungbecken und stelle fest, dass es nachts inzwischen empfindlich kalt wird. Vor allem das Wasser. Den Waschbären macht das nichts, die hängen stundenlang im kältesten Wasser ab und haben danach noch genauso viel Gefühl in den Zehen wie vorher. Immerhin hab ich daran gedacht, vor dem Sprung meine Ohren zu verschließen, das können wir Erdmännchen nämlich. Rufus meint, dies sei eine der wenigen evolutionären Errungenschaften, die uns auch im Brandenburger Wald von Nutzen sind.

Kaum bin ich aus dem Becken geklettert und habe meine Ohren wieder geöffnet, da höre ich … Grete. Und meinen Bruder. Und dann sehe ich sie auch, vielmehr ihre Umrisse. Sie sitzen Seite an Seite im Mondschein auf einem der Begrenzungssteine am hinteren Spaßbecken.

Ist echt bescheuert, merk ich selber: dass mir das immer noch einen Stich versetzt, wenn ich Rufus und Grete zusammen sehe. Würde mich jemand fragen, würde ich sagen, der Grund dafür ist verletzte Eitelkeit. Dass ein so prachtvolles Geschöpf wie Grete einen Nerd wie Rufus heißer findet als mich, Ray, den Macher des *Acapulco*, will mir nicht in den Sinn. Und wenn das schon so ist, dann sollte Rufus doch wenigstens seine Chance ergreifen und sich in ein Liebesabenteuer mit ungewissem Ausgang stürzen.

Aber nein, nicht Rufus. Für den ist »über seinen Schatten springen« gleichbedeutend mit »sich in den Tod stürzen«. Idiot. Ich weiß noch, wie er mich vollgeheult hat: Nein, ich kann ihrem Glück nicht im Weg stehen, ich muss mich emotional und räumlich von ihr distanzieren, sonst wird sie niemals die Chance haben, eine eigene Familie zu gründen. Wen interessiert denn bitte so was, wenn eine Weltklasse-Feldhäsin auf dich steil geht? Rufus ist wirklich kein Verzicht zu schmerzhaft, solange er sich als Opfer des Schicksals begreifen kann.

Ups. Vermutlich sollte ich das nicht tun, mich heimlich an die beiden heranschleichen. Geht mich schließlich nichts an, was sie zu besprechen haben. Aber ich muss daran denken, wie Grete heute früh zu Rufus gesagt hat, dass sie sowieso mal mit ihm reden wolle. Das klang, als läge ihr etwas auf dem Herzen. Und da wüsste ich natürlich zu gerne, was das ist, das ihr da auf dem Herzen liegt, außerdem ist es ja wohl nicht verboten, ein bisschen in ihre Richtung zu schlendern, und solange ich mich im Schatten der Bäume aufhalte, sieht mich auch keiner, zumindest nicht Rufus. Bei Grete weiß ich's nicht so richtig. Feldhasen sind dämmerungsaktiv, die sehen im Dunkeln deutlich besser als wir. Ich schleiche mich also so nah heran wie möglich, halte mich aber in Gretes Rücken.

»Dabei haben wir so viele Gemeinsamkeiten«, höre ich die Häsin flüstern.

»Und sind doch so verschieden«, erwidert Rufus.

Er bringt seine Verklemmtheit zum Ausdruck, indem er die Vorderpfoten zwischen die Knie klemmt. Kein anderes Erdmännchen würde so eine bekloppte Position einnehmen. Andererseits: Wie viele Erdmännchen bringen sich das Lesen bei?

»Kann es sein«, sagt die schlaue Grete, »dass du dir deiner Gefühle für mich gar nicht so sicher bist, wie du selbst es dir wünschst? Und dass du …«

»Aber …«

»Lass mich mal zu Ende reden, Rufus. Und dass du deshalb nach Gründen suchst, weshalb es zwischen uns nicht funktionieren kann?«

»Aber nein, das ist es nicht, ganz und gar nicht.«

Eine von Rufus Vorderpfoten entwischt dem Klammergriff seiner Knie und haut ihm aufs Ohr. Übersprungshandlung. Passiert ihm gerne in emotionalen Stresssituationen. Sexy geht anders.

»Meine Gefühle für dich sind unzweifelhaft«, fährt mein kleiner Bruder fort, »aber ich weiß, dass es dein größter Wunsch ist, eine Familie zu gründen, Nachwuchs zu bekommen, und das kannst du mit mir ebenso wenig wie mit Emil, weil …«

»… weil wir unterschiedliche Chromosomen haben, ich weiß, du hast es mir erklärt.« Zärtlich löst Grete Rufus' Pfoten aus der Umklammerung seiner Knie und nimmt sie zwischen ihre. »Aber vielleicht ist Liebe eben doch mehr als nur ein schmutziger Trick der Natur, um das Fortbestehen der Arten zu sichern. Vielleicht ist Liebe etwas, das über den Fortpflanzungstrieb hinausgeht.«

»Aber wir würden niemals eine Familie sein.«

»Wer sagt das?«

»Unsere Chromosomenanzahl.«

»Eine Zahl soll die Macht haben, darüber zu entscheiden, was eine Familie ist?«

»Zwei Zahlen«, korrigiert Rufus. »Achtundvierzig in deinem Fall, sechsunddreißig in meinem. Du kannst es Zufall nennen oder Schicksal, aber so ist es nun einmal.«

»Weißt du«, überlegt Grete, »ich denke manchmal, Schicksal ist auch immer ein bisschen Glaubenssache. Die Frage ist doch: Ist dein Schicksal dein Schicksal oder wird es zu deinem Schicksal, weil du glaubst, es wäre dein Schicksal?«

Das hat sie ganz schön schlau gesagt, finde ich, und Rufus findet das offenbar ebenfalls, denn ausnahmsweise hat er keine noch schlauere Antwort parat.

»Denk nur mal an Skipper und Ping«, fährt Grete fort. »Seit Wochen brüten sie die vier adoptierten Enteneier aus. Stell dir vor, die Küken schlüpfen jetzt …«

»Werden sie nicht. Die Brutzeit bei Mandarinenteneiern beträgt einen Monat. Die Küken wären längst geschlüpft. Ich fürchte, Skipper und Ping brüten schon wieder unbefruchtete Eier aus.«

»Worauf ich hinauswill«, sagt Grete, »ist Folgendes: Mandarinenten und Pinguine haben doch bestimmt auch unterschiedliche Chromosomen.«

»Aber hallo!«

»Gut. Jetzt stell dir vor, die Küken würden tatsächlich schlüpfen, und Skipper und Ping würden sie großziehen. Wären sie dann keine Familie?«

Statt zu antworten, haut sich Rufus ein weiteres Mal eine Klaue aufs Ohr. Mehr kommt erst einmal nicht. Grete hat ihn zum Schweigen gebracht. Alleine dafür sollte sie einen Orden oder so kriegen, finde ich.

Sie sagt: »Wie wär's, wenn du mich einfach mal in den Arm nehmen würdest?«

Rufus versucht es, aber sie merken beide, dass das irgendwie nicht funktioniert, denn Grete ist etwa doppelt so groß wie er. Um ehrlich zu sein, sieht es so aus, als versuchte Rufus, sich vor dem Ertrinken zu retten.

»Vielleicht nimmst *du* lieber *mich* in den Arm«, schlägt er vor.

Grete tut es, legt Rufus ihre Pfoten um die Schultern und drückt ihn an ihr weiches Brustfell.

Der Anblick schmerzt. Auch ich habe schon einmal meinen Kopf in Gretes Brustfell drücken dürfen, daher weiß ich, dass es auf der ganzen Welt keinen Ort gibt, an dem sich ein frustriertes Erdmännchen geborgener fühlen könnte. Ich hoffe, Rufus weiß das zu schätzen.

»Du riechst so anders heute«, sagt er.

»Wenn du meinst.«

Seine Pfote tastet an ihrer Flanke herum. »Das ist sehr weich, dein Bauchfell.«

»Ich weiß«, sagt Grete.

»Und warm.«

»Ich weiß.«

Okay, offenbar weiß er es zu schätzen. Ich verziehe mich besser. Um die scheppernde Bassbox können wir uns später kümmern. Da wartet eine Party auf mich.

10

Ich weiß nicht genau, warum ich aufwache – ein Räuspern oder so –, aber als ich zu mir komme, flirren die Erinnerungen an letzte Nacht in meinem Kopf herum wie blinkende Bonuspunkte in einem Pac-Man-Spiel. Was ich von der Eröffnungsparty noch im Kopf habe, ist eine wabernde Masse aus Licht, der Geruch von tausend Hormonen und der Beat von *Vermissen* von Juju.

Ich schätze, spätestens als die sonst so schüchternen Hermeline auf der Slackline Merengue getanzt haben und die Discokugel auf die Tanzfläche gekracht ist, war klar, dass die Party doch noch aus dem Ruder laufen würde. Und da kommt auch schon die nächste Erinnerung angescheppert: Sind die Mauswiesel wirklich auf Doktor Peltz, dem Dachs, Rodeo geritten?

Wieder dieses Räuspern. Hat was Spießiges, so ähemähem-mäßig. Immerhin weiß ich jetzt, wo ich bin, in meiner Kammer nämlich, und auf meinem Bauch liegen drei Pfoten, von denen folglich mindestens eine nicht von mir ist, so viel Mathe kann ich. Ich ertaste also die fremde Pfote, um herauszufinden, wer an ihr dranhängt, als mir eine Stimme zuflüstert: »Müssen wir wirklich schon aufwachen?«

Natalie, war ja klar. Ich will ihr zuflüstern, dass wir auf gar keinen Fall schon aufwachen müssen, als ich eine Stimme sagen höre: »Besser wäre das!«

Rufus, unverkennbar. Und jetzt weiß ich auch, woher dieses ätzende Ähem-ähem kommt. Ich kann mich nicht erinnern, ob zwischen Natalie und mir letzte Nacht noch was gelaufen ist, aber eins weiß ich: Zwischen Grete und Rufus ist unter Garantie nichts gelaufen. So räuspert sich keiner, der vorher Sex hatte.

»Was immer es ist, Rufus«, sage ich, »verschieb es auf später.«

»Oh, ich kann dir versichern, mir wäre es auch lieber, ich hätte dich nicht wecken müssen, aber diese Angelegenheit duldet keinen Aufschub.«

Mir dröhnt der Schädel, also sage ich nur: »Nö.«

»Wie bitte?«

»Nö, glaub ich nicht.«

»Du glaubst mir nicht, dass die Angelegenheit keinen Aufschub duldet?«

Ich stütze mich auf einen Ellenbogen. Rufus ist lästiger als eine Zecke. »Nein, ich glaube dir nicht, dass du mich lieber nicht geweckt hättest. Das verschafft dir nämlich jedes Mal eine kindische Genugtuung.«

»Ich fürchte, die Angelegenheit, um die es geht, ist zu wichtig, um jetzt auf deine Provokation einzugehen, die übrigens genauso kindisch ist, wie ich sagen muss. Und in keiner Weise angemessen.«

»Also gehst du doch auf die Provokation ein.«

»Ich versuche gerade nichts weniger, als dir deinen pelzigen Hintern zu retten, da wäre etwas mehr Kooperation angezeigt, meinst du nicht?«

An diesem Punkt unserer Unterhaltung fängt Natalie leise an zu giggeln und lässt außerdem ihre Pfote in meine Leistengegend gleiten. Ich weiß nicht, warum, aber wenn Rufus und ich uns streiten, macht sie das immer scharf.

»War das gerade eine rhetorische Frage?«, entgegne ich.

Ich weiß natürlich, dass ich Rufus am Ende nicht mit seinen eigenen Waffen schlagen kann, aber ein bisschen ärgern kann ich ihn schon.

Statt zu antworten, sagt er: »Der Wald ist in Aufruhr, Ray! Und zwar wegen *deiner* Party.«

»Ach, plötzlich ist es *meine* Party, ja? Gestern Nacht war es noch *unsere* Party, wenn ich mich recht erinnere.«

»Da sind offenbar zu fortgeschrittener Stunde einige sehr unschöne Dinge vorgefallen. Von der Lärmbelästigung durch die auf die Wiese geschleppte Box ganz zu schweigen.«

Ui, an die kann ich mich tatsächlich nicht erinnern. Klingt nach Bernie und Freddie. Offenbar haben ein paar Party-People noch weitergefeiert, nachdem Natalie und ich gegangen sind.

»Was 'n so für Dinge?«, frage ich möglichst unbeteiligt.

»Wettpinkeln am Spaßbecken zum Beispiel. Oder Siebenschläfer gegen ihren Willen den Wasserfall hinunterwerfen. Auf wehrlosen Dachsen Rodeo reiten …«

»Klingt für mich nach einer ziemlich gelungenen Party«, sagt Natalie und zwickt mich in die Leiste, damit ich auch nicht vergesse, wo ihre Klaue sich gerade herumtreibt.

»Das, liebes Schwesterherz, sehen einige der Waldbewohner offenbar anders.«

»Also, was Doktor Peltz angeht«, sage ich, »der konnte gar nicht genug davon bekommen, als Rodeopferd benutzt zu werden.«

»Und was ist mit Carmen?«

»Der Seidenschwanzdame? Keine Ahnung, was ist mit ihr?«

»Offenbar haben ein paar wild gewordene Grauhörnchen ihr an den Schläfen die Federn ausgerissen.«

Da ist was, ich versuche, mich zu erinnern. »Wenn ich das richtig im Kopf habe«, sage ich, »hat sie verlangt, dass man ihr einen Irokesen zupfen soll.«

»Stimmt«, sagt Natalie, »als würden ihre Kopffedern nicht so schon krass genug aussehen.«

»Das kannst du, Ray, gleich den Waldbewohnern auf der großen Lichtung erklären. Es wird nämlich erwartet, dass du dich für die Auswüchse der Party verantwortest, und zwar stante pede.«

»Und zwar *was*?«

»Stante pede!«, wiederholt Rufus. »Das ist ein Ablativus absolutus.«

Natalie fängt an zu kichern.

»Ich wünschte, ich hätte nicht gefragt«, seufze ich.

»Die Redewendung stammt aus dem Lateinischen, was ja wohl klar sein dürfte angesichts der Tatsache, dass es sich um einen Ablativus absolutus handelt. Und da du, wie ich weiß, des Lateinischen nicht mächtig bist, sage ich dir auch, was der Begriff bedeutet, nämlich ›stehenden Fußes‹.«

»Ich soll sehenden Fußes auf die Lichtung kommen?«

»*Steh*enden Fußes!«

»Okay, dann soll ich also *steh*enden Fußes auf die Lichtung kommen?«

»Zumindest diese Information scheint bei dir angekommen zu sein.«

»Kapier ich nicht«, sage ich und will mich Natalie zuwenden, als mich zwei sehr scharfe Krallen am Ohr packen und nach oben ziehen.

»Das bedeutet«, sagt Rufus, »unverzüglich, sofort!«

11

Als Rufus und ich zur großen Lichtung kommen, ist es sofort spürbar. Ehrlich gesagt, spüre ich es schon vorher. Da braut sich was zusammen. Riechen kann ich es auch. Die Menschen haben eine Redewendung: riecht nach Ärger. Yep. Genauso ist es. Der Platz vor den Resten der Versammlungseiche – leider hat sie bei unserem letzten Abenteuer etwas gelitten – ist gut gefüllt, offenbar gibt es eine Menge Tiere, die sich Luft machen wollen.

Spanner und einige seiner Artgenossen kauern ordentlich in der ersten Reihe, außerdem mache ich in der Menge Sven, den Vielfraß, aus sowie Emil, Gretes Exmann, der nie weit ist, wenn er darauf hoffen kann, dass wir eins auf die Mütze kriegen. Gernot, der Kernbeißer, ist auch da, dazu noch alle möglichen anderen Tiere.

Als wir nach vorne gehen und an Stefan-Albert von der Wiese vorbeikommen, grüße ich freundlich, doch der Iltis, der mir noch letzte Nacht vor Freude beinahe die Schultern ausgerenkt hätte, rümpft die Nase und wendet sich ab.

Von den Wildschweinen sind auch ein paar gekommen, ich sehe Fritz, Herrmanns Sohn, am Waldrand lauern. Den ihm ergebenen Schlägertrupp hat er ebenfalls mitgebracht. Herrmann selbst kann ich nirgends entdecken, und ich frage mich, ob das eher ein gutes oder eher ein schlechtes Zeichen ist.

»Keine unqualifizierten Kommentare jetzt«, raunt Rufus mir zu.

Ich denke natürlich, dass er den Keiler meint, aber dann sehe ich, dass Carmen, die Seidenschwanzdame, bereits nervös auf dem Baumstumpf herumhüpft, der den Tieren als Rednertribüne dient. Tatsächlich sehen Seidenschwänze mit ihrem Federbürzel am Kopf ohnehin nicht gerade cool aus. Ich mag nur so viel sagen: Gezupfte Schläfen machen es nicht besser.

Kaum sind Rufus und ich bei ihr angekommen, flattert Carmen hektisch auf und ruft: »Hört, ihr Waldbewohner, ich bin enteeehrt worden! Man hat mir meine Wüüürde genommen! Geraubt hat man sie mir! Seht mich an: Einst war ich der schönste Vogel des Waldes, doch jetzt kann ich mich nirgends mehr blicken lassen.«

Habe ganz vergessen zu erwähnen: Die Waschbären sind ebenfalls da und winken wie immer gut gelaunt zu mir herüber.

»Dafür, dass du dich nirgends mehr blicken lassen kannst«, ruft Abigail, »ziehst du hier eine ganz ordentliche Show ab.«

»Du sei mal schön still«, quiekt Carmen, während sie auf der Lichtung hin und her flattert. Die Köpfe der Anwesenden bewegen sich, als würden sie ein himmlisches Tennismatch verfolgen. »Eurem Krach haben wir es zu verdanken, dass keiner im Wald mehr ein Auge zumachen kann.«

Sofort kommt Leben in die Menge, es wird geschimpft und gestikuliert, ich meine die Worte »unerhört«, »Rattenpack« und »Affenbande« herauszuhören.

Rufus und ich sehen uns an. Kein guter Start.

Von der Seite wackelt schwerfällig Doktor Peltz ins Bild. Bevor König Karl aus dem Wald vertrieben wurde, hatte der Dachs die Position des Hofrats inne. Das bedeutet, er hatte nicht wirklich etwas zu tun, aber eine Position. Rufus meint, in Monarchien mache man das so, da seien nur zwei Dinge wichtig: eine Hierarchie und Uniformen.

Wie auch immer, seit König Karl nicht mehr da ist, leidet der Dachs unter etwas, für das Rufus die Bezeichnung »Degradierungsdepression« erfunden hat, und wünscht sich dringend eine neue Aufgabe. Vermutlich sah er deshalb so glücklich aus, als die Mauswiesel ihm auf der Party einen Gürtel umgeschnallt und ihn zum Rodeodachs gemacht haben. Ein Gürtel macht zwar noch keine Uniform, aber er gibt dir eine Berechtigung.

»Meine Herren«, Doktor Peltz nickt uns zu, »ich denke, es wäre zielführend, wenn ich die Diskussionsleitung übernähme.«

Rufus nickt ihm ebenfalls zu und deutet auf den Baumstumpf: »Bitte sehr.«

»Danke.« Der Dachs wuchtet sich auf den Baumstumpf, hebt seine pummeligen Vorderpfoten und wartet, bis Ruhe einkehrt. »Hier darf, glaube ich, jeder sagen, was er zu sagen hat«, erklärt er. »Aber bitte schön der Reihe nach.«

Bevor irgendwer sich überlegen kann, was er zu sagen hat, hat Rufus sich bereits geräuspert – ähem ähem – und sagt: »Ich würde gerne Stellung zu den von Carmen geäußerten Vorwürfen nehmen.«

»Äh … bitte«, sagt Doktor Peltz und räumt den Baumstumpf.

Rufus klettert hinauf, und an der Art, wie er sich strafft, bevor er sich der Menge zuwendet, sehe ich, dass er das insgeheim ganz geil findet: über den anderen stehen. Herrschen. Es ist gegen seine Prinzipien und alles, und er würde es niemals zugeben, aber geil findet er es trotzdem.

»Sofern ich richtig informiert bin«, sagt er und streift mich mit einem Blick, »haben Sie, Fräulein Carmen, selbst darum gebeten, dass man Ihnen die Federn an den Schläfen entfernt.«

Carmen flattert immer aufgeregter, die Köpfe der Tiere kommen kaum hinterher. »Das ist nicht wahr!«, ruft sie.

»Logisch, isses!«, ruft Freddie.

Und Bernie: »›Macht mir einen Iro, ich will einen Iro!‹«

»Aber erst«, japst Carmen, »nachdem man mich unter Drogen gesetzt hat!« So, wie sie mit den Flügeln schlägt, bekommt sie gleich einen Herzinfarkt.

Rufus winkt mich zu sich. »Stimmt das?«, flüstert er.

»Ja und nein«, sage ich. »Kann sein, dass sie eine *Holy Shit* aufgepickt hat, aber eingetrichtert hat ihr die keiner.«

»Kann sein?«, fragt er.

»Ja, also, ich kann's nicht ausschließen.«

Holy Shit ist, um es möglichst neutral zu sagen, eine bewusstseinserweiternde Substanz, die von Archi entwickelt wurde und die im Wesentlichen aus Stechapfel und schwarzer Johannisbeere besteht, Yin und Yang, wie Archi meint, Gut und Böse quasi, vereint in einem unscheinbaren gelblichen Kügelchen. Für alle anderen ist es einfach nur *Holy Shit*.

»Davon, dass man Sie unter Drogen gesetzt hat, kann keine Rede sein«, wendet sich Rufus wieder an Carmen. »Sollten bei dem gestrigen Vorfall Drogen im Spiel gewesen sein, so haben Sie sich diese aus freiem Willen zugeführt!«

»Was hätte ich denn machen sollen?« Flatter, flatter. »Ich bin ein Vogel!« Flatter, flatter, flatter. »Wenn ich etwas Essbares sehe, dann picke ich es auf, dafür kann ich nichts. Man hat mich enteeEHHH…«

Carmens Abgang ist an Dramatik nicht zu überbieten.

Bevor sie zu Ende zetern kann, kreischt sie noch einmal auf, dann verliert sie das Bewusstsein, trudelt wie von einer Kugel getroffen in die Menge und landet im Fell von Luchs Benjamin.

Der pflückt den schwer atmenden Vogel mit einer gezückten Kralle aus seinem Fell und beschnuppert ihn. »Eine Frage«, er blickt in die Menge, »darf ich die jetzt fressen?«

12

Unter keinen Umständen«, ruft jemand vom Waldrand. Eine Stimme aus der Menge entgegnet: »Von mir aus.«

»Unerhört ist das!«, piepst ein Zaunkönig.

»Wieso? Die nervt doch eh nur.«

Rufus weiß auch nicht weiter. Einerseits ist das natürlich nicht besonders nett, bei einer Versammlung eine der Anwesenden zu fressen, andererseits stehen Vögel auf dem Speiseplan von Luchsen ziemlich weit oben, und mit dem Gezeter wäre auch Schluss.

Doktor Peltz ergreift das Wort: »Lebt sie denn noch?«

Benjamin drückt Carmen eine Pfote auf den Leib, und zwar so, dass auf der einen Seite ein paar Schwanzfedern herausschauen, auf der anderen ihr Iro. Sieht aus, als würden ihr gleich die Augen aus dem Kopf springen. »Also das Herz schlägt noch«, sagt er.

Nicht mehr lange, denke ich.

In diesem Moment gibt Carmen einen Ton von sich, der mich schwer an das Piepsen unseres Rauchmelders im Zoo erinnert.

Benjamin blickt überrascht auf seine Pfote und stellt fest, dass da kein Vogel mehr drunterliegt, stattdessen flattert die spontan Genesene hektisch auf. Und davon. Nach wenigen Sekunden ist sie nicht mehr zu sehen, allerdings hallt ihr Ruf noch eine Weile durch den Wald. »Ich bin enteeeehrt worden, ich bin enteeeehrt worden …«

Als es wieder still wird, sagt Benjamin: »Hätte ich mal nicht gefragt.«

Wenn ich so in die Menge schaue, habe ich das Gefühl, dass sich die meisten nach dieser Nummer einen irgendwie versöhnlichen Ausgang dieser Versammlung wünschen. Ich schätze, das bedeutet, ich sollte auch mal was sagen, immerhin ist das *Acapulco* ja mein Schuppen. Ich klettere also auf den Baumstumpf und richte mich auf. Erwartungsvolle Blicke. »Ich mach mal einen Vorschlag, okay? Ab sofort sind Drogen im *Acapulco* verboten.«

Das geht Emil, Gretes zu kurz gekommenem Exmann, natürlich nicht weit genug. »Und was ist mit dieser schrecklichen Umta-umta-Musik?«

»Um die Nachtruhe nicht zu stören«, sage ich, »dürfen keine Boxen mehr außerhalb des Clubs aufgestellt werden.« Ich blicke in die Runde. Die Stimmung ist unentschieden.

»Und der Müll?«, fragt ein Biber. Ausgerechnet. Wie es bei denen im Bau aussieht, weiß jeder. Das sind voll die Messies.

»Wird nach jeder Party weggeräumt«, verspreche ich.

»Und die Verunreinigung der Spaßbecken?«

»Ist ab sofort Geschichte.«

Ich warte. Schweigen. Immerhin denken sie nach.

Irgendwann bricht Rufus das Schweigen. »Gut. Ich deute die Tatsache, dass es offenbar keine weiteren Wortmeldungen gibt, als vorläufiges Einverständnis und schlage vor, wir verbleiben …«

»Halt!« Aus der ersten Reihe kommt eine Gelbhalsmaus angehopst. Spanner, logisch. Glubscht erst mich an, dann Rufus, dann Doktor Peltz und schließlich den Baumstumpf. »Helfen Sie mir mal da rauf«, herrscht er den Dachs an, worauf Doktor Peltz ihm eine Pfote unter den Hintern schiebt und ihn auf den Baumstumpf hievt.

Bereits an der Körperhaltung ist zu erkennen, dass Jens Spanner seinen großen Moment gekommen sieht. Wahrscheinlich hat er seine Rede die ganze Nacht lang vorbereitet, da er doch sowieso nicht schlafen konnte bei der Umtaumta-Musik.

»Sieht denn niemand von euch, was hier gerade vor sich geht?« Dramatische Pause. »Wir werden an der Nase herumgeführt! Von denen, die die Macht haben! Keine Drogen mehr im Club? Dass ich nicht lache. Jeden Morgen den Dreck wegräumen? Als hätte das je funktioniert! Lasst euch nicht täuschen, Tiere des Waldes, das sind alles leere Versprechungen. Und überhaupt: Seit wann haben wir denn hier Probleme mit Drogen? So etwas hat es doch früher gar nicht gegeben.«

»Also, Drogen«, mischt sich ein Marderhund ein, »hatten wir hier doch schon immer.«

Und ein Baummarder: »Stimmt. Die neuen sind nur irgendwie …«

»Besser?«, schlägt Freddie vor.

Unter denen, die gestern auf der Party waren, macht sich Gekicher breit. Andere nehmen die Sache sehr viel ernster.

»Ich sage es, wie es ist, auch wenn manche von euch das nicht gerne hören!« Spanners Stimme zittert vor Erregung. »Es gibt neuerdings Tiere hier im Wald, die ihre Macht ausnutzen, um Ärger zu machen. Und andere dazu anstacheln, ebenfalls Ärger zu machen. Und das sind überwiegend Tiere mit Migrationshintergrund, nämlich Grauhörnchen, Waschbären und Erdmännchen. Ist einfach mal Fakt. Und was diese Drogenexzesse angeht: Das ist alles erst mit den Afrikanern gekommen!«

»Das scheint mir eine durchaus berechtigte Beobachtung zu sein«, pflichtet der scheinheilige Stefan-Albert von der Wiese bei. Der kommt mir nicht noch einmal in den Club.

»Eine Willkürherrschaft ist das«, ruft Spanner mit allem, was sein schmales Brustkörbchen hergibt. »Eine Willkürherrschaft, die uns von den Erdmännchen aufgezwungen wird! Du willst die Erlaubnis, einen lotterhaften Tanzclub aufzumachen? Hier, bitte schön, kein Problem. Bist ja mein Bruder. Aber wenn eine Gelbhalsmaus ihre Terrasse vergrößern will, da kann sie lange auf eine Genehmigung warten!«

Rufus hat genug gehört. Er wirft sich neben der Gelbhalsmaus in Pose. »Dass Sie, mein lieber Herr Spanner, bislang noch keine Genehmigung für die Vergrößerung Ihrer Terrasse erhalten haben, hat ganz andere und vollkommen nachvollziehbare Gründe. In einer Gemeinschaft muss immer zwischen dem Gemeinwohl und dem Eigenwohl abgewogen werden. Und Ihre Terrasse, Herr Spanner, dient nicht dem Gemeinwohl, sondern lediglich Ihrem persönlichen.«

»Ach!« Spanner wendet sich an sein Publikum. »Und diese Tanzhölle soll gut für das Allgemeinwohl sein?«

»Ganz recht«, sagt Rufus.

»Und wer entscheidet darüber, was das Allgemeinwohl ist und was nicht?«

Rufus sitzt fest. Er windet sich noch einen Augenblick, aber er weiß, da kommt er nicht raus. Und zack, haut er sich mal wieder die Pfote aufs Ohr. »Ich«, gibt er zu.

13

»Dann macht doch Demokratie!«, schmettert Rufus in die Menge.

Plötzlich verstummt das Gefauche, Gezeter und Gekrächze, und es wird eigentümlich still. Den anderen Waldbewohnern geht es wie mir. Sie haben schon mal von Demokratie gehört, aber was es ist, weiß keiner so genau.

Rufus hat das, was er am meisten liebt – abgesehen von Grete –, nämlich die ungeteilte Aufmerksamkeit sämtlicher Waldbewohner. Das entstandene Durcheinander, nachdem mein Bruder eingestehen musste, dass er es ist, der neuerdings die Gesetze macht, hat noch einmal eine ganze Menge Tiere auf die Lichtung gelockt. Grete zum Beispiel, die sich im Hintergrund hält, aber deren lange Ohren sie dennoch verraten, außerdem etwa die Hälfte unseres Clans, Roxane und Rocky eingeschlossen. Und alle blicken zu Rufus auf.

»Ihr müsst mich nicht so ansehen«, sagt der jetzt. Die falsche Bescheidenheit sitzt ihm auf dem Kopf wie ein Damenhut beim Pferderennen. »Ihr wisst genau, was das bedeutet.«

Nein, wissen wir nicht.

Rufus zählt es an seinen Krallen ab: »Gewählte Volksvertreter, Mehrheitsbeschlüsse, unabhängige Institutionen …«

Nö. Nix. Kein Eintrag.

Rufus strafft sich. »Also: Ich kann euch versichern, dass es niemals in meinem Interesse lag, hier im Wald dauerhaft die Macht an mich zu reißen. Was wir im Moment haben, ist eine Art real existierender … Also, ich habe das immer als eine Zwischenlösung begriffen. Mein ganzes Streben gilt einer friedlichen Koexistenz aller Tiere, an Macht bin ich, wie gesagt, nicht interessiert. Also, wenn ihr wollt, dass ich die Macht abgeben soll, dann schlage ich vor, wir machen eine Demokratie.«

Keiler Fritz wagt sich vor. »Soll heißen?«

»Soll heißen«, erklärt Rufus, »dass es Gesetze gibt, die gemeinsam von den Tieren bestimmt werden und an die sich dann alle Tiere halten müssen.«

»Witz«, sagt Fritz.

»Ernst«, sagt Rufus.

»Und wenn wir deine Scheißdemokratie nicht wollen?«

»Erstens: Das ist nicht meine Demokratie. Wie bereits gesagt, ich klebe nicht an der Macht. Demokratie bedeutet Mitbestimmungsrecht für alle. Und wenn ihr Wildschweine das ablehnt, weil ihr lieber eure Schreckensherrschaft wieder einführen wollt, dann steht es euch frei, darüber abstimmen zu lassen. In einer öffentlichen und geheimen Wahl, an der sich jedes Säugetier und jeder Vogel beteiligen darf.«

Fritz wittert Morgenluft, wie die Menschen sagen. Es drängt ihn zu dem Baumstumpf, auf den er so gerne seinen Huf setzen würde. »Wir sollen diese komische Demokratie abschaffen, indem wir demokratisch abstimmen?«

»Nein, ihr sollt die Demokratie gar nicht abschaffen. Aufgeklärte Geister halten sie für eine große Errungenschaft, und ich, wie gesagt, klammere mich nicht an die Macht.«

Das sagt der ganz schön oft, denke ich.

»Aber ja«, fährt Rufus fort, »sofern ihr die Demokratie,

die wir ja noch gar nicht haben, wirklich abschaffen wollt, müsstet ihr euch dafür ihrer eigenen Mittel bedienen. Sonst zählt es nicht. Das haben andere vor euch auch schon versucht. Ich, wie gesagt, bin gerne bereit, meine Macht abzugeben und sie in die Hände einer gewählten Volksvertreter*in zu legen.«

Eine Füchsin spitzt die Ohren: »Eine Volksvertreter*in?«

»In einer Demokratie«, erklärt Rufus, »sind Männchen und Weibchen gleichgestellt. Jedenfalls im Idealfall. In der Realität sieht das leider ...«

Es setzt spontanes Gemurmel ein. Da gibt es offenbar Klärungsbedarf.

Luchs Benjamin ergreift das Wort: »Also, nur mal so theoretisch: Wenn ich jetzt eher für Demokratie wäre, und wir würden abstimmen, und die anderen hätten am Ende, sagen wir mal, zwei Stimmen mehr, weil die Gelbhalsmäuse da vorne alle dafür sind, dass es keine Demokratie geben soll ...«

»Bis jetzt kann ich dir folgen«, versichert Rufus.

Benjamin streicht sich über die Ohren. »Also, dann hätten die, die gegen Demokratie sind, zwei Stimmen mehr.«

»Völlig korrekt.«

»Aber wenn ich dann drei von denen fresse, gewinnt dann die Demokratie?«

Rufus sieht mich an, und in seinem Blick erkenne ich, dass ihm erst jetzt aufgeht, was für ein riesiges Räderwerk er mit seinem Demokratievorschlag in Gang gesetzt hat. Für einen Moment scheint ihn dieses Räderwerk zu erdrücken, doch dann begreift er, was die Aussicht auf Demokratie außerdem mit sich bringt, nämlich unendliches Belehrungspotenzial.

Er wendet sich der Menge zu, breitet die Vorderbeine

aus, der Dirigent vor dem Einsatz. »Meine lieben Waldbewohner!«, ruft er, von neuer Energie durchströmt. »Die Grundzüge der Demokratie! Lektion eins: Wir wählen einen Volksvertreter Schrägstrich eine Volksvertreterin!«

14

Ray, Ray, du musst sofort kommen!« Skipper, einer der schwulen Königspinguine, die ebenfalls aus dem Berliner Zoo abgehauen und dann irgendwie in unserem Wald gestrandet sind, kommt hektisch auf mich zugewackelt.

Ich muss sagen, einen Königspinguin dabei zu beobachten, wie seine Patschefüße durch Sand schaufeln, hat großen Unterhaltungswert. Das hat die Evolution so nicht gewollt. Ich würde mir das gerne noch länger anschauen, nur ist Skipper so aufgeregt, dass er vergessen hat, weshalb kein Tier des Waldes außer uns einfach mal so in die Savanne reinwackelt, nämlich weil hier lauter Munition rumliegt.

Ich richte mich auf dem Kanonenrohr zu meiner vollen Größe auf und rufe: »Skipper, bleib sofort stehen, sonst fliegst du in die Luft!«

»Was? Huch, ganz vergessen!« Seine Füße hören auf zu schaufeln, Skipper fängt an zu schwanken und klatscht schließlich der Länge nach in den Sand. »Na, das hab ich ja mal wieder großartig hinbekommen!«, ruft er. »Jetzt hab ich lauter Sand im Gefieder. Zum Glück hat Ping das nicht gesehen. Das dauert Stunden, bis das wieder draußen ist. Ich bin aber auch ein Schussel. OhmeinGottohmeinGottohmeinGott! Was mach ich denn jetzt?«

»Vor allem deine Atmung kontrollieren! Ich komme und führ dich raus.«

»Genau, deshalb bin ich ja hier! Du musst sofort kommen.«

Ich schiebe mich auf dem Kanonenrohr bis vor zur Mündung und lasse mich fallen. Ist eigentlich voll gefährlich, aber neuerdings geht das, ohne dass man sich dabei das Steißbein prellt. Meine Geschwister haben nämlich einen weiteren Zugang zu unserem Bau gegraben, der direkt unter dem Panzer endet, und sämtliche Erde, die dabei zutage kam, haben sie vor dem Panzer zu einem Haufen aufgeschichtet. Seitdem haben wir in unserer Savanne eine weitere Freizeitattraktion: vom Kanonenrohr springen und auf seinem Hintern direkt bis in die Senke rutschen.

»Was gibt es denn so Dringendes?«, frage ich. Wahrscheinlich hängt mal wieder ein Zweig ins Wasser. Oder ein Fuchs hat ihre aus Mausern geflochtenen Deckchen durcheinandergebracht.

»Du musst sofort kommen!«

»Ich glaube, so viel hab ich inzwischen verstanden.«

»Dann komm.«

»Willst du mir nicht einfach …«

»KOMM!«

Eilig wackelt Skipper in den Wald hinein, ruft »Platz da!«, obwohl ihm niemand den Weg versperrt, und führt mich zu der Stelle, wo der Bach eine Biegung macht und das Wasser ein paar Tümpel bildet. Neben einem davon haben sich Skipper und Ping unter überhängenden Zweigen häuslich eingerichtet. Eigentlich total untypisch für Königspinguine, ich weiß, aber ich würde Skipper und Ping auch nicht als typische Pinguine bezeichnen.

Skipper robbt ins Unterholz, sagt »wisch dir ja die Pfoten ab, so viel Zeit muss sein«, und dann stehen wir in ihrer Behausung. Von hinten sehe ich Ping, der irgendeine komische Yogaübung macht, jedenfalls denke ich, dass er das macht, bis mir klar wird, dass er sich vor lauter Rührung selber Luft zufächelt. Außerdem quiekt er, und zwar in einer Tonlage, die wie eine feine Nadel direkt durch mein Trommelfell geht.

Und dann kapier ich es: Das ist nicht er, der da quiekt. Das sind Küken! Ich nähere mich vorsichtig von der Seite, und dann erkenne ich, dass sich ein flauschiges Knäuel aus Entenküken an ihn drückt.

Ich fasse es nicht. Nachdem sie zwei Mal versucht haben, unbefruchtete Eier auszubrüten, was sie jedes Mal in eine Depression gestürzt hat, haben sie es endlich geschafft. Sie haben die zurückgelassenen Eier der Mandarinenten ausgebrütet. Ich sehe Skipper und Ping, wie sie sich um die frisch geschlüpften Entlein drängen, und gehe stark davon aus, dass ich gerade die rührendste Patchwork-Familie aller Zeiten vor mir habe.

»Glückwunsch«, raune ich Ping zu.

Der sieht mich an, mit verschwommenem Blick und Pupillen so groß wie Bowlingkugeln. »Alle vier«, flüstert er.

Ich weiß gar nicht, was ich sagen soll. »Ich freue mich riesig für euch«, bringe ich schließlich hervor. »Wenn ihr irgendetwas braucht, sagt Bescheid.«

»Danke«, erwidert Skipper, »wir haben alles, was wir brauchen.«

»Mehr als das«, sagt Ping und reibt seinen Schnabel an Skippers, und ich schwöre, ich kann riechen, wie die Luft in ihrem Unterschlupf schwer wird vor lauter Glückshormonen.

15

So still?«, fragt Natalie.

»Ich muss an Berlin denken«, sage ich.

»Ist wegen den Gänsen, oder?«

»Hm-m.«

Gemeint sind die Wildgänse, die über uns hinwegziehen, ganz schön weit oben, in einem sich ständig neu formierenden V, was irgendwie krass organisch aussieht. Noch krasser, als es aussieht, sind allerdings die Rufe, das ist echt spektakulär. Ich meine, die pfeifen da oben aus dem letzten Loch, und trotzdem rufen sie die ganze Zeit einander, vergewissern sich, dass alle da sind.

Rufus hat mir erklärt, dass arktische Wildgänse im Herbst von Sibirien bis nach Duisburg fliegen, und im Frühling dann wieder zurück. Sechstausend Kilometer hin, sechstausend her. Wildgänse sind sozusagen Dauermigranten. Ich weiß nicht, wie weit Sibirien weg ist, von Duisburg ganz zu schweigen, aber sechstausend Kilometer klingt nach krass viel. Deshalb sind die Gänse auch so fett. Die brauchen die ganze Energie, weil sie zwischendurch nur ganz wenige Pausen machen und manchmal tausend Kilometer am Stück fliegen, was auch schon voll viel ist.

Als wir noch im Zoo in Berlin gelebt haben, ist jedes Mal, wenn im Herbst die Wildgänse kamen, die Sehnsucht nach der Savanne in uns erwacht. Der Ruf der Ferne. Dabei ist die Savanne, wie Rufus meint, locker doppelt so weit weg wie sechstausend Kilometer. Also ultra. Na ja, und wenn die Gänse dann über den Zoo hinweggezogen waren, war das für uns irgendwie das Signal, ins Winterquartier umzuziehen. Bye-bye Freiluftsaison, auf Wiedersehen im Frühling. Und jetzt hängen wir auf einem ehemaligen Truppenübungsplatz in Brandenburg ab.

Vielmehr liegen wir, also Natalie und ich, auf dem Gefechtsturm unseres T-72, der sich in der Herbstsonne noch einmal ein bisschen aufwärmt. Eigentlich sollen wir nach Gefahren Ausschau halten, während unsere Geschwister aus dem fünften Wurf auf den Panzerketten Fangen spielen, aber das Leben im Zoo hat unsere Instinkte irgendwie verhunzt.

Natalie greift nach meiner Pfote. »Red mit mir, Ray.«

Schweigen ist echt nicht Natalies Ding. Da hat die irgendwie Angst vor.

»Ich frage mich«, sage ich, »ob die Gänse heute Morgen oder wann über den Zoo drübergeflogen sind. Und jetzt fliegen sie über uns drüber.«

»Du vermisst den Zoo, stimmt's?«

»Schätze, schon. Ich meine, wir haben da unser ganzes Leben verbracht. Wenn ich mir vorstelle, dass ich Kong und Kunze und Justus und Ursula und all die anderen niemals wiedersehen werde, das ist, wie wenn man in einem Fahrstuhl steht und der plötzlich nach unten fährt. Weißt du, was ich meine?«

»Ich bin zwar noch nie in einem Fahrstuhl gefahren, aber ich denke, ich weiß trotzdem, was du meinst.«

»Ein bisschen fehlen mir sogar die Flamingos«, überlege ich, »obwohl das voll die geistigen Bodenturner sind. Aber zum Verarschen waren sie prima.«

»Ist ja nicht so, als hättest du hier keine Tiere, die du verarschen kannst.«

»Schon. Trotzdem frage ich mich, ob es einen Grund gibt, weshalb wir ausgerechnet hier gelandet sind. Ob da, weiß auch nicht, ein höherer Sinn dahintersteckt oder so.«

»Wie meinst'n das?«

»Ich meine: Wozu sind wir da?«

»Um Spaß zu haben?«

»Auf jeden. Aber ist da noch was anderes?«

Natalie durchzuckt ein Gedanke. »Du willst nicht ernsthaft einen neuen Clan mit mir gründen.«

»Was? Nein. Nicht, dass ich wüsste, auf jeden Fall. Es ist eher so … Das klingt jetzt irgendwie blöd, ich weiß, aber …«

»Aber?«

»Also, ich hab da neulich einen Raben getroffen, als wir beim Bauern waren, um Honig für die Party zu … besorgen. Aurin. Der saß plötzlich hinter mir auf der Küchenbank und erzählte was davon, dass der Sinn kein Hund ist, den man einfach so ruft, und dann kommt er angetrabt, sondern dass der Sinn so was wie ein Bau ist, den man sich gräbt.«

Natalie dreht sich auf die Seite und legt mir ein Vorderbein auf den Bauch. »Und jetzt überlegst du«, schnurrt sie, »ob Mit-mir-einen-Clan-Gründen bedeuten würde, uns einen Bau zu graben.«

Da bin ich jetzt kurz sprachlos, merkt auch Natalie. Irgendwo unter uns hat Marcia Minka gefangen, aber nur, weil die mit einer Hinterpfote in der Panzerkette feststeckt.

»Spielstopp!«, ruft Minka, die es nicht ertragen kann zu verlieren.

»Dann hättest du's vorher sagen müssen!«, plärrt Marcia.

»Hab ich.«

»Gar nicht.«

»Vielleicht hab ich's vergessen.«

»Musst du aber, sonst zählt's nicht.«

»Mir egal, hilf mir lieber hier raus.«

»Erst wenn du zugibst, dass kein Spielstopp war.«

Natalie wartet noch immer auf meine Antwort, als sich mit mächtigem Flapp-Flapp zwei Greifvögel auf uns stürzen.

»Milane!«, rufe ich, werfe mich schützend auf Natalie und zerre sie in letzter Sekunde unter die Dekontaminationseinheit.

Also in letzter Sekunde, bevor zwei arktische Wildgänse auf dem Kanonenrohr landen. Entwarnung.

Die eine Wildgans sagt: »So eine Aufregung!«

Und die andere: »Echt mal.«

Natalie und ich kauern noch unter der Dekontaminationseinheit.

Zärtlich löst sie meine Krallen aus ihrem Fell. »Du hast mir das Leben gerettet.«

»Von wegen.« Ich versuche, zur gewohnten Lässigkeit zurückzufinden. »Sind doch bloß zwei Gänse.«

Ich will aus unserem Versteck kriechen, doch Natalie hält mich zurück, und plötzlich sind wir Nase an Nase, und ich spüre ihren Atem.

»Sei nicht so bescheiden, Ray. Dass es nur Gänse waren, konntest du nicht wissen. Trotzdem hast du als Erstes versucht, mich zu retten, das war sehr …«, sie krault mich hinter dem Ohr, weil sie weiß, dass ich da am kitzeligsten bin, »… heldenhaft von dir.«

Im Geiste ziehe ich mir meine Cowboystiefel an, lege meinen Patronengurt um und sage: »Hätte dich ja schlecht den Milanen überlassen können.«

Als wir an unseren Platz zurückkehren, wiederholt die

eine Gans gerade, was sie vorher schon gesagt hat: »So eine Aufregung.«

Und die andere, die genauso fett ist, antwortet: »Das kannst du laut sagen.«

Und die eine so: »Der arme Hirsch. Kann einem leidtun.«

Und die andere: »Da sagst du was.«

Ich würde ihnen gerne mal ins Gefieder pieksen, einfach so, um zu wissen, wie sich der Speck so anfühlt, aber noch mehr interessiert mich, worüber die beiden Rotschnäbel reden, also sage ich: »Äh, hallo!«

Die Gänse drehen mir ihre Köpfe zu: »Vsem privet«, begrüßt mich die, die näher an uns dransitzt.

Die andere: »Mensch, Olga, wir sind doch nicht mehr in Russland.« Und zu uns: »Hallo, ihr beiden Hübschen. Wo kommt ihr denn her?«

»Lange Geschichte«, sage ich. »Sagt mal, worüber redet ihr da gerade?«

»Oh, ach so. Also, die waren wirklich groß.«

»Gigantisch«, bestätigt Olga. »So was bekommt man selbst in Sibirien kaum zu sehen.«

»Wer denn?«, will ich wissen.

Olga wendet sich an ihre Kollegin: »Stimmt doch, oder, Olga?«

»Absolut.«

»Moment mal«, gehe ich zwischen, »bist du nicht Olga?«

»Wir sind beide Olga«, sagt Olga.

Und die andere Olga: »Absolut.«

Ich nehme einen zweiten Anlauf. »Und über wen habt ihr gerade gesprochen, der so gigantisch groß war?«

»Also die«, sagt Olga, »ja. Und brutal.«

»Absolut.«

»Wer sind denn *die*?«, will ich wissen, doch statt mir zu antworten, checken sie ihre Flügel, und Olga sagt:

»Du hast ja noch Blutflecken im Gefieder!«

Olga spickelt unter ihren Flügel. »Ach du meine Güte.«

»Bist du verletzt?«, fragt Natalie.

»Ist nicht von mir«, beschwichtigt Olga. »Armer Hirsch.«

»Jetzt aber los«, sagt die andere Olga.

Und Olga so: »Wer Zeit verliert, der friert.«

Sie wackeln mit ihren fetten Hinterteilen, checken ihre Flügelfedern, lassen sich vom Kanonenrohr fallen, und dann blicken Natalie und ich ihnen nach, wie sie sich behäbig, aber elegant in die Luft hinaufschwingen.

»Komische Vögel«, meint Natalie.

»Ja«, sage ich. »Man fragt sich, wie die es von Sibirien bis nach Duisburg schaffen.«

16

Während er erhaben auf zwei Beinen durch unsere Savanne schreitet, versucht Rufus krampfhaft, sein Cape nicht zu verlieren. Damit er dabei nicht komplett wie ein einsamer Irrer aussieht, gehe ich neben ihm. Unser gesamter Clan folgt uns übrigens, aber dazu komme ich gleich.

Ich zupfe an Rufus' Umhang, den er sich mit seinem Schweizer Taschenmesser aus dem Bezug einer Kopfstütze geschnitten hat. »Wozu brauchst du dieses Ding überhaupt?«

»Wie dir bekannt sein dürfte«, setzt er an, und ich merke schon, dass er mal wieder im Belehrungsmodus unterwegs ist, »bin ich von den Waldbewohnern dazu auserwählt worden, unserer Gesellschaft ein demokratisches Antlitz zu verleihen.«

Wie der schon wieder redet. »Hm-m.«

»Das ist nichts Geringeres als eine Herkulesaufgabe.« Er blinzelt mich an, so von der Seite, um zu sehen, ob ich die Verbindung hinkriege. Schwarzer Umhang, Herkulesaufgabe, da muss ich nicht lange nachdenken. Logisch nicht.

Rufus rückt sein Cape zurecht und zupft gleichzeitig an seinem Klettband herum. »Wo fange ich da am besten an?«, überlegt er.

»Bitte nicht am Anfang«, sage ich.

Inzwischen haben wir die Waldgrenze erreicht und schlagen den Weg zur großen Lichtung ein, wo Rufus bereits von den Waldbewohnern erwartet wird.

»Ich mache es kurz«, sagt mein kleiner Bruder.

Aber sicher doch.

»Herkules ist einer der größten Helden in der griechischen Mythologie. Eigentlich war er nur ein Halbgott, aber weil er so viele Heldentaten vollbrachte, fand er trotzdem Aufnahme in den Olymp.«

»Spannend«, sage ich, aber mein Bruder steckt schon wieder im Tunnel, und da kommt Ironie nicht an ihn ran.

»Eine seiner Heldentaten bestand darin, den Nemeischen Löwen zu töten, der als unverwundbar galt. Indem er ihm das Fell abzog und es fortan als Umhang trug, wurde er selbst unverwundbar.«

Im Vorbeigehen greife ich mir eine Pfote voll Haarmückenlarven. Die sind zwar vom Geschmack her eher ein Abturn, wuseln aber überall herum und sollen voll gesund sein. Die reinsten Proteinspender, wie Rufus meint. Ich kaue auf der zweiten oder dritten Larve herum, als mir ein Licht aufgeht. »Du glaubst nicht ernsthaft, dass dich dein Filzponcho unverwundbar macht, oder? Nur, weil du dir damit vorkommst wie dieser Herkules und ihn einer als unverwundbar geltenden Kopfstütze abgezogen hast.«

»Ich versuche es mal mit einer Gegenfrage: Glaubst du, dass der Nemeische Löwe tatsächlich unverwundbar war?«

»Safe nicht, Alter. Sonst hätte Herkules ihn ja nicht plattmachen können.«

»Richtig. Er war nur so lange unverwundbar, wie alle geg*laubt* haben, dass er unverwundbar wäre.«

»Hm.«

»Nächste Frage: Hat das Fell des Löwen Herkules wirklich unverwundbar gemacht?«

»Logisch schon wieder nich«, sage ich und komme mir

ziemlich schlau vor. »Denn der Löwe war ja in Wirklichkeit auch nicht unverwundbar.«

»Theoretisch ebenfalls korrekt. Und doch war es so. Solange Herkules das Fell trug, konnte ihm niemand etwas anhaben, weil …«

»… weil die anderen alle *gedacht* haben, dass es ihn unverwundbar macht.«

»Und was noch wichtiger ist: weil er selbst es geglaubt hat.« Rufus legt mir eine Pfote auf die Schulter. Natürlich rutscht ihm dabei sein Cape in die Kniekehlen. Kommt davon, wenn man unbedingt einen Schulterumhang tragen will, aber keine Schultern hat. »Dinge werden wahr«, sagt er, »*indem* man an sie glaubt, Ray. Denk doch nur an unseren Panzer. Was ist der Grund, weshalb wir neuerdings das Sagen haben und sogar die Wildschweine einen Bogen um uns machen?«

»Weil sie *glauben*, der T-72 wäre ein Feuerdrache und würde uns gehorchen.«

»Na bitte«, sagt Rufus, »geht doch.«

Ich schaue mir seinen Umhang an, in den schon wer weiß wie viele Menschen ihr Haarfett reingeschwitzt haben. Ein Panzer ist keine Kopfstütze, denke ich, behalte es aber für mich. Ich habe noch einen zweiten Gedanken: Wenn es unter den Wildschweinen einen wie Herkules gibt, sind wir am Arsch. Doch auch diesen Gedanken behalte ich für mich. Wir sind gleich auf der Lichtung, und die Tiere erwarten Großes von Rufus. Da will ich ihn nicht vorher nervös machen.

Bevor mein Bruder zum Baumstumpf vorgeht, wirft er noch einen beiläufigen Blick über die Schulter, um sicherzugehen, dass der Clan ihm auch gefolgt ist. Ist er. Sogar der vierte und fünfte Wurf sind anwesend, wobei Marcia und Minka vor allem damit beschäftigt sind, ihren Geschwistern heimlich Kletten ins Fell zu setzen, und Mads und Magnus sich um die letzten Erdnussflips streiten, die sie im Panzer aus einer Ritze gefischt haben.

Gestern bei der Clanversammlung hat Rufus sich darüber beschwert, dass nur so wenige von uns, also eigentlich keiner, an seinem Demokratieunterricht teilnimmt. Dabei sei es unsere Bürgerpflicht, bei der Demokratisierung des Waldes mit gutem Beispiel voranzugehen. Hat natürlich niemanden interessiert. Aber dann kam Ma auf die Bühne und erinnerte uns daran, dass unser Clan ohne Rufus längst den Bach runtergegangen wäre und Rocky deshalb dafür sorgen werde, dass ab heute sämtliche Familienmitglieder pünktlich zum Unterricht erscheinen.

Der arme Rocky wusste gar nicht, wie ihm geschieht, aber dann zeigte Ma mit einer zittrigen Kralle auf ihn und sagte: »Rocky«, und Rocky wandte sich an den Clan und sagte: »Ihr habt's gehört! Morgen, zack, Abmarsch. Demokratiedings …«

»Zufrieden?«, frage ich Rufus.

»Im Grunde stellen wir uns natürlich kein gutes Zeugnis aus«, raunt mir mein Bruder zu, »dass wir uns autokratischer Mittel bedienen, um demokratische Strukturen durchzusetzen. Aber da wir ja noch am Anfang stehen, sollten wir ausnahmsweise erlauben, dass der Zweck die Mittel heiligt.«

Mal ganz abgesehen davon, dass ich mich langsam frage, wen Rufus meint, wenn er von »wir« spricht, frage ich: »Was hat denn das Auto mit Demokratie zu tun?«

»Autokratie«, seufzt mein armer Bruder, »ist im Gegensatz zur Demokratie relativ einfach zu erklären: In einer Autokratie gibt es einen, der bestimmt, was gemacht wird, und dann machst du es. Oder du machst es nicht, kassierst eine Schelle und machst es dann doch.«

»Dann sind Familien also Autokratien«, überlege ich.

Rufus richtet seinen Blick in die Baumkronen. Vielleicht sucht er nach göttlichen Zeichen. »Um ehrlich zu sein, wäre es an der Zeit, auch da mal neue Wege zu beschreiten, aber erst einmal ist der Wald dran. Ich kann mich schließlich nicht vierteilen. Und jetzt entschuldige mich, die Pflicht ruft.«

Mit diesen Worten wendet er sich schwungvoll dem Platz unter den Resten der großen Eiche zu, sein Cape bauscht sich, und er schreitet durch die Menge hindurch auf den Baumstumpf zu.

17

Das Thema der heutigen Lektion lautet: Meinungsfreiheit. Das ist, wenn jeder seine eigene Meinung haben und die auch sagen darf. Und die anderen müssen das aushalten. Das nennt sich dann Toleranz. Das eine geht nicht ohne das andere, meint Rufus, und dass beides Grundvoraussetzung für Demokratie sei. Und nein, das bedeutet nicht, dass jeder machen darf, was er will, aber dass jeder sagen darf, was er denkt.

Ganz schön kompliziert, finde ich. Aber die Waldbewohner schlucken es. Vor allem die Waldbewohnerinnen. Überhaupt staune ich darüber, wie voll es schon wieder ist. Die Lichtung ist bis auf den letzten Platz gefüllt. Hätte ich nicht gedacht, dass Demokratie bei den Waldbewohnern so gut ankommt. Offenbar gibt es nach den Erfahrungen mit den Wildschweinen ein verstärktes Bedürfnis nach weniger Willkür und mehr Verlässlichkeit.

Vor allem die Weibchen erschnuppern, dass da eine neue Zeit für sie anbrechen könnte. Bei den Igelinnen wird sogar schon über weibliche Selbstermächtigung diskutiert, was irgendwie nicht so besonders monstertolerant klingt, finde ich. Ist echt komplex. Auf jeden Fall merkt man, dass hier ganz schön was im Gange ist. Rufus sagt, dass da verkrustete Strukturen aufbrechen, sei ja an sich schon mal etwas Gutes.

Wo ich gerade bei meinem kleinen Bruder bin: Wenn ich

mir so ansehe, wie der da auf dem Baumstumpf posiert – Standbein, Spielbein, Klaue in der Hüfte –, beschleicht mich das Gefühl, dass seine neue Position als – tja, wie nennt man das? – Zirkusdirektor?, dass diese Position seinem Charakter womöglich nicht unbedingt zuträglich ist. Offenbar hält er sich in seinem Poncho tatsächlich für eine Art Superheld. Dabei hat sein Umhang für mich nur einen einzigen Vorteil: Er verdeckt den größten Teil seines Klettgurts.

»Ich komme jetzt zu einem weiteren Begriff, der für das Verständnis von Demokratie ganz wesentlich ist, nämlich dem Begriff ›Kompromiss‹. Sie da, Entschuldigung.«

»Ich?«, knarzt eine Rötelmaus in der zweiten Reihe.

»Ganz recht. Würden Sie uns Ihren Namen verraten?«

»Ich bin der Mark.«

»Schön, Herr Mark. Ich freue mich, dass auch Sie gekommen sind, um sich über die Grundzüge der Demokratie aufklären zu lassen. Lassen Sie mich Ihnen …«

»Wollt ich gar nicht«, redet Mark dazwischen.

»Äh …«

»Ich bin nur hier, weil meine Frau meinte, ich soll mitkommen.«

An der Reaktion der übrigen Waldbewohner merke ich, dass er da nicht allein ist.

Rufus wartet, bis wieder Ruhe einkehrt, dann sagt er: »Interessant. Dann wären Sie also, wenn es nach Ihnen gegangen wäre, gar nicht hier.«

»Stimmt.«

»Und was, wenn ich fragen darf, hat Sie dazu bewogen, dennoch zu kommen?«

Mark reibt verlegen die Pfötchen aneinander. »Also, meine Frau meinte, wenn ich mitkomme, dann kuschelt sie nachher mit mir, also das ganze Programm, mit Sex und so.«

Auch da ist er offenbar nicht allein. Viele der anwesenden Männchen nicken wissend oder grinsen sich eins.

»Großartig!«, ruft Rufus in die Menge. »Das bedeutet, Sie haben einen *Kompromiss* gefunden!«

Mark sieht ihn an. »Hä?«

»Sie werden es gleich verstehen, Mark.« Rufus deutet auf eine Erdmaus. »Äh, Sie da?«

»Ich?«

»Ganz recht, Sie sind bitte wer?«

»Der Maik.«

»Maik. Schön. Jetzt stellen Sie sich mal vor, Maik, Sie stromern durch den Wald, und plötzlich liegen die zwei schönsten Haselnüsse vor Ihnen, die Sie je gesehen haben.«

»Lecker.«

»Genau. Aber: Sie sind nicht der Einzige, der die Nüsse entdeckt hat. Der Mark hat sie nämlich ebenfalls entdeckt und will sie mit in seinen Bau nehmen.«

»Blöd.«

»Kann man wohl sagen. Also: Was tun Sie?«

»Ich sag ihm, dass ich zuerst da war.«

»Und wenn das gar nicht stimmt und Mark die Nüsse möglicherweise vor Ihnen entdeckt hat?«

Maik überlegt. »Kommt auf die Nüsse an. Also, wenn die wirklich so toll sind, dann sag ich trotzdem, dass ich zuerst da war.«

»Und wenn Mark seinerseits darauf beharrt, die Nüsse zuerst gesehen zu haben?«

»Dann knall ich ihm eine.«

»Falsch«, Rufus wackelt mit der Klaue, »dann haben Sie einen Konflikt. Und Konflikte löst man, indem man Kompromisse schließt – so wie Mark und seine Frau vorhin.«

»Und wie soll das aussehen?«

»Nun, in Ihrem Fall könnte dieser Kompromiss so aussehen, dass Sie sich die Nüsse teilen und jeder eine bekommt.«

Ein Raunen geht durch die Menge. Über so etwas haben die hier noch nie nachgedacht. Teilen. Krasses Konzept.

»Oder ich knall ihm eine«, sagt Maik.

Mark will sich das nicht länger anhören, schließlich ist er sowieso nur seiner Frau zuliebe gekommen. »Du alter Fettsack willst mir eine knallen? Da hab ich dir ja vorher schon dreimal den Schwanz abgebissen!«

»Ach ja?«

»Aber so was von! Meine Nüsse kriegst du jedenfalls nicht.«

»Werden wir ja sehen!«, ruft Maik und stürzt sich auf die Rötelmaus, also, er versucht es, aber Mark ist tatsächlich viel flinker als Maik, was ihm aber nichts nutzt, denn irgendwer schubst Mark zurück in den Ring, der sich inzwischen gebildet hat, und schon haben sich die beiden ineinander verbissen, so dass man gar nicht mehr sagen kann, welches Körperteil zu wem gehört, und rollen übereinander, und es wird gestöhnt und gefaucht wie beim Wrestling.

Luchs Benjamin reckt seinen Hals, sieht sich das eine Minute oder so lang an, dann, schlagartig, fährt seine Tatze in das Fellknäuel, er reißt die beiden Mäuse auseinander und hält sie an jeweils einer ausgestreckten Kralle.

Plötzlich wird es sehr ruhig.

Benjamin leckt sich das Maul. »Ihr teilt jetzt eure bescheuerten Nüsse«, knurrt er, »oder ich fresse euch beide.« Er blickt zu Rufus. »Wär doch ein cooler Kompromiss, oder?«

18

Nach dem Zwischenfall mit den Mäusen ist Rufus einigermaßen ernüchtert. Sein Cape scheint länger geworden zu sein und wirft Falten auf dem Baumstumpf.

Er rafft sich auf, die Bürgerpflicht. »Auch wenn die heutige Sitzung suboptimal verlief, möchte ich euch dennoch ein Lob aussprechen. Demokratie ist ein schwieriges Unterfangen, und auf dem Weg dorthin sind Rückschläge unvermeidbar. Daraus sollten wir positive Kraft schöpfen und lernen. Aus diesem Grund werden wir uns in der morgigen Sitzung mit dem Thema Gewaltenteilung beschäftigen. Ich habe volles Vertrauen in euch und hoffe, dass wir danach so weit sein werden, gemeinsam den ersten Präsidenten diese Waldes zu wählen. Ich danke euch.«

Die Menge beginnt an den Rändern auszufransen und sich langsam aufzulösen. Rufus will vom Podest steigen, als aus der Igel-Ecke jemand ruft: »Oder die erste Präsidentin!«

»Selbstverständlich«, korrigiert sich Rufus. »Oder die erste Präsidentin.«

Keiler Herrmann, der die ganze Zeit mit seiner Rotte im Unterholz saß und sich kein einziges Mal zu Wort gemeldet hat, tritt auf die Lichtung. Seine Rückenborsten sind bedrohlich aufgerichtet. »Soll das heißen, dass mir dann irgend so ein Weibchen sagt, wo es langgeht?«

Die Tiere halten inne, Köpfe drehen sich. Rufus mobilisiert seine letzten Reserven, strafft sich. Plötzlich schwebt sein Umhang wieder über dem Baumstumpf. »Das ist korrekt. Allerdings ist es die Aufgabe eines jeden demokratisch gewählten Präsidenten Schrägstrich Präsidentin, bei seinen Schrägstrich ihren Entscheidungen stets das Wohl aller Waldbewohner Sternchen -innen im Auge zu haben.«

Schweigen. Besagte Waldbewohner*innen blicken zwischen Herrmann und Rufus hin und her.

»Dann wird's auf keinen Fall ein Weibchen«, sagt Herrmann.

»Ob das so sein wird«, sagt Rufus und hält sich an seinem Herkulesmantel fest, »wird nicht durch Sie bestimmt werden, Herrmann, sondern in einer öffentlichen und geheimen Wahl ermittelt!«

Herrmann und Herkules stehen sich noch einen Moment lang gegenüber, voll der Staring Contest – wer schaut dem anderen länger in die Augen, ohne zu blinzeln?

Schließlich macht Herrmann »Hmpf«, wendet sich ab und verschwindet im Unterholz.

Die Hinterbeine voran klettert Rufus vom Baumstumpf herunter. Wie ein Neugeborenes. Dabei verfangen sich seine Klauen im Cape, er rutscht ab und kullert über den Waldboden. Helden haben es nicht leicht. Zum Glück haben sich die meisten Waldbewohner bereits verzogen.

Mühsam richtet er sich auf, rückt seinen Klettgurt zurecht und zupft sich das Laub aus dem Umhang. »Ich fürchte, ich stehe am Rande einer Erschöpfungsdepression.«

»Einer was?«, frage ich.

»Burnout.«

»Ach so, sag das doch gleich.«

»Bei Stadthunden kommt so etwas ständig vor, wird nur

viel zu selten diagnostiziert. Die Dunkelziffer ist da sehr hoch.«

»Du musst besser auf dich achtgeben, achtsamer mit dir sein.«

Das bin nicht ich, der das sagt, sondern Grete, die plötzlich hinter mir steht. Und so gut riecht. Und dieses Brustfell!

»Hi, Grete«, sage ich.

»Hallo, Ray«, sagt Grete, um sich sofort wieder an Rufus zu wenden. »Im Übrigen fand ich deine Ausführungen hochinteressant, Rufus. Dank deiner Weisheit und deines Intellekts könnte sich dieser Wald«, sie macht eine umfassende Geste, für die ich mich ihr sofort an den Hals werfen will, »in eine aufgeklärte Demokratie verwandeln. Das ist total spannend!«

Die beiden haben sich echt gefunden.

Rufus lächelt matt, aber glücklich. Und lässt sein Cape zu Boden rutschen. In Gretes Gegenwart scheint er auf Unverwundbarkeit keinen Wert mehr zu legen. »Zu viel der Ehre«, sagt er, und ich sehe, dass er sich gleich wieder eine Klaue aufs Ohr haut. »Ich leiste nur meinen bescheidenen Beitrag.«

Grete hoppelt an mir vorbei und legt Rufus die Vorderpfoten auf die Schultern, die ihm plötzlich gewachsen sind. »Und das machst du großartig.«

Rufus senkt sein Haupt. »Danke.«

»Übrigens«, sie nimmt eine ihrer Pfoten von seiner Schulter und streicht sich damit über das Ohr, »ich wollte noch mal wegen einer anderen Sache mit dir sprechen.«

»Äh, sicher. Jetzt gleich?«

»Wenn es okay ist …«

»Natürlich. Für dich hab ich immer Zeit …«

Danach passiert erst einmal nichts, und ich frage mich, was los ist und wer hier plötzlich die Pausentaste gedrückt hat.

Dann wendet mir Grete den Kopf zu. »Wenn es dir nichts ausmacht, würde ich mit Rufus gerne unter vier Augen sprechen.«

Offenbar bin ich die Pausentaste. Und solange ich hier herumsitze und Gretes ultraweichen Puschelschwanz anstarre, geht es da vorne nicht weiter.

»Äh«, fange ich an. Aber dann bekomme ich doch noch einen ganzen Satz zusammen, zwei sogar. »Ich geh mal das *Acapulco* checken, da gibt's sicher eine Menge zu tun. Wir sehen uns später.«

19

Ich schlendere lässig in den Wald hinein, nehme mir den erstbesten Stock vor, der mich beleidigt, und zerbreche ihn. Vielmehr versuche ich es. Erfolglos. Weiß gar nicht, was das soll, sieht man auf den ersten Blick, dass ein Erdmännchen zu schwach ist, diesen Riesenstock zu zerbrechen. Und trotzdem versuche ich es, mit aller Kraft. NnggggNNNN. Idiotisch.

Ich stoße einen Schrei aus, dann noch einen, einfach so, »ahhh!«, und dann werfe ich den Stock ins Gebüsch, was auch nur so halb klappt, denn selbst dafür bin ich zu schwach, ich blödes kleines Erdmännchen. Am Ende landet der Stock direkt vor mir auf dem Weg, kippt auf mich drauf und in mein Auge. Also gleich noch mal: »AaarghHHH!«

Anschließend äffe ich Grete nach, wie sie zu Rufus sagt: »Das machst du großartig!«

Falls mir jetzt einer erzählen will, dass ich eifersüchtig auf meinen kleinen Bruder bin: Weiß. Ich. Selber. Ich bin nicht halb so schlau wie Rufus, aber ganz blöd bin ich auch nicht.

Deshalb – hoppla! – erkenne ich auch sofort, dass da ein Tier auf mich zugewackelt kommt, und zwar eins, das hier im Wald eigentlich nichts zu suchen hat. Sagt das Erdmännchen, ha-ha. Egal. Da kommt ein Hausschwein auf mich zu, und zwar ein großes. Und dann denke ich: Diese fette Sau kennst du doch.

»Entschuldigung«, sage ich. »Sind Sie nicht die Sau von Bauer Fröhlich?«

Die Sau bleibt stehen, ihr Blick scheint sich nach innen zu wenden. Gut ist die nicht drauf.

»Das wird die Zukunft erweisen, nehme ich an.«

Ich erinnere mich, wie sie auf unserer Honigbesorgungsmission bei Bauer Fröhlich im Koben lag und ihr Ferkel gesäugt hat und wie ich mich gefragt habe, wo die anderen Ferkel sind oder ob ihr ganzer Wurf womöglich nur aus dem einen besteht.

Die Antwort auf meine Frage erhalte ich, als aus dem Umriss ihres Schweinehinterns, der mal locker die Hälfte meines Sichtfeldes ausfüllt, ein ungemein putziges kleines Ferkel tritt. Das irgendwie besonders aussieht. Und mich aus großen Kulleraugen anstarrt.

»Ui, wer bist du denn?«, frage ich.

»Ich bin Hermine«, sagt Hermine und rüsselt zaghaft in meine Richtung.

Gott ist die süß.

»Und du?«, fragt sie.

»Ich heiße Ray.«

»Und was bist du für ein Tier?«

»Ein Erdmann.«

»Und wieso kannst du auf zwei Beinen gehen?«

»Erdmännchen können das.«

»Ich kann das nicht, glaube ich. Aber vielleicht lern ich's noch, ich bin ja noch klein.«

»Aber schon größer als ich«, sage ich, um sie etwas aufzumuntern.

»Stimmt, hi-hi. Erdmännchen. Hier im Wald gibt's ganz schön viele Tiere, oder, Mama?«

»Ja, Schatz, sehr viele.« Die Frau Mama wendet sich mir

zu. »Entschuldigen Sie, meine Kleine ist furchtbar neugierig.«

»Das kann man wohl sagen«, lache ich, aber nicht, weil Hermine viele Fragen stellt, sondern weil sie inzwischen vor mir steht und ihre Rüsselscheibe mein Ohr knetet, was furchtbar kitzelt, und weil sie, wenn sie so weitermacht, gleich aus Versehen meinen Kopf einsaugt.

Die Frau Mama schubst ihre Tochter liebevoll aus dem Weg. »Hermine, das ist unhöflich.«

Aber die neugierige Hermine streckt schon wieder ihren Rüssel zwischen den Beinen der Mutter hindurch und sieht mich an. »Du hast voll die lustigen Augen. Mit so 'nem Rand drumrum.«

»Ich weiß«, sage ich, »das haben alle Erdmännchen, damit die Sonne nicht so blendet und wir besser in die Ferne sehen können.«

Hermine ist offenbar schwer beeindruckt von dem, was ich so alles habe und kann, denn als Nächstes sagt sie: »Wollen wir Freunde sein?«

Da ich erst einmal nicht sehe, was dagegen spräche, sage ich: »Logisch.«

»Cool!«

»Entschuldigung«, kommt von oben die Stimme der Mutter, »dürfte ich Sie auch etwas fragen?«

»Na klar, wo ich schon mit Ihrer Tochter befreundet bin.«

»Sie werden sich sicher gefragt haben, was so ein Hausschwein wie ich im Wald zu suchen hat.«

»Kommt auf jeden Fall nicht allzu oft vor, dass hier Hausschweine rumlaufen.«

»Sehen Sie, ich bin auf der Suche nach einem Wildschwein, einem Keiler.«

Ach du Schreck.

»Sein Name ist Herrmann.«

»Sie wollen zu …«, setze ich an, und dann wird mir mit einem Schlag klar, warum Hermine so ungewöhnlich aussieht. Die ist gefleckt, hat so dunkle Stellen auf den Flanken, die stärker behaart sind als der Rest. Überhaupt ist sie borstiger als man das sonst von Hausschweinen gewohnt ist. »… Keiler Herrmann«, bringe ich den Satz zu Ende.

»Ja. Wissen Sie zufällig, wo ich ihn finden kann? Ich bin übrigens die Traudl.«

»Freut mich, Traudl. Und ja, ich weiß, wo Sie den finden. Auf der Keilerschanze.«

»Und wie kommen wir da hin?«, fragt Hermine.

Ich deute hinter mich. »Also, wenn ihr weiter in diese Richtung geht, dann kommt ihr auf die große Lichtung, über die müsst ihr rüber und dann geradeaus weiter, bis …«

»Kannst du nicht mitkommen?«, bettelt Hermine, die tatsächlich noch süßer aussieht, wenn sie ihren Kopf schief legt. »Wir sind doch jetzt Freunde.«

Mal nachdenken. Möchte ich dabei sein, wenn ein Hausschwein aus Bauer Fröhlichs Stall den selbst ernannten Bewahrer des Deutschen Waldes mit einem zuckersüßen Mischlingsferkel konfrontiert?

»Und ob ich das will!«

20

Da oben isses«, sage ich. »Man sieht's ja schon, könnt ihr gar nicht verfehlen.«

»Kommst du nicht mit?«, fragt Hermine.

Wir sind am Fuß der in den Stein gehauenen Stufen angelangt, die hoch zur Schanze führen. Oder dem, was von ihr noch übrig ist, nachdem Colin die letzte Granate aus dem T-72 hineingejagt hat.

»Ich«, sage ich, »halte mich lieber so im Hintergrund. Die Wildschweine sind Erdmännchen gegenüber nicht besonders aufgeschlossen, wisst ihr? Lange Geschichte.«

»Aber sind wir trotzdem Freunde?«, fragt Hermine ängstlich.

»Voll«, sage ich, und weil Hermine noch nicht überzeugt ist: »Schwöre.«

Ich blicke den beiden nach, betrachte, wie sich Traudls Riesenhintern schwingend die Stufen hinauf hievt, schleiche mich abseits der Stufen den Hang hoch und beziehe Position auf dem, was früher einmal die Wehrmauer war und jetzt nur noch ein Stumpf ist.

Der Eingang zur Keilerschanze wird von zwei Überläufern bewacht. So nennt man Wildschweinteenies. Muss man sich mal reinziehen: Haben keine natürlichen Feinde, aber bewachen ihre Schanze. Wären die früher auch nicht draufgekommen. Da sieht man mal, wie tief der Einschlag der Granate denen immer noch im Fell sitzt.

Als Traudl und Hermine kurzatmig den Absatz erreichen, nehmen die Wachen Haltung an.

»Ähh«, sagt der eine, als die beiden Hausschweine auf ihn zuwackeln.

Und der andere: »Was soll ’n das werden?«

Traudl und Hermine bleiben stehen, die Kleine drückt sich an das Vorderbein ihrer Mutter. Die Wachen sehen aus, als fürchteten sie, die beiden könnten Zigaretten oder die Maul- und Klauenseuche einschmuggeln. Klar ist, dass sie keinen Schimmer haben, was jetzt zu tun ist.

»Guten Tag«, sagt Traudl, »ich komme vom Bauer Fröhlich sein Hof und würde gerne Keiler Herrmann sprechen. Wohnt der hier?«

Die beiden Überläufer sind komplett überfordert. Was jetzt? Rufus, der ja voll auf die alten Griechen steht, Herkules und so weiter, hat mir mal von einem Pferd erzählt, das irgendwer irgendwo reingelassen hat, und dann kamen da lauter Leutchen raus und haben die Macht übernommen. Gerade jetzt sehen die Wachen so aus, als würden sie überlegen, ob Traudl vielleicht so etwas sein könnte, nur eben als Schwein getarnt.

»Wohnt der hier?«, wiederholt Traudl.

»Das geht niemanden etwas an«, sagt der eine.

Und der andere: »Richtig.«

Traudl stemmt ihre Vorderhufe in den Lehm. »Mich schon.«

»Was wollt ihr denn von ihm?«, fragt der andere.

»Also wohnt er hier«, stellt Traudl fest.

»Geht keinen was an«, wiederholt das Wildschwein.

»Mich schon«, wiederholt Traudl.

»Was wollt ihr denn von ihm?«

Puh, denke ich, das kann dauern. Ich will es mir bequem

machen, als ich merke, dass sich eine Baummarderdame zu mir gesellt hat. Sie streckt ihren ohnehin schon langen Rücken.

»Hi, Ray.«

»Hi.«

»War 'ne geile Party neulich.«

»Danke.«

Ich kann mich zwar nicht erinnern, sie bei der Wiedereröffnung gesehen zu haben, aber wie heißt es so schön: Wer sich erinnert, war nicht dabei.

Ihr spitzes Näschen deutet zur Keilerschanze. »Was geht 'n da ab?«

»Schwer zu sagen. Ich vermute einen etwas komplizierten Fall von Familienzusammenführung.«

»Ist das ein Mischlingsferkel?«

»Ich bin kein Experte«, sage ich.

»Süß, wie die mit ihrem Rüssel wackelt.«

»Total.«

Traudl und die beiden Überläufer sind inzwischen bei ihrer vierten oder fünften Runde von »wohnt Herrmann hier« / »geht keinen was an« angekommen, und langsam frage ich mich, ob die in einer Zeitschleife oder so gefangen sind, da taucht plötzlich ein Mauswiesel auf unserem Ausguck auf.

»Hi, Ray.«

»Hi.«

»War 'ne geile Party neulich.«

»Danke.«

Jetzt ist es so, dass ich mich auch nicht erinnern kann, das Mauswiesel bei der Wiedereröffnung des *Acapulco* gesehen zu haben. Langsam wird es unheimlich. Fehlt nur noch, dass …

Das Mauswiesel deutet zur Keilerschanze. »Was geht ’n da ab?«

»Schwer zu sagen. Ich vermute einen etwas komplizierten Fall von Familienzusammenführung.«

»Ist das ein Mischlingsferkel?«

Ich fürchte schon, dass dieses Zeitschleifendings auch uns erwischt hat und wir jetzt für alle Zeit hier sitzen und alle immer wieder dasselbe sagen, als Traudl ruft: »Herrmann! Herrmann, bist du da drin!?«

Plötzlich wird es sehr still. Die beiden Wachen sehen zerknirscht aus.

Neben mir taucht eine Hermelinlady auf dem Mauerstumpf auf, sieht mich von der Seite an und sagt: »Hi, Ray.«

»Hi«, erwidere ich abwesend.

»War ’ne geile Pa…«

»Klappe«, sage ich.

Traudl gibt alles: »HERR-MANN!«

Es raschelt und knackt und schnauft, und dann erscheint tatsächlich Herrmann zwischen den Mauern, in seiner ganzen furchteinflößenden Wildschweinhaftigkeit. Begleitet wird er von seinem ebenfalls ausgesprochen wildschweinhaften Sohn Fritz.

Falls sich jemand fragen sollte, was mit Fritz’ Mutter, also Herrmanns Bache, ist: Es geht das Gerücht, dass ein Jäger sie geschossen hat. Es geht aber auch das Gerücht, dass sie abgehauen ist, weil ihr zwei selbst ernannte Schützer des Deutschen Waldes einer zu viel waren. Kann jeder denken, was er will.

Als Herrmann Traudl erblickt, weiten sich seine Augen beträchtlich. Sagen tut immer noch keiner was.

Hermine ist es, die als Erste ihre Sprache wiederfindet. »Ist das mein Papi?«, fragt sie.

Es bricht einem das Herz.

»Ja, das ist er«, antwortet Traudl.

Hermine will zu ihrem Vater laufen, doch die Wachen senken ihre Köpfe und versperren den Weg.

»Jetzt wird es spannend«, zischt das Mauswiesel neben mir.

Und von der anderen Seite kommt: »Wenn sich das herumspricht …«

Die Hermelinlady sagt: »Wenn mich nicht alles täuscht, werden wir in diesem Moment Zeug*innen eines nachhaltigen Autoritätsverlustes.«

Zeug*innen eines nachhaltigen Autoritätsverlustes. Wow. Wenn es mit Rufus und Grete nichts wird, muss ich meinen Bruder unbedingt mit dieser Hermelindame bekannt machen.

Die Wachen sehen Herrmann an, Fritz sieht Herrmann an, Traudl und Hermine sehen Herrmann an. Eigentlich gibt es kein Tier, das Herrmann nicht ansieht.

»Vater«, auch bei Fritz hat Schnappatmung eingesetzt, »wer ist das?«

Bevor Herrmann antworten kann, ruft Traudl: »Du hast einen *Sohn*?«

Jetzt ist auch Fritz in einer Schleife gefangen, scheint hier jeden zu erwischen, vielleicht liegt ein Fluch auf den Mauern. »Vater, wer ist das?«

»Mein Sohn«, hebt Herrmann an, »ich habe nicht die geringste Ahnung, was diese Hausschweine zu uns führt. Da scheint eine Verwechslung vorzuliegen.«

Traudl hat sich inzwischen hinter ihrer Tochter aufgebaut. »Eine Verwechslung?«

Herrmann ignoriert Traudl, wendet sich an die Wachen: »Geleitet die beiden bis zur Waldgrenze und überlasst sie ihrem Schicksal.« Dann wendet er sich an Fritz: »Komm, mein Sohn.«

Die beiden Wachen wollen Traudl zur Treppe zurückdrängen, die aber faucht: »Rührt mich ja nicht an!« Und dann ruft sie, dass es bis hinüber zur Savanne zu hören sein muss: »Eine Verwechslung?! Sieh mich an, Herrmann! Sieh mich an, habe ich gesagt!!«

Er tut es, dreht ihr seinen Kopf zu.

Das Mauswiesel hat schon recht: Jetzt wird es spannend. Zugleich aber auch ganz schön peinlich. In Herrmanns Fell jedenfalls möchte hier gerade keiner stecken.

»Du glaubst, ich könnte dich verwechseln? Nachdem du mir ins Ohr geflüstert hast, dass kein Schwein der Welt so einen sanften Rüssel hat wie ich? Nach all den Nächten, in denen du darauf gewartet hast, dass Zeus endlich einschläft, damit du dich in den Stall schleichen kannst? Nach all den Stunden, die ich damit verbracht habe, auf dich zu warten?«

Heieiei. Da ist jetzt echt Fremdschämen angesagt. Egal, wie überlegen Herrmann auszusehen versucht, die Zerknirschung ist ihm deutlich anzusehen.

Aber Traudl ist noch nicht bereit, ihn vom Haken zu lassen. »Und als du mir zu Ostern die schönsten Eicheln und Bucheckern gebracht hast – in dem Vogelnest, das du extra von Carmen hast anfertigen lassen? War das nicht ich? Und als du gequiekt und gegrunzt hast wie ein Frischling, als ich dich in der Güllegrube mit Mist eingerieben habe – war das nicht ich?! Und wie du weintest, als du mir erzählt hast, woher die Narbe an deinem Hinterbein stammt – dass dein Vater dich von der Mauer gestoßen hat, weil du dich geweigert hast, gegen deinen Bruder zu kämpfen. War das nicht ich!!??«

Hermine, die immer noch zwischen Herrmann und ihrer Mutter steht und bis jetzt verständnislos ihren Vater angesehen hat, dreht sich zu Traudl um und rüsselt zärtlich ihr Vorderbein. Nicht die Mutter tröstet hier das Kind, sondern umgekehrt. Bis auf die Baummarderdame, der es offenbar nicht peinlich genug sein kann, wenden alle auf der Mauer die Köpfe ab. Dieses Elend will keiner mit ansehen.

Die liebevolle Geste ihrer Tochter scheint Traudl den Wind aus den Segeln zu nehmen. »Du kannst uns aus diesem Wald jagen lassen und so tun, als wüsstest du nicht, wer wir sind.« Sie klingt, als würde Herrmann ihr mehr leidtun als sie sich selbst. »Aber eines kann ich dir versichern: Glaub nicht, dass du mich oder unsere Tochter jemals wiedersehen wirst. Komm, Hermine, du hast es gehört: Dein Vater kennt uns nicht.«

Aus den Augenwinkeln riskiere ich einen Blick. Hermine zu sehen, wie sie ihren Kopf schief legt und einfach nicht begreifen kann, was hier gerade abgeht, ist vermutlich das Traurigste, das ich je gesehen habe.

»Herzloses Monster«, schluchzt die Hermelinlady neben mir und schneuzt sich mit Anlauf in mein Fell.

»Komm, Hermine, komm.« Traudl stupst ihr Ferkel liebevoll Richtung Treppe.

Schweren Schrittes wackeln Mutter und Tochter zur Plattform. Sogar die Wachen wenden betreten die Köpfe ab, das ist wirklich zu traurig.

Schwerfällig steigen Hermine und Traudl die ersten Stufen hinab, nur Traudls dicker Hintern ragt noch über die Kante, als Herrmann ausruft: »Wartet!«

Wir wenden unsere Köpfe wieder dem Geschehen zu.

Herrmann steht vor dem Eingang zur Keilerschanze und

sieht aus wie ein Blatt Papier, das man erst zerknüllt und zertrampelt und dann wieder glattgestrichen hat. Unglücklicher wirkt nur noch Sohn Fritz. »Ihr seid das Beste, was mir je passiert ist!«, ruft Herrmann.

»Aber das sind HAUSschweine!«, heult Fritz, der natürlich die ganze Zeit geahnt hat, dass es keine Verwechslung war. »Unser Stammbaum! Du hast unseren Stammbaum entehrt!«

21

Als ich in unsere Savanne zurückkehre, schwirrt mir der Kopf von dem, was heute alles passiert ist. Dagegen war das Leben im Zoo richtig lahm.

Rufus liegt bäuchlings auf der Kettenabdeckung des Panzers, ein Vorder- und ein Hinterbein hängen deprimäßig ins Leere. Noch etwas ist ungewöhnlich: In der Senke hinter unserem Hügel spielen meine Geschwister aus dem vierten und fünften Wurf Fangen. Das lässt ihnen mein kleiner Bruder sonst nie durchgehen, denn die Senke ist ein Minenfeld, da liegen noch jede Menge nicht explodierter Sprengkörper herum. Was das Spielen natürlich umso spannender macht.

Dabei geht es Marcia, Minka und Mitzi sowieso nur darum, sich von ihren älteren Brüdern fangen zu lassen. Könnten sie überall machen, aber was zählt, ist der Kitzel. Im Moment ist Nemo besonders gefragt, ausgerechnet die Evolutionsbremse im Clan. Okay, da gibt es auch noch Colin. Der bremst nicht, der läuft rückwärts. Aber was rede ich. Als ich so alt war wie Nemo, hätte ich mir auch einen Spaß daraus gemacht, möglichst nah an den Sprengkörpern vorbeizulaufen, hätte so getan, als würde ich gleich drauftreten, um im letzten Moment doch noch drüberzuspringen. Wenn du in deiner Jugend nicht leichtsinnig bist, bist du es nie.

Ich kraxele die Kette des Panzers hoch und schwinge

mich auf die Abdeckung. Rufus hat die Augen geöffnet, ob da allerdings Informationen bis ins Gehirn vordringen, ist unklar. Er wirkt, als hätte man ihm die Luft rausgelassen.

»Rufus«, ich setze mich neben ihn, »du ahnst nicht, was mir gerade passiert ist.«

Mit einem Kreischen ist Marcia in den Sand gefallen und Nick zufällig auf sie drauf. Zufällig. Aber klar doch. »Ihhh, runter!«, ruft sie und hält sich gleichzeitig an ihm fest.

Die Reaktion von Rufus ist … keine. Nichts.

Ich klemme mir eins seiner Ohren zwischen zwei Krallen und zwirble es herum, das hasst er.

Nichts.

»Rufus? Lebst du noch?«

»Hm.«

Immerhin. »Mir ist gerade was total Krasses passiert.«

Er schlägt nach meiner Pfote und dreht sich weg. »Mir egal.«

»Wetten, nich?«

»Wetten, doch?«

»Okay, pass auf.« Ich erzähle ihm, wie ich Traudl und Hermine im Wald getroffen habe und wie wir zur Keilerschanze hoch sind und wie Herrmann nichts anderes übrig blieb, als zuzugeben, dass Hermine seine Tochter ist, und wie Fritz dann losgeheult hat, von wegen Herrmann habe ihre Familie entehrt und dass so eine wie Hermine ihm niemals in die Keilerschanze komme, und wie Herrmann meinte, noch sei er hier der Bestimmer, und Fritz ihn angeschrieen habe: Das war einmal! »Und?«, frage ich.

»Mir egal.«

Ich verzwirble Rufus' anderes Ohr. Wie gesagt, normalerweise hasst er das. »Was'n los, Alter?«, frage ich, aber dann fällt mir wieder ein, wer vorhin mit ihm unter vier Augen reden wollte. »Ist was mit Grete?«

Bei dem Wort »Grete« kommt etwas Leben in meinen Bruder. Als würde jemand irgendwo reinpusten, richtet sich sein Oberkörper auf, und er setzt sich neben mich. Gemeinsam blicken wir zur Ebene hinüber und warten darauf, dass eines unserer Geschwister sich in die Luft jagt. »Kann man so sagen.«

»Und was?«

Rufus schweigt.

»Und was?«, wiederhole ich.

»Grete ist in freudiger Erwartung – wie man so sagt.«

»Und was erwartet sie?«

»Nachwuchs.«

»Kapier ich nicht.«

»Sie ist trächtig, Ray.«

»Aber das ist … Das sind doch … großartige Neuigkeiten. Oder nicht? Glückwunsch!«

»Denk nach, Ray.«

»Da brauch ich jetzt einen Tipp. Worüber soll ich denn nachdenken?«

»Sie ist nicht von mir trächtig. Unmöglich. Das hab ich dir doch schon x-mal erklärt. Feldhäsinnen und Erdmännchen können aufgrund ihrer unterschiedlichen Chromosomenanzahl keine Nachkommen zeugen.«

»Vielleicht eine Laune der Natur?«, schlage ich vor.

»So launig ist die Natur nicht.«

»Dann ist Grete ernsthaft von Emil schwanger? Das hätte ich jetzt nicht gedacht, ich meine, wo sie ihm doch ganz klar …«

»Denk nach, Ray!«

Mach ich, denke nach. Dann hab ich es: »Feldhäsinnen

und Waldkaninchen können auch keine Nachkommen zeugen, weil ihre Chromosamen zu verschieden sind.«

»Chromo*somen*«, berichtigt Rufus. »Aber ja, von Emil ist es auch nicht.«

Autsch. Spätestens ab hier wird es sensibel. »Von wem ist Grete denn schwanger?«, frage ich vorsichtig.

»Ist das so wichtig?«

Gute Frage. »Weiß ich nicht. *Ist* es?«

»Genau das ist das Dilemma, in dem ich stecke. Ich weiß es auch nicht. Ich meine, Grete will schon lange Nachwuchs haben, aber mit Emil konnte sie nie welchen bekommen. Also hat sie sich jetzt, da Emil und sie getrennt sind, einen anderen Erzeuger gesucht.«

»Wer ist es denn?«

»Offenbar irgendein vorbeihoppelnder Feldhase. Kam angehoppelt, ist auf sie draufgehoppelt und dann weitergehoppelt. Sie hat ihm gesagt, dass sie gerne Nachwuchs möchte. Er meinte, da sei er cool mit. Es müsse ihr nur klar sein, dass er nicht so der Familientyp sei, sondern die meiste Zeit ans Rum- und Rauf- und dann Weiterhoppeln denke. Da war *sie* offenbar cool mit.«

»Du hättest gerne eigenen Nachwuchs mit ihr gehabt.«

»Ja.«

»Aber das wäre doch sowieso nicht gegangen, wegen der Chromodinger.«

»Danke, Ray, dass du mir erklärst, was ich dir eben schon erklärt habe.«

»Und jetzt bist du gekränkt, weil Grete das gemacht hat, was du ihr geraten hast: ihren eigenen Weg finden, um glücklich zu werden.«

Rufus sieht mich einigermaßen verblüfft an. »Nicht schlecht, Ray.«

»Und du hast Schiss, dass sie dich zurückweisen könnte, wie sie Emil zurückgewiesen hat.«

Er seufzt. »Am stärksten trifft einen die Wahrheit, die man vor sich selbst geheim halten will.«

»Ich sag dir was, Rufus. Bei allem, wo man Verstand für braucht, bist du echt der Wahnsinn. Aber wenn es um Gefühle geht, kommst du ganz schön schnell an deine Grenzen.«

Bäm! Mit so viel Schmackes hat sich Rufus schon lange nicht mehr selbst aufs Ohr gehauen. »Gefühle sind scheiße!«, ruft er. Und weil es so schön war, haut er sich die Klaue gleich noch einmal aufs Ohr. »Aber sie sind auch wunderbar!«

Und ein drittes Mal, zack, Klaue aufs Ohr. Wenn das so weitergeht, knockt er sich gleich selbst aus.

Sein innerer Widerstreit gipfelt in folgendem Gedanken: »Warum nur muss ich als Erdmännchen geboren sein?«

»Ich bin sicher, du bist ein guter Vater, Rufus. Egal, ob Gretes Nachwuchs jetzt von dir ist oder nicht. Du warst sogar Archi ein guter Vater, auch wenn ihr so tun musstet, als wärst du nur sein Onkel.«

»Findest du?«

»Logisch. Was der alles von dir gelernt hat, ist doch der Hammer. Auch wenn sein eigener Weg jetzt ein anderer ist.« Ich sehe Rufus in die Augen. Gott, sieht der niedergeschlagen aus. »Du hättest gerne eine eigene Familie, richtig?«

»Ja.«

»Mit dem Weibchen, das du liebst.«

»Ja.«

»Das Weibchen, das du liebst, ist Grete.«

»Ja.«

»Und Grete ist trächtig.«

»Ja.«

»Und sie liebt dich auch.«

»Das hoffe ich.«

»Na, dann ist doch alles klar.«

Mein kleiner Bruder stutzt. »Mir nicht.«

»Da du alles andere mit Ja beantwortet hast, musst du nur noch herausfinden, ob Grete dich ebenfalls liebt, und deinem Wunsch, eine eigene Familie zu gründen, steht nichts mehr im Wege.«

Ich erkenne neuen Glanz in Rufus' Augen. »Ich hab es dir doch immer gesagt, Ray: Bei dir ist eindeutig Potenzial vorhanden!«

Alter, denke ich und will ihn schon in den Sand schubsen, da merke ich, dass seine Aufmerksamkeit abgelenkt wird. Ich folge seinem Blick und sehe drei Schweine mit hängenden Schultern den Waldrand entlangtrotten. Das eine ist ein Wildschwein, das andere ein Hausschwein, und das dritte ist Hermine.

»Noch eine Patchwork-Familie«, sagt Rufus.

»Hey, Hermine!« Ich winke ihr vom Panzer aus zu. »Wo wollt ihr denn hin?«

22

Rufus und ich treffen Traudl, Herrmann und Hermine am südlichen Rand der Savanne. Bei uns im Zoo gab es Hänge*bauch*schweine. Die sahen schon relativ hängemäßig aus. Jetzt haben wir drei Hänge*kopf*schweine vor uns. Das toppt es irgendwie noch.

Rufus hat vor allem Augen für Hermine. »Etwas derartig Anrührendes habe ich noch nie gesehen«, flüstert er mir zu.

Anrührend. Ich bin ziemlich sicher, dass er sich gerade vorstellt, wie der Feldhasennachwuchs, den Grete erwartet, Ähnlichkeit mit ihm hat, obwohl er von einem vorbeihoppelnden Hasen gezeugt wurde. Wie sagt Rufus so gerne: Manchmal ist der Wunsch der Vater des Gedankens.

»Wir verlassen den Wald«, sagt Herrmann.

Ui, den Satz habe ich nicht erwartet. Bis jetzt hat Herrmann immer so getan, als wäre unser Wald vor allem sein Wald. Und jetzt wandert er selbst aus?

Weil nicht einmal Rufus ein Kommentar dazu einfällt, erklärt Herrmann: »Wir sind von der Keilerschanze verstoßen worden.« Sein Kopf sinkt noch tiefer, gleich steckt sein Rüssel in der Erde. »Fritz, mein eigener Sohn, hat die Macht übernommen. Mischehen mit waldfremden Tieren werden nicht geduldet, jetzt nicht und für alle Zeit. So ist die Regel.«

Bei Mischehen mit waldfremden Tieren denkt Rufus

logisch sofort an sich und Grete. Aber was den Erdmännchen blüht, sollten jemals die Wildschweine wieder an die Macht kommen, ist ohnehin klar: Abschiebung.

»Aber gesellschaftliche Regeln«, wendet mein Bruder ein, »sind Vereinbarungen. So eine Regel kann auch geändert werden.«

»Die nicht«, sagt Herrmann. »Jetzt nicht und für alle Zeit nicht.«

»Aber das …«

»Lass gut sein«, unterbricht ihn Herrmann. »Ich selbst war es, der das bestimmt hat.« Er blickt zwischen Rufus und mir hin und her. »Den Kommentar könnt ihr euch sparen. Hab es nicht besser verdient, weiß ich selber.«

»Und was wollt ihr jetzt machen?«, frage ich.

»Wir versuchen es im Nachbarwald. Was man so hört, soll es da etwas toleranter zugehen.«

Rufus denkt mal wieder zu laut: »Ironie des Schicksals.«

»Wie gesagt«, knurrt Herrmann, »den Kommentar könnt ihr euch sparen.«

Hermine sieht mich an, als wären sie auf dem Weg zur Schlachtbank. »Können wir trotzdem noch Freunde sein, Ray? Ich meine, jetzt, wo ich ein Flüchtlingsschwein bin? Mit denen will doch keiner was zu tun haben.«

»Unsinn!«

Ich gehe zu ihr, lege ihr eine Pfote auf das borstige Bein. Sie hat auch ein glattes. Sofort rüsselt sie an meinem Ohr herum. Mir fällt ein, was Erna, die Waldspitzmaus gesagt hat, als wir im Sommer hier ankamen. Sie war die Erste, die uns wirklich geholfen hat. »Auf den Charakter kommt es an«, sage ich.

Rufus, dessen Gedanken schon wieder davongehoppelt sind, ruft: »Entschuldigt mal, aber ihr könnt jetzt nicht einfach so verschwinden. Ihr müsst wenigstens bis morgen warten.«

Ich werfe meinem Bruder einen Blick zu.

»Ihr seid das Paradeexempel für die morgige Demokratie-Lektion«, erklärt er. »An wem ließe sich besser demonstrieren, was Toleranz bedeutet und wie sie zu leben ist?«

Zur Abwechslung sagt Traudl mal was. »Aber wo sollen wir denn hin? Hermine fürchtet sich schrecklich, hat noch nie unter freiem Himmel geschlafen. Ich übrigens auch nicht. Und zu Bauer Fröhlich können wir auch nicht zurück. Wildschweine sind ganzjährig zum Abschuss freigegeben. Sobald wir unsere Rüssel aus dem Wald strecken, sitzen uns die Jäger im Nacken.«

»Mir wird schon was einfallen«, knurrt Herrmann.

So stehen wir da, während ich Hermine am Hals kraule und sie mich von oben bis unten abrüsselt. Oder eher vollrüsselt. Ist ganz schön schmierig, so eine Rüsselscheibe.

Natürlich ist es Rufus, der die Lösung parat hat. »Also, unten, am Bach, bei den Tümpeln, da gibt es so eine Höhle, eine überwucherte Senke, sehr kuschelig. Für ein, zwei Nächte könnt ihr es euch da auf jeden Fall bequem machen.«

»Woher kennst *du* die denn?«, frage ich. Die Kuhle ist bei sämtlichen Kleinsäugern als Sexhöhle bekannt.

»Hat mir Grete mal gezeigt.«

Glaube ich gern.

»Aber wohnen da unten nicht auch diese Pinguine?«, fragt Herrmann.

»Skipper und Ping«, sagt Rufus. »Und?«

»Also, nur dass das klar ist: Zu schwulen Pinguinen gehe ich auf keinen Fall.«

»Mir scheint«, sagt Rufus zu Herrmann, »*Sie* sollten

morgen auf jeden Fall zu meinem Toleranzunterricht kommen. Ich attestiere Nachholbedarf. Im Übrigen sind Skipper und Ping ausgesprochen freundlich im Umgang mit anderen und haben zudem selbst gerade Nachwuchs bekommen. Eine Patchwork-Familie, genau wie ihr. Ich bin sicher, ihr werdet bestens miteinander auskommen.«

Ich denke an den Hufabtreter, die Mauser-Deckchen, an Skipper und dass er nur aufhört zu plappern, wenn er Luft holen muss, und bin mir nicht so sicher, ob das wirklich so harmonisch abläuft.

»Zu Schwulis geh ich nicht«, sagt Herrmann. »Das ist widernatürlich.«

»Ist es nicht«, sagt Rufus. »Homosexualität ist so alt wie … Sehr alt auf jeden Fall.«

Traudl stupst Herrmann liebevoll in die Seite. »Lass uns doch erst mal sehen, wie es da ist. Oder ist es dir lieber, wenn Hermine und ich im Freien schlafen?«

23

Oh! My! God!«, ruft Skipper. »Ist die niedlich! Schau doch mal, Ping, wie niedlich die ist!«

Gemeint ist nicht eines der Mandarinentenküken, sondern Hermine. Die bricht mit einem Schlag ihrer langen Wimpern jedes Herz, das ihr begegnet. Vor Begeisterung hat Skipper sogar vergessen, sich zu fragen, was ein Ferkel in seinem Wohnzimmer macht und ob es sich auch die Hufe abgetreten hat.

Ping schreckt auf. »Was? Oh ja, herzallerliebst.« Sofort nickt er wieder ein.

Die beiden Pinguine sind stehend k.o. Ist wörtlich gemeint, die schlafen im Stehen. Seit die Küken geschlüpft sind, haben die beiden rund um die Uhr ihre Brut bewacht und kein Auge zugetan. Jetzt laufen sie nur noch auf Standby. Apropos Brut: Ich kann nirgends die Küken entdecken.

»Äh, Skipper?« Ich stupse ihn an. Er droht umzufallen, fängt sich aber im letzten Augenblick. »Wo sind denn eure Küken?«

Kurzfristig wird der Alarmzustand aktiviert. »Was?« Er schiebt das Bauchgefieder hoch, das ihm wie eine Decke über die Füße hängt. Zum Vorschein kommen zwei Mandarinentenküken. »Hast du mich vielleicht erschreckt.«

Kaum geben die Küken ihren ersten Pieps von sich, ist die neugierige Hermine zur Stelle und beschnüffelt sie. »Die sind aber putzig«, raunt sie mir zu.

»Sei ja schön vorsichtig«, gähnt Skipper.

»Keine Sorge«, sage ich, »Hermine passt schon auf.«

Inzwischen sind auch die beiden Küken unter Pings Federkleid hervorgekrochen. Alles drängt sich um Hermine, was die sichtlich genießt.

»Wer ist das überhaupt?«, fragt Skipper, dem schließlich doch noch einfällt, dass da ein Ferkel in seiner guten Stube steht.

Rufus, der bis jetzt nur etwas weggetreten das Ferkel und die Küken beobachtet hat, sagt: »Gut, dass du es erwähnst, Skipper. Wir wollten dich nämlich fragen, ob es okay für euch wäre, wenn«, er deutet über Skippers Schulter hinweg, »Traudl, Herrmann und Hermine für ein, zwei Nächte in der Nachbarkuhle schlafen.«

Skipper wirft einen Blick über seine Schulter. Dann dreht er in Zeitlupe den Kopf zurück, wird ganz starr und sieht mich an. »Ray, da sind Schweine in unserer Kuhle. Was mach ich denn jetzt?« Dann wird er doch noch leicht panisch. »Ping? Ping!«

Bei Ping ist sogar der Standby-Modus abgeschaltet, Akku leer.

»Aussichtslos«, flötet Skipper und blickt zwischen Rufus und mir hin und her. »Aber …? Aber …? Sind die nicht gefährlich?«

Während sich die kleinen Mandarinenten prächtig amüsieren, indem sie sich von Hermine abrüsseln lassen, erkläre ich Skipper die Situation: Herrmann, Traudl, Hermine, Patchwork-Familie, waldfremd, verstoßen, kalt, müde, Pipi, Durst.

»Ja, wenn das so ist«, Skipper versucht sich an einem nachbarschaftlichen Kopfnicken in Richtung Traudl und Herrmann. »Selbstverständlich könnt ihr in der Nachbarsenke schlafen. Streng genommen ist das ja sowieso nicht unsere, aber nett, dass ihr fragt, eure Kleine scheint sich ja auch schon ganz prächtig mit unseren Küken zu verstehen, ich bin zuversichtli…«

Licht aus. Eingeschlafen, mitten im Satz.

»Ein Glück«, murrt Herrmann. »Zerrt an den Nerven, das Gequatsche.«

Traudl ist, wie ich bemerke, ebenfalls erschöpft. Der fallen ständig die Augen zu. Ich blicke zu Rufus, Hermine und den Küken, den schlafenden Pinguinen. »Wisst ihr, was wir jetzt machen?«, sage ich. »Traudl und du, Herrmann, ihr richtet euch in der Nachbarsenke gemütlich ein und ruht euch aus. Skipper und Ping machen ihr Nickerchen, und Rufus und ich passen so lange auf die Kleinen auf.«

Dass zwei Migranten mit afrikanischen Wurzeln auf sein Hybridferkel aufpassen sollen, während es mit vier von zwei schwulen Pinguinen ausgebrüteten Mandarinentenküken spielt, übersteigt das, was Herrmann verarbeiten kann.

Aber da ist auch noch Traudl, die sich müde an ihn lehnt und der gleich die Beine wegknicken. »Das ist doch ein sehr nettes Angebot«, sagt sie. »Ich bin sicher, Ray und Rufus werden sich gut um Hermine kümmern. Die sind doch jetzt Freunde, schon vergessen?«

»Hmpf«, macht Herrmann, dem es lieber wäre, seine Tochter wäre nicht mit einem Erdmännchen befreundet.

Wie er so dasteht, tut mir Herrmann fast ein bisschen leid. Sich von seinen Vorurteilen zu verabschieden, ist echt nicht einfach. Schwul ist schwul, und Afrikaner ist Afrikaner. Da lässt es sich ganz bequem mit leben. Bis einen das Leben eines Besseren belehrt.

»Können uns die Kuhle ja mal ansehen«, sagt er.

Geht doch.

»Schön«, sage ich. »Ist gleich hier drüben.« Ich deute auf einen Hohlweg, durch den sie sich vielleicht durchzwängen könnten. »Ich glaube, wenn ihr hier durchgeht und dann da hinten lang …«

Statt meine Erklärung abzuwarten, rammt Herrmann einfach wie ein Bulldozer durchs Unterholz, es kracht und knackt und knirscht. »Passt schon«, grunzt er.

Kurz darauf gibt es plötzlich eine direkte Verbindung zwischen Skippers und Pings Wohnung und dem, was bis vor Kurzem die Sexhöhle des Waldes gewesen sein dürfte.

»Oder so«, sage ich.

Herrmann rammt noch einen mittelgroßen Baumstamm aus dem Weg, der offenbar – um mit Rufus zu sprechen – sein ästhetisches Empfinden beleidigt, dann raunt er: »Komm mal, Traudl, sieht ganz gemütlich aus.«

Die beiden verschwinden im Unterholz, ich spüre eine leichte Vibration, als sie sich fallen lassen, der Rest ist Schnarchen, zweistimmig, im Wechsel, ein Schweinekanon.

»Du bist eins.«

»Ein.«

»Du zwei.«

»Ei.«

»Du drei.«

»Ei.«

Du vier.«

»Ier.«

Rufus versucht, den Küken das Zählen beizubringen. Er kann es einfach nicht lassen.

»Rufus?«, sage ich.

»Hm?«

»Lass die spielen, die kommen prima allein zurecht.«

»Au ja, spielen!«, sagt Hermine, und die Entchen quietschen vor Begeisterung.

Erst jetzt merke ich, wie erschöpft ich selbst bin. Was für ein Tag. Es dämmert ja auch schon, und ein kalter Luftzug streicht durch den Wald. Nicht mehr lange, und wir kriegen Bodenfrost.

Ich setze mich vor den schlafenden Skipper und lehne mich in den Federwulst, der seine Füße bedeckt. Alter, ist das warm. Jetzt verstehe ich auch, wie die da drunter bei minus eine Million Grad ihre Eier ausbrüten können.

»Das musst du ausprobieren«, sage ich zu Rufus. »Ist voll kuschlig.«

Rufus blickt zu unserer Krabbelgruppe, sagt: »Na ja, das mit dem Zählen kann ich ja morgen noch …«, und macht es wie ich, nur bei Ping. Setzt sich vor den Königspinguin, lehnt sich in die Federdecke und sagt: »Extrem komfortabel.«

»Wahnsinn, oder?« Inzwischen lullt mich die Wärme schon so ein, dass meine Ohren ganz heiß werden.

»Als wäre man noch gar nicht geboren«, nuschelt Rufus.

»Wie meinst 'n das?«, frage ich.

Die Antwort ist ein leises Schnaufen.

»Rufus?« Abwesend betaste ich Skippers Federkleid. So weich. Die Kleinen spielen. Wie schön. So weich. Und so warm.

24

Als ich aufwache, bin ich in der Hölle gefangen. So heiß kann es nur in der Hölle sein. Und stockduster. Ich kriege keine Luft, bewegen kann ich mich auch kaum, von allen Seiten bedrängt mich etwas. Wieso, denke ich, was habe ich getan? Ist das die Strafe dafür, dass wir Bauer Fröhlich den Honig geklaut haben? Und wenn ich jetzt sterbe, hat mein Leben dann irgendeinen Sinn gehabt? Okay, das war's, mein Kopf ist schon ganz vernebelt. Sauerstoff, wo bist du?

Entfernt nehme ich noch etwas wahr, unter mir. Aber ganz weit weg. Alles zieht und dehnt sich, ich selbst auch, wie Kaugummi. Fühlt sich an wie Leder, Krokodil oder so, mit Scharnieren dran. Stirbt man in der Hölle auf einer Kroko-Tasche? Oder wird man zu einer? Bin ich am Ende schon tot? Sicher halluziniere ich, wegen keine Luft und so. Aber Moment, diese Scharniere, die fühlen sich an wie … Krallen! Ich liege auf fucking Pinguinfüßen.

Mit letzter Kraft strample ich gegen die Federmassen an, die auf mir lasten, und zwänge mich aus Skippers Brutstätte hinaus ins Freie.

Das. War. Knapp.

Es ist tatsächlich Nacht, also auch hier draußen. Während ich langsam zu Atem komme, schläft Skipper seelenruhig weiter. Offenbar hat er mir im Schlaf sein Brutgefieder übergestülpt.

»Rufus?«, frage ich.

Keine Antwort.

»Rufus!«

Ich rappele mich auf, laufe zu Ping, dessen weißer Bauch matt schimmert, zerre an seinem fetten Bauchgefieder, bekomme etwas zu fassen, das sich wie ein Hinterbein von Rufus anfühlt, und zerre meinen Bruder ins Freie.

Er atmet, ist aber bewusstlos, komplett ausgeknockt. Ich fächele ihm Luft zu, kitzle ihn an den Pfoten, stecke ihm Gras in die Nasenlöcher, alles ohne Ergebnis. Also mache ich das, was er am meisten hasst, nehme meine spitzeste Kralle und steche ihm ein weiteres Ohrloch.

Sein Oberkörper schnellt nach oben. In die Dunkelheit hinein fragt er: »Grete?«

»Glaubst du, die würde dir ein Ohrloch stechen?«

»Da war es so warm«, sagt Rufus.

Wird gleich wieder, denke ich und setze mich neben ihn, verschnaufe. Aus der Nachbarsenke tönt das beruhigende Schnarchen von Traudl und Herrmann herüber. Skipper und Ping sind schlafende Säulen, die Schnäbel auf die Brüste gesunken.

Da fällt mir etwas auf. »Rufus?«

»Ich weiß«, sagt er.

Gar nichts weißt du, denke ich. »Wir haben ein Problem.«

»Ich weiß.«

»Was weißt du?«

»Wir haben ein Problem«, sagt Rufus.

»Ach ja? Und was für eins?«

»Hermine und die Enten sind weg.«

»Dann weißt du es tatsächlich.«

Und Rufus, unnachahmlich: »Ich weiß.«

Ich halte meine Nase in die Luft, versuche, Witterung aufzunehmen. »Wenn Skipper und Ping aufwachen, und die Kleinen sind nicht da …«

»Ich weiß«, sagt Rufus, der ebenfalls seine Nase in die Nachtluft hält.

»Da lang.«

»Ich weiß.«

»Sag das noch mal, und dein Ohrloch bekommt Gesellschaft.«

Wir arbeiten uns durchs Unterholz, immer der Nase nach, und kommen zur Bachbiegung. Zum Glück steht der Mond relativ hoch, so können wir wenigstens ein bisschen … Nee, eigentlich nicht, nur Umrisse und so. Unsere Augen sind einfach nicht nachttauglich.

»Hi, Ray«, sagt etwas neben mir.

Die Stimme kommt mir bekannt vor. »Hi«, sage ich.

»War 'ne geile Party neulich.«

»Danke«, erwidere ich, als mir klar wird, dass ich dieses Gespräch schon mindestens dreimal geführt habe. »Du bist die Baummarderdame von der Keilerschanze.«

»Stimmt auffallend.«

»Das hier ist übrigens mein Bruder Rufus«, sage ich.

»Weiß ich doch. Ich find's voll cool, Demokratie und so. Und dass die Weibchen endlich alles dürfen, was auch die Männchen dürfen. Was macht ihr denn hier unten?«

»Wir suchen Hermine«, sagt Rufus. »Und freut mich, dass dir das Demokratieprojekt zusagt.«

»Hermine hab ich vorhin mit den Mandarinentchen gesehen, da drüben am Tümpel.« Plötzlich hab ich ihr feines Näschen am Ohr. »Ich bin übrigens Priscilla.« Und dann so zu Rufus und mir: »Wir sehen uns – spätestens bei der nächsten Party im *Acapulco*.«

Und schwupps, ist sie weg.

»Die scheint nett zu sein«, sagt Rufus.

Ich spüre noch ihrer Schnauze an meinem Ohr nach. »Hm-m«, bestätige ich.

Aus der Richtung, in der Priscilla zuletzt Hermine und die Küken gesehen haben will, dringt eine rauchige Stimme herüber. »Nehmt euch in Acht!«

Im Dunkeln trippeln Rufus und ich durch nasses Gras und schlammigen Untergrund, und dann steht plötzlich, von fahlem Mondlicht beschienen, ein Steinbock im Wasserloch und redet auf die vier Mandarinentenküken und Hermine ein. Die Küken hocken am Rand des Tümpels auf einem abgeknickten Ast, Hermine steht mit eingesunkenen Hufen neben ihnen im Schlamm.

25

Kann sein, dass es an der Vollmondbeleuchtung liegt, aber der alte Steinbock sieht aus, als wäre er einem Horrorfilm entlaufen: zerzaustes Fell, kahle Stellen an den Flanken, dazu ist eines seiner imposanten Hörner abgebrochen, wodurch es nur noch halb so imposant, dafür aber doppelt so gruselig aussieht. Hinzu kommt, dass er bis zu den Knien im Tümpel steht. Wo Steinböcke sich doch sonst immer was zum Klettern suchen. Und überhaupt: Was hat ein Steinbock in unserem Wald verloren?

»Ich sage euch«, beschwörend hebt er einen tropfenden Huf und lässt ihn über dem Wasser schweben, »so etwas habt ihr noch nicht gesehen. Riesig sind die!«

Die vier Entlein und Hermine lauschen gebannt und mit Augen, in denen sich der Mond spiegelt.

»Rie-sig!!« Der Steinbock wirft den Kopf in den Nacken.

Hermine und die Küken zucken zusammen. Selbst mir geht es kalt den Rücken runter.

»Die schlagen alles kurz und klein, was sich ihnen in den Weg stellt.« Der Steinbock versucht sich an einem Karate-Kick. »Zack! Zack, zack! Und wieder haben drei Bäume ihr Leben gelassen, so schnell geht das. Hier«, er zeigt den Stumpf seines einst majestätischen Horns vor, »ein einziger Hieb, und mein Horn ist durch die Luft gesegelt wie ein angeschossener Fasan! Nicht mehr lange, und sie werden auch diesen Wald heimsuchen. Und ich rufe euch zu: Seid gerüstet für die Flucht! Der Tag des Jüngsten Gerichts wird kommen, und zwar bald!«

»Jetzt reicht es aber«, schnalzt Rufus mir zu, »die Kleinen bekommen ja Albträume.« Er schwingt sich auf den Ast, auf dem die Küken sitzen, und richtet sich auf. »Entschuldigung!«

Der Steinbock starrt ihn an. Sein eines Auge ist trüb, wie ich feststelle. Der sieht auch ohne Mondlicht gruselig aus.

»Es tut mir leid, dass ich Ihre furchterregende Darbietung unterbrechen muss«, sagt Rufus, »aber die Kleinen sollten längst schlafen und müssen dringend in ihre Senke. Ich bin sicher, Sie haben Verständnis dafür, dass wir Ihren zweifellos spannenden Ausführungen nicht länger folgen können. Wir wünschen Ihnen eine gute Nacht und alles Gute für die Zukunft.«

»Mein Verständnis habt ihr«, grollt der Steinbock, »aber nützen wird euch das wenig. Wenn erst …«

»… der Tag des Jüngsten Gerichts«, schneidet ihm Rufus das Wort ab. »Ich weiß schon, vielen Dank. Kommt, Kinder, sagt Tschüss zu dem Herrn, und dann lasst uns schleunigst zurückgehen, damit eure Eltern sich keine Sorgen machen.«

Hermine erhebt sich zitternd aus dem Schlamm, sagt: »Tschüss, du Herr«, und die Entlein quaken es ihr nach.

Wieder hebt der Steinbock den Vorderhuf: »Und ich sage euch …!«

Rufus und ich wenden ihm den Rücken zu und schieben Hermine und die Küken ins Unterholz. »Schön zusammenbleiben«, mahne ich. Rufus flüstere ich zu: »Das war vielleicht schräg.«

»Ja«, erwidert mein Bruder, »wo der restliche Tag doch so eintönig war.«

Rufus und Ironie. Das geht echt selten zusammen. »Glückwunsch«, sage ich, »du hast gerade einen Witz gemacht.«

Rufus ist mit den Gedanken woanders. »Der sah reichlich derangiert aus, was bedeutet, dass seine Geschichte möglicherweise nicht frei erfunden ist.«

Die beiden Olgas kommen mir in den Sinn und wie sie von den Giganten gesprochen haben. »Gut, dass wir den Feuerdrachen haben.«

»Den haben wir nicht wirklich, wie du weißt«, entgegnet mein kleiner Bruder.

»Stimmt. Aber du selbst hast mir ja erklärt, dass wir, solange alle *glauben*, wir hätten ihn, praktisch unangreifbar sind.«

Hermine hat sich gerade zwischen ihre Eltern gekuschelt und Rufus die Entenküken unter die Brutfedern von Skipper und Ping geschoben, als Skipper aufschreckt und sagt: »Sind alle da?«

»Zwei bei dir, zwei bei Ping«, sage ich. »Alles in bester Ordnung.«

»War irgendwas? Ich habe das Gefühl, da war was.«

»Keine besonderen Vorkommnisse«, sage ich. »Wir waren die ganze Zeit hier und haben aufgepasst, stimmt's, Rufus?«

»Äh …«, sagt Rufus.

»Da hörst du es«, sage ich. »Schlaf ruhig weiter.«

»Danke«, sagt Skipper, »vielen Dank. Ihr seid wirklich zwei kleine Engel.«

»Kein Ding.«

Drei Sekunden später höre ich an seiner Atmung, dass Skipper wieder eingeschlafen ist. Ping ist gar nicht erst aufgewacht.

»Rufus?«, flüstere ich.

Aus der Richtung meines kleinen Bruders kommt auch nur ein verräterisch gleichmäßiges Schnaufen.

Ich lehne mich gegen Skipper, betrachte das durch die Zweige brechende Mondlicht, lausche in die Nacht hinein. Wer hätte gedacht, dass mein Leben noch einmal solche Haken schlagen würde? Im Sommer sah es noch so aus, als würde ich den Rest meines ohnehin kurzen Lebens damit verbringen, in unserem Zoogehege Faxen für Schulklassen zu machen und mich von Pfleger Silvio mit Trockenfutter bewerfen zu lassen. Mein Rücken ist schon wieder ganz warm von Skippers Gefieder. Das Leben ist doch eine großartige und aufregende Sache. Man darf es nur nicht zu spät bemerken.

26

Auf dem Weg zur großen Lichtung hat Rufus mir erklärt, dass eine Rede wie eine Schachpartie ist. Nur wer die richtige Eröffnung wählt, hat eine Chance, seine Zuhörer am Ende schachmatt zu setzen. Meine Antwort war, dass er lieber aufpassen soll, dass ihm bei seiner Eröffnung nicht wieder das Cape auf die Hüfte rutscht. Wie auch immer, ich habe Zweifel, dass Rufus die richtige Eröffnung gewählt hat, denn sie beginnt so:

»Versuche niemals, jemanden so zu machen, wie du selbst bist. Du solltest wissen, dass einer von deiner Sorte genug ist!«

Okay, er merkt selber, dass jetzt nicht spontan Applaus aufbrandet. Kapiert halt keiner.

»Dieses Zitat«, fährt er fort, »stammt bedauerlicherweise nicht von mir, sondern von Ralph Waldo Emerson, einem US-amerikanischen Philosophen.« Rufus wirft sich in Pose. »Ich weiß, was ihr jetzt denkt: Ihr denkt, das muss aber schon lange her sein, dass die Vereinigten Staaten von Amerika einen bedeutenden Philosophen hervorgebracht haben, und in der Tat hat Ralph Waldo Emerson im 19. Jahrhundert gelebt.«

Das interessiert natürlich alle brennend, wann Ralph fucking Waldo gelebt hat. Die Eröffnung hat Rufus auf jeden Fall mal in den Sand gesetzt, würde ich sagen.

Die Lichtung ist übrigens bis auf den letzten Platz gefüllt. Sogar die Äste der Bäume hängen nach unten, weil sich so viele Nager und Vögel darauf versammelt haben. Nachdem gestern die Nachricht die Runde gemacht hat, dass Keiler Herrmann ohne Kind, dafür mit Kegel und noch dazu von seinem eigenen Sohn von der Keilerschanze verjagt worden ist, wollen alle wissen, wie es im Wald nun weitergeht.

»Weshalb dieses Zitat, fragt ihr euch? Nun, aus aktuellem Anlass wende ich mich heute noch einmal dem Thema zu, das die Grundvoraussetzung für ein demokratisches Miteinander ist!«

Rufus gibt sich staatsmännisch und schiebt eine Pfote unter seinen Klettgurt. Erstaunlicherweise funktioniert es.

Alle schauen gebannt zu ihm auf. Vielleicht hat er ja recht: Wenn er nur ganz fest daran glaubt, dass sein Umhang ihn unverwundbar macht, dann tut er das auch.

»Toleranz!«

Ich weiß nicht, ob mein Bruder jetzt mit einer bestimmten Reaktion seines Publikums gerechnet hat. Falls ja, hat er Pech gehabt.

»Toleranz bedeutet, andere in ihrem Anderssein zu akzeptieren. Keinem von uns fällt das immer leicht, und manchmal muss man Kompromisse finden, aber ohne Toleranz ist ein friedliches Miteinander unmöglich.« An dieser Stelle schiebt er eine Pause zum Zwecke dramatischer Steigerung ein. »Wie viele von euch inzwischen erfahren haben, ist es gestern zu einem Vorfall gekommen, der uns alle nachdenklich machen sollte und über den wir dringend sprechen müssen. Keiler Herrmann ist von seinem eigenen Sohn aus der Schanze und unserem Wald verbannt worden. Und warum? Einzig aus dem Grund, dass

Traudl und er sich in tiefer Zuneigung verbunden sind und gemeinsam Nachwuchs bekommen haben, Hermine.«

Herrmann, der mit Traudl und Hermine etwas abseits steht, blickt betreten zu Boden. Dass er miterleben muss, wie ein Erdmännchen sich für seine Rechte einsetzt, nagt an seinem Stolz.

Auf der gegenüberliegenden Seite, wo sich die Wildschweine aus der Keilerschanze im Gebüsch drängeln, ruft einer: »Traudl ist unrein! Die ist ein Hausschwein!«

Darauf, dass jemand sich auf eine Diskussion mit ihm einlässt, hat Rufus natürlich nur gewartet. »Ganz abgesehen davon, dass ich zu gerne wüsste, wie sich ausgerechnet ein Wildschwein über Unreinheit beschweren kann – was ist daran so schlimm?«

»Die ist nicht wie wir!«, kommt es aus dem Gebüsch.

»Ist das alles, was du vorzubringen hast? Die ist nicht wie wir, also darf sie nicht sein? Was ist denn das für eine dümmliche Logik? Für alle anderen in diesem Wald bist du nicht so wie sie – mal *da*rüber nachgedacht? Offenbar nicht. Aber das macht nichts, denn es gibt jemanden, der euch dazu etwas zu sagen hat.« Wie ein Rockstar von seiner Bühne springt Rufus vom Baumstumpf, sein Cape flattert majestätisch hinterher. Würde der sich sonst nie trauen.

Unten angekommen, ruft er: »Rocky! Wenn du uns kurz helfen könntest …«

Unser Clan hat sich ziemlich weit hinten auf der Lichtung eingefunden, und es dauert wie üblich einen Moment, ehe Rocky geschnallt hat, dass sein Typ gefragt ist. Aber nachdem ihm Roxane einen Ellbogen in die Seite gestoßen hat, sagt er »äh … logisch« und kommt den Mittelgang entlang nach vorne, wobei er lässig so ein bisschen nach rechts und links schlackert, damit niemandem seine einmalig männliche Fellzeichnung entgeht.

»Und vielleicht noch Bernie und Freddie?«, ruft Rufus.

Während die Waschbären vergnügt nach vorne wackeln, raunt mir Rufus zu: »In einer Demokratie musst du jedem das Gefühl geben, Teil von etwas Größerem zu sein.«

Als Freddie und Bernie beim Baumstumpf eintreffen, fragt Bernie: »Machen wir jetzt was um die Wette?«

»Bedaure«, erwidert Rufus, »Demokratie ist keine Spielshow. Vielmehr wäre ich euch dankbar, wenn ihr die Rampe, die hinter der großen Eiche liegt, an den Baumstumpf anlegen könntet.«

Rocky und die Waschbären blicken sich an, verschwinden hinter der Eiche und kommen mit etwas zurück, das mir verdächtig nach dem Armaturenbrett aus dem verunfallten Wagen aussieht.

»Einfach so an den Baumstumpf anlegen, dass es möglichst wenig wackelt, vielen Dank, das war es auch schon, danke.«

Rufus probiert es aus, geht über die Rampe, bis er wieder auf dem Baumstumpf steht.

»Der macht es aber spannend«, raunt mir Freddie zu.

27

Durch ihre Vertreibung mussten sich Herrmann, Traudl und Hermine jemanden suchen, der ihnen Obdach gewährt. Genau so, wie wir Erdmännchen das tun mussten, als wir in diesen Wald kamen. Gott sei Dank fanden die drei Aufnahme, und zwar bei jenen, die selbst ein Emigrantenschicksal zu beklagen haben und sich in unserem Wald eine Perspektive erhoffen: den Pinguinen Skipper und Ping. Ich habe daher Skipper gebeten, ein paar Worte an euch zu richten.«

Von hinter der Eiche wackelt Skipper hervor, einerseits beschämt, dass er vor den versammelten Waldbewohnern sprechen soll, andererseits geschmeichelt, weil er gefragt worden ist. Jetzt wird auch klar, für wen die Rampe gedacht ist, anders würde Skipper nie auf den Baumstumpf kommen.

Er wackelt also über das Armaturenbrett, bis er vorne auf dem Stumpf steht. Verlegen blickt er in die Menge. Ganz hinten ist Ping zu sehen, der die Küken um sich versammelt hat und stolz zu seinem Geliebten aufblickt.

»Also, ich heiße Skipper, und mein Partner Ping und ich bewohnen eine von den Senken unten an der Bachbiegung, wisst ihr ja. Und als gestern Traudl und Herrmann und Hermine zu uns kamen, da haben wir ihnen natürlich angeboten, in der Nachbarsenke zu schlafen.«

»So natürlich hab ich das nicht in Erinnerung«, flüstere ich Rufus zu.

»Herrmann und ich haben uns dann sehr lange unterhalten«, fährt Skipper fort, »haben über Gott und die Welt geredet, wie man so sagt.«

Wieder flüstere ich meinem kleinen Bruder ins Ohr: »Wann soll das denn passiert sein?«

»Hier geht es um Größeres«, flüstert Rufus zurück, und mir wird klar, dass er und Skipper vorher besprochen haben, wie das hier laufen soll.

Skipper geht inzwischen voll in seiner Rede auf, und die Waldbewohnerschaft mit ihm. »Dabei könnten zwei Tiere kaum unterschiedlicher sein als Herrmann und ich! Herrmann ist ein Wildschwein, ich bin ein Pinguin. Ich habe Flügel, Herrmann dagegen ist Paarhufer und …«

»… auf jeden Fall mal *nicht* schwul«, tönt es aus dem Gebüsch, was allgemeine Erheiterung zur Folge hat.

Skipper lässt sich nicht aus dem Konzept bringen. »Herrmann ist hetero, ganz richtig. Ich dagegen bin schwul, und das ist auch gut so. Aber darauf kommt es gar nicht an, denn trotz aller Unterschiede bewohnen wir im Moment benachbarte Senken, und Pings und mein Nachwuchs und Traudls und Herrmanns Nachwuchs haben sich innerhalb kürzester Zeit angefreundet. Und das hat mir vor allem eins gezeigt«, Skipper richtet sich zur vollen Größe auf, »nämlich dass kein Tier mit dem Hass auf ein anderes Tier geboren wird, egal, welcher Gattung wir angehören oder woher wir kommen. Der Hass wird uns beigebracht, wir lernen ihn. Und da habe ich mich gefragt: Wenn wir Hass lernen können, können wir ihn dann nicht auch wieder *ver*lernen?«

Skipper winkt in Traudls und Herrmanns Richtung. Sofort steht Hermine auf, läuft nach vorne, balanciert die Rampe hinauf und stellt sich neben Skipper. Die haben das genau einstudiert. Respekt, Brüderchen.

Skipper legt Hermine einen Flügel auf die Schulter. »Ich frage euch: Ist dieses Ferkel weniger wert als ein anderes, nur weil es das Ergebnis der Liebe zwischen einem Haus- und einem Wildschwein ist? Seht es euch an! Wie kann irgendjemand diesem wundersamen Wesen mit Hass begegnen!?«

Skippers Stimme ist schon ganz belegt vor Rührung über die eigenen Worte, doch als Hermine jetzt den Kopf schief legt, erfasst es alle. Voller Unschuld blickt sie in die Menge, und als sie ihre Wimpern flattern lässt, ist es, als würde eine göttliche Hand Feenstaub über die Lichtung streuen.

Ein Funkenregen geht über den Anwesenden nieder, ich kann die Luft richtig leuchten sehen. Wahnsinn, denke ich. Würde einem auch keiner glauben, dass da ernsthaft ein Pinguin und ein Mischlingsferkel einträchtig auf einem Baumstamm im Wald stehen und Zauberstaub über die Lichtung werfen.

Nach drei oder so Wimpernschlägen von Hermine gibt es niemanden mehr, der sich nicht gleich vor Rührung auf die Hinterbeine pinkelt. Auf der Lichtung wird geschluchzt und geflennt und getuschelt, dass es nur so kracht. Ich sehe einen Vielfraß, der einen Biber in den Pfoten hält, Spitzmäuse, die sich mit Rötelmäusen verbrüdern und verschwestern, Dachse, die sich zärtlich an Luchsen reiben, eine einzige große Vereinigung im Zeichen der Liebe.

»Danke«, raunt Rufus den beiden zu, »ich glaube, die Message ist angekommen.«

Skipper und Hermine wackeln die Rampe herunter, und Rufus schwingt – kein Witz, er schwingt! – sich auf den Baumstumpf. Flatter-flatter macht das Cape, dann steht mein kleiner Bruder da wie in Öl gemalt und ruft: »Ich beglückwünsche uns alle! IHR SEID SO WEIT! Wir machen jetzt eine kurze Pause, in der jede und jeder für sich darüber nachdenken kann, wen er oder sie gerne zum Oberhaupt des Waldes wählen möchte. Im Anschluss erstellen wir eine Liste der Kandidat*innen, und dann werden die Bewohner dieses Waldes zum ersten Mal ein demokratisch legitimiertes Oberhaupt wählen!«

28

Während der Pause stecken die Bewohner des Waldes grüppchenweise ihre Köpfe zusammen. Da ist ganz schön Bewegung drin. Man kann von Rufus sagen, was man will, aber ganz offenbar hat er ein Feuer entfacht. Die Tiere wollen alle einen Neuanfang, also, die meisten. Die Wörter »Gerechtigkeit« und »Gleichberechtigung« schwirren über die Lichtung.

Nur ist mein Bruder nirgends zu sehen. Erst denke ich, dass er sicher bei Grete ist, aber deren Ohren stechen aus der Menge heraus, und als sie merkt, dass ich zu ihr hinübersehe, wirft sie mir einen Blick zu, der mir sagt, dass sie sich dasselbe fragt wie ich mich: Wo steckt Rufus?

Ich finde meinen Bruder hinter der Versammlungseiche, wo er auf einem Stein sitzt und in Denkerpose ins Herbstlaub stiert. Entfernt ist das Rauschen des Bachs zu hören. Als ich »hey« sage, zuckt er zusammen.

Der Stein ist zu klein, als dass wir beide darauf Platz hätten, also stelle ich mich vor ihn. »Was ist los? Wird dir die Demokratiesache doch zu viel?«

»Hm? Nein, nein, das ist es nicht.«

»Was ist es dann?«

»Ich überlege nur …«

»Du überlegst was?«

»Ach, nichts.«

»Rufus!«

»Nein, wirklich, ist nicht der Rede wert.«

Kurz spüre ich den Impuls, ihm ein weiteres Ohrloch zu stechen. Dieses Ich-sag-jetzt-was-aber-nicht-richtig-denn-ich-will-ja-dass-du-nachfragst-Spiel geht mir gesteigert auf meine Erdmänncheneier. »Ganz, wie du willst. Ich bin dann mal vorne auf der Lichtung und sag denen …«

»Ich frage mich …«

»Spuck es aus, Rufus!«

Er atmet schwer. Sehr schwer. »Ich frage mich, ob ich mich zur Wahl stellen sollte. Wie du weißt, klebe ich nicht an der Macht, wahrlich nicht …«

Die Nummer schon wieder. »Dann lass es doch jemand anderen machen.«

»Andererseits sehe ich nicht, wer für den Posten als OB des Waldes besser qualifiziert wäre als ich.«

Ich könnte Rufus jetzt fragen, was ein OB ist, aber ich schätze einfach mal, damit ist der Oberboss gemeint. »Hast du mir nicht vorhin erst erklärt, dass man in einer Demokratie alle mitmachen lassen soll, damit sich keiner ausgeschlossen fühlt?«

»Ja, schon. Ich klebe ja auch nicht an der Macht. Aber …«

»Dann lass es jemand anderen machen.«

Rufus hört mir nicht mehr zu. »Wir können ja mal sehen, wie es läuft. Wenn sich zeigt, dass es ohne mich nicht geht, kann ich ja immer noch …«

»Rufus?«

Er sieht zu mir auf, als wäre ich ihm in diesem Moment erst erschienen. »Hm?«

»Vielleicht ist es an der Zeit, dass du dir eingestehst, wie geil du auf diesen Job bist.«

»Ich? Oh nein, mein Lieber, da täuschst du dich. Ich klebe ganz sicher nicht an der Macht, wirklich nicht …«

29

Darf ich um eure Aufmerksamkeit bitten!?« Rufus hat seinen Platz auf dem Baumstumpf wieder eingenommen. »Die Wahl läuft folgendermaßen ab: Man darf sich selbst nominieren, also aufstellen, oder man darf ein anderes Tier vorschlagen. Das muss dann aber einverstanden sein. Am Ende wird abgestimmt, und wer die meisten Stimmen erhält, wird …«

Rufus hat noch nicht zu Ende gesprochen, da kracht es im Unterholz, und Keiler Fritz bolzt auf den Platz, reibt sich am Baumstumpf und ruft: »Alles klar, also, ich mach's. Erster in allem. So. Und als Chef des Waldes bestimme ich …«

»Stopp!« Rufus schiebt wieder seine Pfote unter den Klettgurt. »Das ist kein demokratisches Verfahren. Es müssen sich mehrere Kandidat*innen zur Wahl stellen, anschließend wird abgestimmt. Jede Stimme zählt gleich viel.«

»Das mit der Wahl können wir uns klemmen«, meint Fritz, »ich mach's, bummsfallera. Stimmen sowieso alle für mich.« Er wendet sich der Menge zu, lässt seine Hauer aufblitzen. »Ist doch so, oder? Stimmt jemand nicht für mich?«

Der Zuspruch bei den Anwesenden hält sich in Grenzen, der Widerspruch allerdings auch. Allen sitzt noch die Erinnerung an die Herrschaft der Wildschweine im Nacken.

»Also, ich auf keinen Fall.« Die Stimme, die das sagt, gehört Erna, zweite Reihe links. »Ich finde Sie rücksichtslos und egoistisch. So jemanden will ich nicht als Beschützer.«

Fritz geht zwei Schritte auf die Waldspitzmaus zu, lässt die Schultern kreisen und erwartet, dass sie den Schwanz einzieht. Macht sie aber nicht. Stattdessen tritt sie vor.

»Das ist genau, was ich meine. Sie stellen sich hier hin und tönen groß herum, und wenn jemand etwas anderes will als Sie, wird er eingeschüchtert. Das ist ein ganz miserabler Stil. Außerdem stinken Sie aus dem Maul. Meine Stimme bekommen Sie nicht, da können Sie noch so sehr mit Ihren Hauern angeben.«

»Okay«, schnauft Fritz, »um dich kümmern wir uns nach der Wahl. Sonst noch wer?«

Von Erna ermutigt, kommen unterschiedliche Wortmeldungen aus der Menge. »Ich hätte auch lieber ein nettes Tier als Chef«, sagt ein schüchternes Reh. »Ich auch!« Eine Marderhündin meint: »Die Wildschweine wühlen immer nur alles um, ich finde das nicht richtig.«

Rufus hebt seine Vorderpfoten und verschafft sich Gehör. »Gut! Wer möchte sich gegen Fritz, das Wildschwein, zur Wahl stellen?«

Das große Schweigen breitet sich aus. Kaum einer will die Herrschaft der Wildschweine zurück, aber gegen Fritz antreten mag auch keiner.

»Niemand?«, fragt Rufus.

Von über uns aus der Eiche ertönt eine Stimme: »Wir dürfen auch Kandidaten vorschlagen, richtig?« Es ist Priscilla, die Baummarderdame, die Rufus so nett fand, weil sie sich für sein Demokratieprojekt interessiert.

Lässig schiebt sich mein Bruder das Cape über die Schulter, die ihm gerade gewachsen ist: »Selbstverständlich.« Er zwinkert ihr zu. »Sofern sich der Vorgeschlagene einverstanden erklärt.«

Schon klar, wer sich hier einverstanden erklären würde.

»Wenn das so ist, dann schlage ich …«

Rufus' feines Näschen schnuppert an seiner glorreichen Zukunft als gütiger und gerechter Herrscher des Waldes.

»… Grete vor«, sagt Priscilla.

Eine Schocksekunde lang überlegt mein Bruder, ob sein Name nicht vielleicht Grete ist, danach hat er die Information geschluckt.

»Äh, sicher, warum nicht? In einer Demokratie dürfen sich selbstverständlich auch Weibchen … Und ich persönlich bin ja nicht daran interessiert, die Macht weiterhin …«

Einige der Anwesenden blicken verstohlen zu Grete hinüber, ganz schön viele sogar. Offenbar wird ihr der Job zugetraut, was mich, ehrlich gesagt, wundert. Schließlich hat sie ihren Mann verlassen, hatte zwischendurch was mit Rufus und ist jetzt, auch wenn das noch keiner weiß, von einem Durchhoppler schwanger.

Rufus muss zweimal trocken schlucken, bevor er fortfahren kann. »Grete! Du bist vorgeschlagen worden als Kandidatin für das Amt als Oberbeschützerin unseres Waldes. Bist du damit einverstanden?«

Grete tritt in den Mittelgang, streicht sich über die Ohren, blickt in die Menge. Die könnte das, denke ich. Oberbeschützerin sein. »Euer Vertrauen ehrt mich«, sagt sie, »allerdings würde dieses Amt mehr Verantwortung bedeuten, als ich im Moment übernehmen kann.« Sie streicht sich nachdenklich über den Bauch. »Aus diesem Grund muss ich leider ablehnen. Allerdings möchte ich betonen, dass diese Entscheidung nichts mit Keiler Fritz zu tun hat, der einzig an das Recht des Stärkeren glaubt, sondern ausschließlich persönliche Gründe hat. Es tut mir leid.«

Das hat sie sehr schön gesagt, wie ich finde, und die anderen Waldbewohner finden das auch, wie ich an den Gesichtern ablese.

»Das akzeptieren wir natürlich«, sagt Rufus, der kurz davor ist, »ich, ich, ich!« zu rufen. Er blickt zu mir herüber. »Gibt es sonst keinen, der vielleicht jemand anderen vorschlagen möchte?«

Ich würde es ja tun, ihn vorschlagen, aber, ganz ehrlich, ich glaube, ein Oberbeschützer muss vor allem eins haben: das Vertrauen der Bewohner. Das muss einer sein, von dem sich die anderen überzeugen lassen *wollen*. Rufus ist echt das Superhirn, und das würde ihm auch keiner absprechen, aber von ihm etwas sagen lassen will sich keiner.

»Niemand?« Es klingt wie eine Hilferuf.

»Alles klar«, sagt Fritz. »Wenn niemand gegen mich antritt, bin ich gewählt. Wär sowieso egal gewesen. Grete hätte eh keine Chance gehabt.«

»Und warum nicht?«, fragt Erna.

Fritz bläst der Waldspitzmaus seinen Atem direkt ins Gesicht. »Mann, du nervst vielleicht. Weil sie ein Weibchen ist natürlich.« Er wendet sich an die Menge. »Nichts gegen Weibchen, ihr wisst schon, was ich meine.«

Aus dem Unterholz kommen Hö-hö-Rufe, und irgendjemand schnalzt: »Immer ruff uff die Mutti!«

Fritz nimmt Grete ins Visier, die noch immer im Mittelgang steht. »Ist nichts gegen dich persönlich, Schätzchen, ich mein nur: Außer bei, was weiß ich, irgendwelchen Vögeln haben die Weibchen noch nie gesagt, wo's langgeht. Hat die Natur so nicht eingerichtet. Die Weibchen sind für den Nachwuchs zuständig, reicht doch auch.«

»Voll«, kommt es aus dem Gebüsch.

Aus der Menge ruft einer: »Schön wär's, meine will immer mitreden.«

Fritz reckt sich, bis er auf Augenhöhe mit Rufus ist. »Was'n jetzt?«, grunzt er »Ich bin's, oder? Ich bin ab sofort der Oberbeschützer.«

Eigentlich ist das die Situation, die sich Rufus insgeheim herbeigesehnt hat. Er muss sich selbst zur Wahl stellen, um die Schreckensherrschaft abzuwenden. Der Moment, in dem Helden geboren werden.

Auch Rufus reckt sich. »Ich habe stets betont, dass mir nicht daran gelegen ist, die Macht in diesem Wald weiterhin in meinen Pfoten zu halten. Da sich jedoch offenbar kein Kandidat und keine Kandidatin findet, der oder die sich gegen Keiler Fritz zur Wahl stellen möchte, sehe ich keine andere Möglichkeit, als zum Wohle aller Waldbewohner ...«

»Ich stelle mich!«

Alle, aber auch wirklich alle Anwesenden wenden sich dem Mittelgang zu. Da hockt Grete in ihrer ganzen Feldhäsinnenpracht und streckt ihr weißes Brustfell vor.

»Ich dachte ...«, stottert Rufus.

»Ja«, sagt Grete. »Dachte ich auch. Aber dann ist mir klar geworden, dass es egoistisch von mir wäre, mich nicht zur Wahl zu stellen. Weil ich damit meine persönlichen Probleme über die des Waldes stellen würde. Deshalb habe ich entschieden, meine Befindlichkeiten hintanzustellen.«

30

Grete ist da. Also hier, bei uns. Hockt mit Rufus in unserem Headquarter im Panzer. Sie reden miteinander, eine Besprechung, wegen morgen. Morgen wird nämlich gewählt. Aufregende Zeiten.

Ich liege derweil oben auf dem Gefechtsturm, betrachte, wie die untergehende Sonne durch den Wald schimmert und die Bäume ihre langen Schatten bis in die Savanne werfen. Ein Teil unseres Clans hat sich bereits in den Bau verzogen, die Jüngeren hängen noch irgendwo ab oder verdaddeln die Zeit, indem sie sich mit Bucheckern bewerfen oder Kletten ins Fell setzen.

Muss Grete ganz schön viel Überwindung gekostet haben herzukommen. Schließlich ist Rufus gleich doppelt gekränkt. Zum einen, weil sich Grete von einem Durchhoppler hat schwängern lassen, zum anderen, weil die Waldbewohner *sie* als Gegenkandidatin wollen und nicht ihn. Das nagt am Ego. Nicht an jedem, aber an Rufus' Ego schon. Ein Glück, dass er so gar nicht an der Macht klebt, lol. Andererseits ist er natürlich stolz wie Bolle auf »seine Grete« und wäre nichts lieber als ihr treu ergebener … egal, was.

Das Gute ist: Als Grete vorhin am Waldrand aufgetaucht ist und ich zu ihr gegangen bin, um sie sicher durch die Savanne zu geleiten, da ist mir klar geworden, dass ich nicht länger eifersüchtig bin oder nur noch ein ganz kleines bisschen, also echt nicht der Rede wert. Ehrlich. Grete und ich, das wäre sowieso nichts geworden. Die ist einfach viel zu anständig für mich. Das Problem bei Tieren, die keine Laster haben, ist ja, dass sie ziemlich sicher ein paar nervige Tugenden besitzen. Das stresst auf Dauer.

Apropos Laster: Natalie liegt neben mir. Wir genießen also den Sonnenuntergang zu zweit. Und das Beste ist, dass wir es hübsch warm haben, denn ich bin auf die superschlaue Idee gekommen, die Rettungsdecke aus dem Auto, die sonst als Raumteiler im *Acapulco* hängt, als Picknickdecke zu verwenden. Rufus hat mir erklärt, dass die sogar die Körperwärme reflektiert, und das merkt man voll. Außerdem knistert sie ganz hübsch, wenn man sich darauf hin und her wälzt.

»Alles okay, Ray?«, fragt Natalie.

»Logisch«, sage ich.

Vorhin, als die Sonne noch höher stand, hab ich ein paar Tausendfüßler auf der Glitzerdecke ausgelegt, und die sind tatsächlich noch spätsommerlich kross geworden. Ich nehme einen und halte ihn Natalie vor das zarte Näschen. »Na-a?«

Natalie streicht sich über den Bauch. »Bin schon total vollgefressen.«

»Willst du trotzdem?«, frage ich.

Und schnapp, hat sie mir den Tausendfüßler aus der Klaue gefressen. »Biete mir ja nicht noch einen an«, sagt sie mit vollem Maul. »Ich werd noch total fett.«

Ich lasse eine Klaue über ihre Hüfte gleiten. »So ein bisschen Winterspeck steht dir ausgesprochen gut, finde ich.«

»Na dann …«

Das wäre jetzt eigentlich der Moment, um mit Natalie die Decke zum Knistern zu bringen, aber ich kann nicht anders, als mit halbem Ohr Rufus und Grete zuzuhören, deren Stimmen aus den Tiefen des Panzers zu uns aufsteigen und neben uns aus der Luke blubbern. Auch Natalie hat die Ohren gespitzt.

»Ist meine Entscheidung nicht zu voreilig gewesen?«, höre ich Grete sagen. »Was, wenn ich wirklich gewählt werde?«

»Viel schlimmer wäre doch, du würdest nicht gewählt werden«, erwidert Rufus, »und die Wildschweine würden wieder die Macht an sich reißen.«

»Aber bin ich dieser Doppelbelastung auch gewachsen? Als alleinerziehende Mutter zusätzlich noch so ein verantwortungsvolles Amt auszuüben ... Was, wenn ich am Ende beidem nicht gerecht werde?«

Eine ganze Zeit herrscht Schweigen im Inneren des Panzers, und ich denke schon, dass die beiden vielleicht endlich miteinander rummachen, doch dann meint Rufus: »Wer sagt denn, dass du deinen Nachwuchs alleine großziehen musst?«

Die Überraschung ist Grete deutlich anzuhören: »Dir ist schon klar, dass der Vater meines Nachwuchses längst zwei Wälder weiter ist, oder?«

»Irgendwie«, erwidert Rufus, »werden wir das schon hinkriegen.«

»Wir? Ich dachte, du wolltest unbedingt deine eigene Familie gründen.«

»Dachte ich auch.«

»Aber?«

»Aber dann dachte ich, dass ich vielleicht ein bisschen flexibler werden sollte.«

»Und weiter?«

»Du hast heute auf der Lichtung etwas sehr Heroisches

getan, als du sagtest, dass es egoistisch von dir wäre, dich nicht zur Wahl zu stellen. Wie egoistisch wäre es da von mir, uns nicht wenigstens eine Chance zu geben, nur weil ich zu eitel bin, mich damit abzufinden, dass wir keinen gemeinsamen Nachwuchs zeugen können?«

»Aber du weißt auch, dass ich nach den Erfahrungen mit Emil erst einmal nicht auf eine feste Beziehung aus bin.«

»Ist das denn so entscheidend, wie man das nennt? Feste Beziehung, Lebensabschnittspartner, Ehe – das sind doch alles bürgerliche Konventionen. Vielleicht sollten wir das alles etwas lockerer sehen.«

Mann, denke ich, muss mein kleiner Bruder verknallt sein – wenn er selber vorschlägt, flexibel zu werden und irgendetwas locker zu sehen. Kann der doch gar nicht – locker sehen.

Natalie flüstert: »Hat Rufus das wirklich gerade gesagt?«

»Ich schätze«, flüstere ich zurück, »im Moment würde er alles sagen, Hauptsache, Grete geht steil auf ihn.«

Aus dem Inneren des T-72 steigt die Stimme der Feldhäsin auf: »Soll das heißen …?«

»Ich weiß nicht, was das heißen soll«, sagt Rufus. »Vielleicht heißt es einfach nur, dass wir offen sein sollten für was auch immer die Zukunft für uns bereithält.«

Plötzlich wird Gretes Tonlage ganz fluffig. Da liegt Sex in der Luft. »Rufus! Du überraschst mich.«

»Ich mich auch.«

Eine Hormonwolke schwappt aus der Luke.

Natalie riecht sie ebenfalls. »Ui«, flüstert sie, und ich habe das Gefühl, dass es sie ein bisschen scharf macht, Rufus und Grete zu belauschen. »Glaubst du, die kommen jetzt endlich mal zur Sache?«

Als Nächstes hören wir Grete sagen: »Warum kommst

du nicht zu mir auf den Sitz, Rufus? Da unten muss es doch furchtbar unbequem sein.«

Natalies Pfote streicht versonnen über meine Brust, während sich meine Pfote langsam ihren Rücken hinabtastet. Irgendwie scheint es uns beide scharf zu machen.

»Oh, Grete«, säuselt Rufus. »Nichts täte ich lieber. Aber wir wissen beide, wozu das führen würde.«

»Ich hab da so eine vage Vorstellung«, gibt Grete zurück.

Natalie und ich sind schon ganz wuschig. Endlich passiert's, denke ich.

Dann sagt Rufus: »Ich glaube, im Moment ist es wichtiger, dass wir uns ganz auf den morgigen Tag konzentrieren. Vergiss nicht: Wir haben uns einer großen Aufgabe verschrieben. Lass uns vernünftig bleiben.«

Natalie sieht mich an und wischt mit der Pfote vor ihrer Stirn herum. Soll heißen: Hat der Typ sie noch alle?

»Vermutlich hast du recht«, sagt Grete. Die Hormonwolke löst sich spontan auf. Ihrer Stimme ist die Enttäuschung deutlich anzumerken. »Wir sollten vernünftig sein.«

Boah! So viel Tugendhaftigkeit ist echt Gift für die Stimmung. Also auch für Natalies und meine. Voll der Abturn.

Natalie dreht sich auf den Rücken und blickt in den Abendhimmel. »Lass uns vernünftig bleiben«, äfft sie Rufus nach.

»Ist dir auch gerade die Lust vergangen?«, frage ich.

»Und wie«, sagt sie.

Ich drehe mich ebenfalls auf den Rücken. Gemeinsam blicken wir in den Abendhimmel. Ich lege eine Pfote in ihre. »Immerhin ist es für ein höheres Ziel.«

»Schwacher Trost.«

31

»Al-ter!« Ich halte Rufus, der völlig in Gedanken versunken ist, am Vorderbein zurück.

Um ein Haar wären wir in zwei Hermelindamen hineingestolpert. Die stehen hier und warten ganz artig. Sie bilden das Ende einer Schlange, die sich durch den halben Wald zieht.

»Entschuldigt«, sagt Rufus, »steht ihr etwa für die Wahl an?«

Die eine antwortet: »Wofür denn sonst?«

Und die andere so: »Wir werden übrigens nicht für Grete stimmen, nur dass das von vornherein klar ist.«

»Hm-m«, bestätigt die erste. »Wir sind für Sitte und Anstand.«

Rufus gibt sich souverän. »Ich freue mich dennoch, dass ihr gekommen seid«, sagt er. »Nicht für Grete zu stimmen, ist euer gutes Recht. Freie Meinungsäußerung, das ist es, was eine funktionierende Demokratie ausmacht. Ein kostbares Gut, das man nicht leichtfertig aufs Spiel setzen sollte. Danke für euer Erscheinen und für eure Geduld.«

Damit lassen wir die beiden verdutzt dreinblickenden Damen stehen und gehen an der Schlange vorbei zur großen Lichtung.

»Wieso hast du ihnen nicht gesagt, dass sie für Grete stimmen sollen?«, frage ich.

»Weil es besser ist, wenn sie von selbst daraufkommen. Ich hab ihnen ein paar Krümel hingeworfen, die schwerer zu verdauen sind, als es auf den ersten Blick den Anschein hat. Auf denen können sie kauen, bis sie an der Reihe sind. Wer weiß, was bis dahin noch so passiert.«

»Al-ter!« Schon wieder ich. Auf der Lichtung herrscht das Megagedränge. Als würde Hertha gegen Barca im Champions-League-Finale stehen. Kleiner Scherz. »Egal, wie die Wahl ausgeht«, sage ich, »dein Demokratieding ist schon jetzt voll der Burner.«

»In jedem Fall«, Rufus fliegt vor Stolz gleich das Cape weg, »gibt es Augenblicke, da einem klar wird, was Demokratie für ein erhebendes Abenteuer ist.« Er sieht sich um. »Der Begriff wird leider inflationär verwendet, Ray, weshalb ich ihn üblicherweise meide. In diesem Fall aber würde ich mich nicht scheuen, von einem epochalen Moment zu sprechen.«

Wir zwängen uns nach vorne. Mittelgang ist heute nicht. Um uns herum wird wild diskutiert und getuschelt. Die Frage, ob Grete künftig ihre schützende Pfote oder aber Fritz seinen schützenden Huf über den Wald halten soll, spaltet die Bewohner. Wenn man mich fragt: wird eine knappe Kiste.

Viele finden Fritz zwar einfältig und seine Methoden echt panne, auf der anderen Seite imponiert ihnen sein furchtloses Auftreten. Rufus sagt, in Krisenzeiten sehne sich das Volk häufig nach einem starken Mann. Da werde dann über so Kleinigkeiten wie Charakter, Haltung und Kompetenz gerne mal hinweggesehen. Hinzu kommt, dass eine Feldhäsin, die erst ihren Mann abserviert, um einen Migranten zu beschnuppern und sich dann von einem Durchhoppler schwängern zu lassen, manchen Waldbewohnern eine Menge Toleranz abverlangt. Dabei wissen die alle noch nicht einmal, dass sie trächtig ist.

Als wir vorne ankommen, sehe ich, dass vor der ehemals großen Eiche zwei Verbandskästen auf dem Boden stehen. Auf dem Baumstumpf liegt außerdem ein umgedrehter Helm. Mit einer fließenden Bewegung, die mein Bruder heimlich trainiert haben muss, schwingen sich Rufus und sein Cape – ohne Witz, er macht es schon wieder, schwingen! – auf den Baumstumpf. Anschließend rückt er seinen Klettgurt zurecht und blickt in die Ferne. Oder in die Zukunft, wer weiß. Die Menge beruhigt sich.

»Liebe Waldbewohner! Zunächst möchte ich uns allen gratulieren. Und euch danken. Eine derart hohe Wahlbeteiligung ist ein mehr als deutliches Signal für den Wunsch dieses Waldes, sich im Sinne der demokratischen Idee geistig zu erneuern und das Tor zu einer verheißungsvollen Zukunft aufzustoßen. Grete! Fritz! Seid so gut und tretet vor!«

Puh, denke ich. Der legt ja ganz schön schwülstig los. Aber was weiß ich schon? Schließlich ist mir nicht mal richtig klar, was ein epochaler Moment eigentlich ist.

Fritz bolzt sich seinen Weg durch die Menge, während Grete elegant durch die Reihen hoppelt. Vorne angekommen, postieren sie sich zu beiden Seiten des Baumstumpfs.

»Danke.« Rufus wendet sich wieder an die Waldbewohner. »Ich muss euch nicht lange erklären, wofür ihr gekommen seid. Wir haben uns hier zusammengefunden, um nichts Geringeres zu tun, als den künftigen Beschützer Schrägstrich die künftige Beschützerin des Waldes zu wählen. Zur Wahl stehen Keiler Fritz und Feldhäsin Grete.«

Applaus brandet auf, Sprechchöre sind zu hören. »Gre-te, Gre-te, Gre-te« auf der einen Seite, »Uhh-Uhh-Uhh« auf der anderen.

Natalie, die sich inzwischen zu mir durchgearbeitet hat

und auf eine sexy Art außer Puste ist, flüstert: »Voll wie bei Harry Potter. Gryffindor gegen Slytherin.«

Rufus unterbricht die Sprechchöre, indem er ruft: »Die Wahl läuft folgendermaßen ab: Hinter mir seht ihr zwei Verbandskästen, einen roten auf Fritz' Seite, einen grünen auf Gretes. Zum gegenwärtigen Zeitpunkt sind diese Kästen leer. Specht Ruprecht war so freundlich, in jeden der beiden Kästen ein Loch zu hacken, das gerade so groß ist, dass eine Buchecker durchpasst. Hier neben mir, in diesem zugegebenermaßen etwas fettigen und ungut riechenden NVA-Helm«, er legt eine Pfote darauf, »den wir in der Savanne gefunden haben, befinden sich zahlreiche Bucheckern. Jeder, der seine Stimme abgeben möchte, bekommt von mir *eine* dieser Bucheckern ausgehändigt und steckt sie in einen der beiden Kästen. Rot für Fritz, grün für Grete.«

Rufus taucht seine Pfote in den Helm, greift sich eine Buchecker und hält sie in die Höhe. »Dankenswerterweise hat mein, äh, *Paten*sohn Archi die Eckern blau eingefärbt, wie ihr seht. Es hilft also nichts, heimlich mehrere Bucheckern in den Kasten eurer Wahl zu stecken, gezählt werden nur die blauen. Eine Manipulation ist somit ausgeschlossen. Nach der Wahl werden die Eckern von mir öffentlich ausgezählt, und der- oder diejenige, für den oder die am meisten Stimmen abgegeben wurden, ist ab sofort Beschützer Schrägstrich Beschützerin unseres Waldes. Grete, Fritz, habt ihr euren Wähler*innen noch etwas zu sagen, bevor es losgeht?«

Fritz wirft sich in Pose und schnaubt: »Wählt auf keinen Fall die da!«

»War es das?«, fragt Rufus.

Fritz grinst. »Wählt mich!«

In der Wildschweinkurve wird zustimmend gegrunzt.

»Danke«, sagt Rufus, »für diese überaus qualifizierte Äußerung. Grete, wie steht es mit dir?«

Grete streicht sich über die Ohren. »Jede und jeder von euch sollte ausschließlich seinem Gewissen und seiner Überzeugung folgen, daher möchte ich euch nicht sagen, wen ihr zu wählen habt und wen nicht. Alles, was ich sagen kann, ist, dass ich mich im Falle meiner Wahl bemühen werde …«

»Die ist ’ne Schlampe!«, ruft Keiler Fritz dazwischen. »Erst lässt sie ihren Mann sitzen, dann macht sie mit ’nem Afrikaner rum, und jetzt ist sie von ’nem waldfremden Hasen schwanger!«

Der Versammlungsplatz ist schockgefroren, alle Augen sind auf Grete gerichtet. R.I.P., denke ich, das war’s. Demokratie adieu. Eins muss man Fritz lassen: So grobschlächtig er daherkommt, er weiß, wie man seinem Gegner eins auswischt.

Rufus sieht aus wie ein Schiffbrüchiger, der merkt, dass sein Schwimmreifen ein Loch hat. Er wirft mir einen Blick zu: Wie ist Fritz an diese Information gekommen?

Ich zucke die Achseln.

»Grete«, sagt Rufus, »möchtest du dazu etwas sagen?«

Grete weiß, wenn sie jetzt nichts sagt, ist sie am Arsch. Und der Wald mit ihr. »Gerne.« Sie richtet sich auf. Ihre Stimme ist hart und schimmert wie liebevoll polierter Granit. »Zum einen möchte ich klarstellen, dass ich es für schlechten Stil halte, seine Gegnerin kurz vor der Ziellinie mit Dreck zu bewerfen. Das sollte niemand nötig haben. Zum anderen möchte ich euch sagen, dass es für eure Stimmabgabe keine Rolle spielen sollte, ob oder von wem ich trächtig bin. Denn bei dieser Wahl geht es ausschließlich darum, wer sich in Zukunft um die Interessen und Sorgen der Waldbewohnerschaft kümmern soll. Und um nichts anderes. Danke.«

»Macht, wie ihr meint!«, grunzt Fritz. »Aber eins lasst euch gesagt sein: Wir merken uns jeden, der seine Buchecker in den grünen Kasten steckt.«

»Das«, Rufus übernimmt wieder, »ist ein gutes Stichwort, danke, Fritz.« Ein letztes Mal wendet sich mein Bruder der Menge zu. »Damit niemand bei seiner Stimmabgabe durch äußere Faktoren« – strenger Blick auf Fritz – »beeinflusst wird und ausschließlich seinem Gewissen und seiner Überzeugung folgen kann, wird diese Wahl selbstverständlich geheim abgehalten.« Er streckt seine Pfoten gen Himmel, im nächsten Augenblick entrollt sich die Knisterdecke, auf der Natalie und ich gestern Abend gekuschelt haben, und bildet einen Glitzervorhang, hinter dem die Kästen vor den Blicken der Menge geschützt sind.

»Einer nach dem anderen, bitte!« Rufus nimmt eine Buchecker aus dem Helm. »Wer möchte als Erster?«

»Ich!« Spitzmaus Erna prescht vor, lässt sich von Rufus die Ecker zwischen die Zähne klemmen und zeigt sie extra noch mal vor, als sie an Fritz vorbei hinter dem Vorhang verschwindet, damit auch ganz klar ist, für wen sie auf keinen Fall stimmen wird.

32

Es ist, wie ich vermutet habe: Verdammt. Knappe. Kiste. Unter den prüfenden Blicken der sich um ihn drängenden Waldbewohner muss Rufus die Eckern dreimal auszählen, bevor wirklich Sicherheit bezüglich des Wahlausgangs herrscht. Dann ruft er: »Ich bitte alle Waldbewohner zurück auf ihre Plätze!«

Es wird geschoben, gedrängelt und geschubst. Kurz schwappt Wehmut in mir hoch, weil mich das Bild an die Schulklassen vor unserem Gehege erinnert, als wir noch die Nummer eins im Zoo waren und bevor Windhoeck, dieser Knecht, uns an einen Baumarkt in Oslo verhökert hat.

Rufus macht es schon wieder: schwingt sich auf den Baumstumpf. Cape schütteln, Gurt zupfen, Blick rechts, Blick links, los geht's. »Liebe Waldbewohner! Danke für eure Geduld. Das offizielle Ergebnis der heutigen Wahl steht nunmehr fest.«

Gebannte Stille.

Rufus streift Grete mit einem Seitenblick, und durch die Art, wie er sie dabei ansieht, weiß ich, wie die Wahl ausgegangen ist. »Für Keiler Fritz haben gestimmt: einhundertdreiundzwanzig Waldbewohner!«

Bei den Wildschweinen brandet Jubel auf, Fritz grinst von einem Ohr zum anderen.

»Ich bitte um Ruhe«, mahnt Rufus.

Die Menge beruhigt sich.

Räuspern, Cape, Klettgurt, Blick rechts, Blick links. Weiter geht's. »Für Feldhäsin Grete wurden abgegeben: einhundertfünfundzwanzig Bucheckern!«

Die Wildschweine sind vor Begeisterung ganz aus dem Häuschen, schlagen ihre Schädel gegeneinander und stoßen sich gegenseitig die Schnauzen in die Flanken. Gibt Tiere, die stehen da drauf. Der Rest des Waldes ist unschlüssig. Nach einer Weile begreifen auch die Wildschweine, dass sie eigentlich gar nicht wissen, was das jetzt bedeutet.

Keiler Fritz funkelt meinen Bruder an: »Und?«

»Und das bedeutet«, sagt Rufus, »dass Grete die Wahl für sich entschieden hat. Grete hat gewonnen.«

Zögerlich werden die ersten zustimmenden Rufe laut. Bei den Verlierern allerdings rumort es.

»Das ist 'ne fette Lüge!«, schmettert der Keiler, und seine Rotte drängt aus dem Unterholz.

Rufus bleibt erstaunlich gelassen, auf der Lichtung jedoch macht sich Unsicherheit breit.

»Da muss ich dich enttäuschen«, stellt Rufus klar. »Die Bucheckern wurden mehrmals unter Aufsicht ausgezählt, das Ergebnis war jedes Mal dasselbe: Für Grete sind zwei Bucheckern mehr abgegeben worden als für dich, somit ist ...«

So schnell, dass ich mich frage, ob ich es wirklich gesehen habe, rammt Fritz meinem kleinen Bruder seine Schnauze in die Seite, worauf Rufus in die Luft katapultiert wird. Die Menge hält den Atem an, sämtliche Augen verfolgen Rufus' Flugbahn. Durch das flatternde Cape sieht es für einen Moment so aus, als würde mein Bruder einen hammergeilen Stunt hinlegen, aber dann kracht er durchs Geäst einer Buche und klatscht schließlich neben mir auf den Boden. Das Geräusch, das er dabei macht, klingt nicht besonders ermutigend.

Bevor ich mich von dem Schock erholt habe oder Rufus weiß, ob er noch lebt oder nicht, hat Fritz neben seinem Kopf die Vorderläufe wie Pfähle in den Boden gerammt und föhnt Rufus seinen Mundgulli-Atem ins Gesicht. »Ich mach dich platt, du Tanzäffchen. Und dann werden wir ja sehen, ob hier noch einer für Grete stimmt oder was.«

Spätestens jetzt hätte ich mir an Rufus' Stelle längst auf die Hinterbeine gepinkelt, aber entweder ist mein kleiner Bruder noch nicht wieder richtig bei Bewusstsein oder er scheint tatsächlich zu glauben, dass sein Cape ihn unzerstörbar macht, jedenfalls schaltet er voll in den Heldenmodus, blinzelt Fritz an und sagt: »Du kannst *mich* töten, Fritz, niemals aber das Verlangen des Volkes nach Freiheit und Selbstbestimmung!«

»Werden wir gleich sehen.« Fritz hebt seinen Kopf, lässt die Halswirbel knacken und – ich kneife die Augen zusammen – spießt Rufus …

Nein, doch nicht.

Vor Keiler Fritz auf der Lichtung steht mein Bruder Rocky. Clanchef, Hohlbirne und offenbar lebensmüde. Denn er ruft: »Ey, Schwabbelbacke!«

Fritz traut seinen Augen nicht.

»Was bist du denn für ein Weichei?« Rocky beginnt zu tänzeln wie ein Boxer. »Sich an Schwächeren zu vergreifen ist voll arschlos, hat man dir das nicht beigebracht? Puh, und du stinkst echt krass aus dem Maul.«

Fritz glaubt es immer noch nicht.

»Warum suchst du dir nicht einen gleichwertigen Gegner?« Rocky dreht ihm kurz den Rücken zu und strafft die Schultern, wodurch seine beeindruckende Fellzeichnung zur Geltung kommt. Also, beeindruckend für mich.

Für Fritz eher geht so. Der steht einfach nur da und sagt: »Gleichwertiger Gegner?«

»Ha!« Rocky nimmt zwei Schritte Anlauf, dreht sich, schraubt sich in die Höhe und verpasst Fritz einen gesprungenen Sidekick, der jeden aus unserem Clan ins Jenseits befördern würde. Nach der Landung dann noch mal: »HA!«

Fritz leckt sich übers Maul, schmeckt Blut, stößt Rocky seinen Vorderlauf in die Brust, worauf unser Clanchef über die Lichtung schießt und ins Unterholz kracht. »Ha«, sagt der Keiler und beugt sich wieder über Rufus. »Wo war ich stehen geblieben?«

Ich kneife wieder die Augen zusammen, und wieder wird Rufus nicht aufgespießt, denn diesmal ertönt eine Stimme, die so gewaltig ist, dass sie aus allen Richtungen zugleich zu kommen scheint.

»Sohn!«

Es ist Herrmann, der auf der Lichtung steht. Seine ergraute Flanke macht seine Erscheinung irgendwie noch respekteinflößender, als sie es ohnehin ist.

»Du?« Fritz' Stimme beginnt zu wackeln.

»Lass das Erdmännchen leben«, sagt Herrmann. »Ich weiß, wie schwer dir das fällt. Wildschweine verlieren nicht. Aber ich habe gelernt, dass eine Niederlage nicht das Ende bedeutet. Es gibt noch mehr im Leben.«

»Aber …«

»Der Wald hat entschieden, und niemand sollte sich dem Willen der Bewohner widersetzen. Hass auf den anderen ist doch nur der Hass auf dich selbst. Du magst die Wahl verloren haben, aber mich wirst du nie verlieren.«

Fritz steht da, und eine ganze Weile lang passiert gar nichts. Ihn so zu sehen, ist fast noch schlimmer, als ihn im Zerstörermodus zu erleben. Als hätte ihm jemand Weichspüler gespritzt. Dann fangen seine Beine an zu zittern, und dann – oh nein, ich rieche es, bevor es passiert, und das ist jetzt echt voll peinlich – fängt die Abrissbirne Fritz allen Ernstes an zu flennen. Uaagh, das will wirklich keiner sehen.

»Aber Papi!«, schluchzt er.

Herrmann geht zu ihm und reibt verständnisvoll seine Flanke an der seines Sohnes.

Jetzt zittern nicht nur Fritz' Beine, sondern sein ganzer Körper. Wie der Getränkeautomat neben der Cafeteria im Zoo. Das rappelt richtig da drin.

»Aber ich wollte doch immer nur, dass du mich lieb hast«, flennt Fritz.

Die meisten Waldbewohner wenden sich ab, da ist jetzt echt Fremdschämen angesagt.

Ich fürchte schon, dass diese Vater-Sohn-Schnulze überhaupt kein Ende mehr nimmt, als ich Grete sagen höre: »Ich möchte euch einen Vorschlag machen.«

Sie steht hinter uns auf dem Baumstumpf. Das ist von nun an ihr Platz, und schon bei ihrem ersten Auftritt macht sie sich dort oben ausnehmend gut.

»Ich schlage vor, Fritz als meinen, äh, stellvertretenden Oberbeschützer einzusetzen. So können wir wichtige Entscheidungen, die die gesamte Waldbewohnerschaft betreffen, gemeinsam besprechen.«

Mannomann! Derart ergriffen habe ich die Stimmung auf der Lichtung noch nie erlebt. Hier tropft gleich Honig von den Bäumen.

»Ray!« Rufus zerrt an meiner Klaue. »Weißt du, was das bedeutet?« Zur Abwechslung wartet er mal nicht, bis ich nachfrage. »Das bedeutet repräsentative Demokratie. Grete ist eine Göttin! Das ist der schönste Tag meines

Lebens.« Mit diesen Worten verliert er wieder das Bewusstsein.

Jetzt kann ich gar nicht anders, als selbst ergriffen zu sein. Natalie ist da, wir halten Pfötchen, süß, im Hintergrund sehe ich Rocky wieder auf die Lichtung kommen. Alle sind irgendwie angeschlagen, aber: wird schon wieder.

Die beiden Marderdamen, die vorhin das Ende der Warteschlange bildeten und auf jeden Fall nicht für Grete stimmen wollten, lösen sich aus der Menge und kommen auf uns zu. Eine zwinkert mir zu. »Ich hoffe, Grete wird sich ihrer Zwei-Stimmen-Mehrheit als würdig erweisen.«

33

Ich soll dir von Grete sagen: Zur Feier gibt's 'ne Feier!«, lässt Bernie mich wissen. Keine Ahnung, was das bedeutet. Bevor ich ihn fragen kann, ist er verschwunden.

An Grete komme ich gerade nicht ran, weil sie von ihren Wählerinnen und Wählern umringt wird und immer noch Gratulationen entgegennimmt.

Bleibt noch Rufus, der am Rande des Versammlungsplatzes steht und dem Treiben zusieht. Seinem entrückten Blick nach zu urteilen, ist er vollständig beseelt.

»Bernie hat mir gesagt, dass Grete ihm gesagt hat, zur Feier gibt's 'ne Feier.«

»Das ist korrekt.«

»Und was soll das heißen?«

»Dein Mitarbeiter wollte sagen, dass Grete zur Feier ihres Amtsantritts eine Wahlparty geben möchte. Und da dachten wir, du als Partyprofi könntest die Sache organisieren.«

»Wir?«

»Ja. Grete und ich.«

»Grete und du, soso. Hat sie nicht Fritz zu ihrem Stellvertreter ernannt?«

Rufus lehnt sich gegen einen Baumstamm. Das wirkt nicht ganz so lässig, wie er es gern hätte, weil die Werkzeuge an seinem Bauchgurt zu klimpern anfangen, aber in Sachen Coolness ist mein Bruder ja Kummer gewohnt. »Das ist korrekt. Aber dieser Wald braucht nicht nur eine Oberbeschützerin und einen Sicherheitschef, sondern eben auch einen fähigen Administrator …«

»Einen Admin… was?«

»Einen obersten Verwaltungsbeamten. Jemanden, der sich um sämtliche organisatorischen Fragen und Abläufe kümmert.«

»Aha. Und das bist du, oder wie?«

»Grete hat so etwas angedeutet, ja.«

Wow, denke ich. Unsere neue Chefin ist nicht nur superflauschig, sondern auch superclever. Dem nach Anerkennung gierenden Fritz hat sie eine verantwortungsvolle Aufgabe übertragen, und Rufus darf sich weiterhin um seine heiß geliebten Organigramme kümmern. Alle sind zufrieden, und jeder trägt zum Allgemeinwohl bei. Für so eine Chefin arbeitet man doch gerne. »Geht klar«, sage ich. »Ihr bekommt eure Wahlparty. Bringen wir das *Acapulco* zum Glühen.«

»Auf gar keinen Fall!«, erwidert Rufus wie aus der Pistole geschossen. »Eine Wahlparty ist doch keine Party.«

»Eine Party ist keine Party?«

Rufus strafft sich und schaltet in den Belehrungsmodus. »Grete wünscht keine Exzesse im *Acapulco*, sondern ein ungezwungenes Beisammensein der Waldbewohner unter freiem Himmel, also eher eine Art spätes Sommerfest. Es geht darum, unsere junge Demokratie zu feiern. Wahlparty nennen wir es nur, weil das Fest am heutigen Wahltag stattfindet. Alle Tiere sind willkommen, und das heißt wirklich alle, auch die jüngsten. Du verstehst, dass sich schon deshalb gewisse Dinge ganz von selbst verbieten, also«, Rufus senkt die Stimme, »vor allem Dinge, die man sonst von deinen Partys gewohnt ist.«

Ich habe gerade Lust, mich dumm zu stellen. »Nein, verstehe ich leider nicht. Was meinst du? Sollen wir etwa keine Drogen verteilen?«

»Logisch sollt ihr keine Drogen verteilen!«, blafft Rufus mich an. »Himmel! Ray! Ich hab doch gerade gesagt, dass auch die Kleinsten willkommen sind!«

Macht mir echt gute Laune, ihn beinahe aus seinem Klettgurt springen zu sehen.

»Gut, dann eben keine Drogen«, sage ich, bevor er noch Schnappatmung bekommt.

»Sicherheitshalber wollen wir aber auch auf laute Musik verzichten«, fährt Rufus fort. »Du weißt ja, dass einige Waldbewohner sich zuletzt dadurch gestört gefühlt haben.«

Ich überlege. Eine Party ohne Drogen? Ja, kann man machen. Eine Party ohne Musik? Wird schon schwieriger. »Wenn ihr weder meinen Laden braucht noch meine Veranstaltungstechnik, was willst du dann von mir?«

»Dass deine Leute das hier in einen Festplatz verwandeln. Mit bunten Lichtern und Honigwasser für alle – natürlich nicht zu stark. Es soll ja niemand einen Zuckerflash bekommen.«

»Ach so, du möchtest einen Kindergeburtstag«, stichele ich. »Sag das doch gleich.«

»Gut, dass du das ansprichst. Damit die Erwachsenen mal Zeit für sich haben, sollen die Kleinen unten in den Spaßbädern eine Kinderbetreuung bekommen. Hier auf dem Versammlungsplatz kann man also bei einer gepflegten Nussschale Honigwasser angeregte Gespräche führen, während die Kids im Kinderland ihren Spaß haben.«

»Klingt nach einem Abend, mit dem du die meisten Waldtiere in den vorzeitigen Winterschlaf versetzen wirst.«

Rufus rümpft die Nase. »Dass du dich für gediegene Unterhaltungen nicht begeistern kannst, war mir längst klar.«

»Und mir ist jetzt klar, dass man einen Typen mit Klettgurt nicht zum Partyplaner machen sollte.«

»Denk dran, Ray, der Typ mit dem Klettgurt ist auch für die Verlängerung deiner Schanklizenz zuständig«, erwidert Rufus betont freundlich.

Hoppla, kaum stichelt man ein bisschen, schon lässt unser Genie den Beamten raushängen. »Für jemanden, der nicht an der Macht klebt, findest du es ganz schön geil, welche zu haben«, sage ich.

Zwei Sekunden lang ist Rufus sprachlos. Ich frage mich schon, ob mir gerade das Kunststück gelungen ist, bei meinem Bruder das letzte Wort zu haben, aber Rufus wäre nicht Rufus, wenn er nicht noch was auf Lager hätte. »Das eine muss das andere ja nicht bedingen«, sagt er. »Fakt ist aber, wenn du Gretes Wahlparty verbockst, dann ist deine Lizenz erst mal futsch, Brüderchen.«

34

Wenn ich Gretes obersten Verwaltungsbeamten richtig einschätze, dann ist er so unsterblich in seine Chefin verknallt, dass er alles für sie tun würde. Ist ihm deshalb absolut zuzutrauen, dass er mir im Liebeswahn die Schanklizenz wegnimmt. Da mir die letzte Partynacht schon genug Ärger eingebracht hat, will ich mein Glück nicht herausfordern. Also läuft die ödeste Party der Welt exakt so ab, wie mein nerviger Bruder es angeordnet hat.

Quer über den Versammlungsplatz haben wir unsere Slackline gespannt und ein paar bunte Funzeln drangehängt. Sieht aus wie die Deko für ein Gartenfest im Seniorenheim. Dazu gibt es wunschgemäß leichtes Honigwasser. Die Waschbären haben es in den Gläsern angerührt, in denen Bauer Fröhlich seinen Honig abfüllt. Die sind ganz praktisch, weil sie Bügel zum Tragen haben und wiederverschließbar sind. Außerdem sehen sie gut aus.

Wer es rustikal mag, der darf umstandslos das Maul oder den Schnabel ins Glas tauchen und einen Erfrischungsschluck nehmen. Säuger, die über Geschick und passende Vorderläufe verfügen, können aber auch eine der bereitliegenden Walnussschalenhälften mit Honigwasser füllen. Die Waschbären haben die Schalen bei Bauer Fröhlich im Müll gefunden und sind auf die glorreiche Idee gekommen, darin Shots zu servieren, also Honigwasser mit einem Hauch Stechapfel. Allerdings nicht heute Abend, denn es soll ja nur Kinderpunsch angeboten werden. Ich habe den üblichen Verdächtigen, insbesondere Archi, eingebläut, dass es das sofortige Ende des *Acapulco* bedeuten würde, wenn bei der Wahlparty irgendwelche illegalen Substanzen auftauchen. Ich will heute kein einziges gelbes Kügelchen sehen.

Bislang halten sich zum Glück alle an die Regel.

Die größeren Tiere stehen auf dem Versammlungsplatz in Grüppchen zusammen, nippen kultiviert am Honigwasser und plaudern bedeutungsvoll. Auf der umgestürzten Versammlungseiche sitzen in einer langen Reihe und ebenfalls ins Gespräch vertieft Kleinsäuger einträchtig neben Vögeln und Amphibien. Selbst der dicke Ast, der als Einziger die Handgranate von Rocky überlebt hat und sich nun einsam, aber in sattem Grün aus dem geborstenen Baumstumpf in den Abendhimmel erhebt, ist bis auf den letzten Platz mit Gästen besetzt. Ich sehe Amseln, Buchfinken, Meisen, Eichelhäher, und alle quatschen fröhlich durcheinander. Ach ja, Sven, der Vielfraß, hängt da oben auch irgendwo rum. Überall auf dem Versammlungsplatz tschilpt, piepst, grunzt, fiept und murmelt es. Gepflegter Smalltalk im deutschen Wald.

Oberbeschützerin Grete wandert von Grüppchen zu Grüppchen, nimmt sich überall Zeit für einen kurzen Plausch und gibt so jedem Tier das Gefühl, Teil der neuen demokratischen Waldordnung zu sein. Rufus folgt ihr wie ein Schatten und schmachtet sie an. Ich wette, mein Bruder wird sie noch heute fragen, ob er der Ziehvater ihrer Hasenbande werden und sich für den Rest seines Lebens in ihr Brustfell kuscheln darf. Ich muss gestehen, nicht die schlechteste Zukunftsperspektive.

Ich frage mich, wie Rufus wohl angesprochen werden

will, falls er der Mann der Waldchefin wird. First Erdman? Bei Königinnen heißt der Ehemann Prinzgemahl. Hat Rufus mir mal erzählt. Wird er jetzt selbst ein Prinzgemahl? Prinzgemahl und oberster Verwaltungsbeamter? Nicht schlecht für einen, der so gar nicht an der Macht klebt.

Eins muss man der Wahlparty lassen. Sie scheint tatsächlich zu bewirken, dass selbst Tiere miteinander reden, die sich sonst aus dem Weg gehen.

Jens Spanner plaudert mit seinen Nachbarn, obwohl die ihn mit seinen Terrassenvergrößungsplänen bislang haben abblitzen lassen. Bei Spanner scheint nicht nur die festliche Atmosphäre zu wirken, sondern auch das Honigwasser. Die Gelbhalsmaus kann einerseits kaum Zucker vertragen und hat andererseits schon ein paar Walnussschälchen intus, was zur Folge hat, dass der überzuckerte Jens einen leicht angeschickerten Eindruck macht. Aber selbst in diesem Zustand kann Spanner nicht völlig entspannen. Ich habe ihn schon öfter in den Büschen verschwinden sehen. Zuerst dachte ich, er hätte nur eine schwache Blase, aber dann ist mir klar geworden, dass er regelmäßig in seinen Bau flitzt, um sich zu vergewissern, dass seine Wintervorräte noch vollständig sind. Armer Kerl, muss echt anstrengend sein.

Skipper und Ping unterhalten sich mit zwei Erdkröten, die sie unten am Tümpel kennengelernt haben. Die alteingesessenen Amphibien heißen Oma und Opa Schmitz und sind froh darüber, dass durch den Zuzug einer Regenbogenfamilie endlich wieder Leben an den Tümpel gekommen ist. Eigentlich wohnen sie sehr zurückgezogen in einem Erdloch, aber der frische Wind im Wald hat sie dazu bewogen, wieder mehr unter Leute zu gehen.

Die Pinguine nutzen die Gelegenheit, um den freundlichen Erdkröten auch Traudl und Herrmann vorzustellen, die neuen Nachbarn aus dem angrenzenden Uferdickicht.

Töchterchen Hermine vergnügt sich derweil mit Skippers und Pings Nachwuchs in den Spaßbädern, wo sich auch der Großteil meines Clans herumtreibt. Ich würde ebenfalls lieber Arschbomben üben, als mich hier gepflegt zu langweilen. Wenn ich das richtig sehe, dann sind außer mir und Rufus nur noch Rocky und Roxane mit Ma und Pa zur Wahlparty gekommen. Ich wette, unser Clanchef findet es völlig überflüssig, dass es neben ihm nun noch weitere Oberbeschützer des deutschen Waldes gibt, aber er hat sich wohl davon überzeugen lassen, Grete aus Gründen der Höflichkeit zu gratulieren. Ich sehe meinem großen Bruder an, dass diese Stehparty nicht sein Ding ist. Zu viel Kultur, zu viele Zwischentöne. Mit beidem hat Rocky es nicht so.

Ebenso wie Rufus nimmt auch Fritz seinen neuen Job sehr ernst. Er hat nicht nur seine Keiler instruiert, sich abwechselnd um die Bewachung des Festplatzes zu kümmern, es gibt sogar Streckenposten auf dem Weg zum Bach, damit die lieben Kleinen sich nicht verlaufen können. Und auch die Spaßbäder werden ständig beaufsichtigt. Ritter von Schleich leitet die Baywatch, seinem Wanderfalkenblick entgeht nichts. Außerdem sind die Waschbärladys Alina, Olivia und Abigail als Bademeisterinnen vor Ort.

Als ich gerade in Erwägung ziehe, mich für meine gute Arbeit mit einem Erfrischungsbad zu belohnen, gellt plötzlich ein Schrei durch den Wald, der offenbar vom Bach kommt. Ein anschwellendes »Iiiiiiiiiiihhhhhhhhhh!«, das einem durch Mark und Bein geht. Hört sich an wie früher, wenn am Zoo eine Tram in die Eisen gehen musste.

Urplötzlich herrscht Schweigen auf dem Versammlungsplatz, während sich dem durchdringenden Kreischen der bremsenden Tram ein zweiter Schrei hinzugesellt, nicht minder laut, nicht minder in den Ohren schmerzend und nicht minder panisch. Rasch kommen weitere Schreie hinzu, und weil es sich bei denen, die sich da gerade fürchten, um die Kinder der hier Anwesenden handelt, geraten jetzt auch die Eltern in Panik. Auf dem Versammlungsplatz bricht ein wildes Durcheinander aus, wie man es sonst nur sieht, wenn man mehrere Knallfrösche gleichzeitig in einem nächtlichen Flamingo-Gehege hochgehen lässt. Nicht, dass ich das je gemacht hätte, aber … egal. Jedenfalls läuft, flattert oder galoppiert jener Teil des deutschen Waldes, der sich gerade auf dem Versammlungsplatz befindet, nun Hals über Kopf zum Bach hinunter. Skipper und Ping turbowatscheln panisch vorweg. Die beiden haben einen solchen Zahn drauf, dass es aussieht, als würden sie gleich abheben.

Das Kreischen hört nicht auf, sondern wird, im Gegenteil, umso lauter, je näher wir dem Bach kommen. Ich fürchte bereits, dass uns dort der blanke Horror erwartet, aber wir sehen … nichts. Die Kids scharen sich um Ritter von Schleich, der auf einem Felsen Posten bezogen hat. Kaum erblicken sie ihre Eltern, beruhigen sich die Kleinen auch schon wieder. Offenbar gibt es weder Tote noch Verletzte. Die Lage wirkt unter Kontrolle. Zum Glück. Aber was ist passiert?

Rocky spricht aus, was alle denken: »Warum brüllen denn hier alle wie am Spieß?«

»Hier ist gerade voll viel Blut durchgeschwommen«, ereifert sich Minka, und die anderen nicken.

»Was soll das heißen?«, mault Rocky. »Hier ist voll viel Blut durchgeschwommen?«

»Na, da oben!« Marcia springt ihrer Schwester bei und

zeigt zum Wasserfall. »Eben war der noch total rot. Das war so was von ekelig!«

»Mega-ekelig«, stimmt Mitzi zu.

Wieder nicken alle.

Ritter von Schleich bemüht sich um eine kindgerechte Erklärung. »Da muss sich weiter oben am Bach ein Tier verletzt haben.«

Schön ist das nicht, kommt aber vor. Wir sind ja schließlich in der Natur.

Alle Augen richten sich auf den Wasserfall, so als würde sich das von den Kindern beschriebene Schauspiel gleich wiederholen. Aber nichts dergleichen geschieht. Das Wasser bleibt klar wie eh und je.

»Hoffen wir mal, dass diese merkwürdigen Ereignisse nichts damit zu tun haben, dass hier Drogen im Spiel sind«, raunt Jens Spanner für alle deutlich hörbar und reckt sein vorwitziges Näschen in die Höhe. »Es wäre ja nicht das erste Mal.«

Toller Typ, denke ich. Besäuft sich mit meinem Honigwasser, um dann schlecht über mich zu reden. Ich hoffe, er wartet noch ewig auf seinen Terrassenausbau.

Leider trifft Spanner bei den besorgten Eltern einen Nerv, denn die Augen der Anwesenden richten sich auf mich. Auch Rufus und Grete werfen mir fragende Blicke zu.

Ich schaue meinerseits fragend zu Archi, der mir mit einem dezenten Kopfschütteln zu verstehen gibt, dass dieses Badevergnügen völlig regelkonform gelaufen ist.

Ritter von Schleich springt mir bei, indem er ebenfalls den Kopf schüttelt, was in seinem Fall bedeutet, dass sein Schnabel vollständige Kreisbewegungen in beide Richtungen vollführt, fünfzehn Halswirbeln sei Dank. »Ich kann Ihnen versichern, dass hier alles mit rechten Dingen zugegangen ist. Herrn Spanners Befürchtungen sind völlig unbegründet, denn auch ich habe das rote Wasser gesehen. Und wie Sie alle wissen, sind meine Augen nicht die schlechtesten.«

»Wir haben es auch gesehen«, pflichtet Bademeisterin Alina dem Wanderfalken bei. Die beiden anderen Baywatch-Ladys nicken.

»Na also«, sage ich erleichtert. »Vermutlich war es nur ein Elch mit Nasenbluten.«

Ich sehe den meisten Kids an, dass sie die Vorstellung eines nasenblutenden Elchs verdammt ekelig finden.

»Das war jetzt nur ein Beispiel«, versuche ich abzuwiegeln.

»Bäh! Also, ich gehe heute ganz sicher nicht mehr ins Wasser«, verkündet Nadja und verschränkt die Vorderpfoten vor der Brust.

Die anderen raunen zustimmend. In den Gesichtern der Eltern lese ich Enttäuschung, dass das Badevergnügen für heute erledigt ist. Der aufgebrachte Nachwuchs muss beruhigt, getröstet und dann ins Bett gebracht werden, was bedeutet, auch die Party ist vorbei. Schade, eben lief noch alles wie geschmiert.

»Wie wäre es, wenn wir das Kinderfest einfach auf den Versammlungsplatz verlegen?«, schlage ich vor. »Es ist noch früh, Honigwasser gibt es genug, und die Kleinen könnten spielen, während die Erwachsenen sich noch ein bisschen unterhalten.«

»Keine schlechte Idee«, findet Grete, und auch bei den anderen stößt mein Vorschlag auf Interesse. Leider komme ich nicht dazu, ihn weiter anzupreisen, denn in diesem Moment hört man einen Keiler rufen: »Alaaaaarm! Alle zum Versammlungsplatz! Alaaarm!«

Ich schaue in besorgte Gesichter, während die Kleinsten neugierig die jungen Hälse recken. Alarm? Klingt cool. Erst Blut im Bach, dann Stress auf dem Festplatz. Das alles ist natürlich spannender als ein gewöhnlicher Spielenachmittag.

»Wir wollen mit!«, ruft Nadja und hüpft in den Bach, um auf unsere Uferseite zu gelangen. Umstandslos folgen ihr die anderen Kids. Der Ekel vor dem fiesen Bach ist angesichts des Alarms vergessen.

35

Hubert, einer von Fritz' Wachposten, hat es zuerst entdeckt. »Da sind drei Dinger im Wald«, hat der Keiler gemeldet.

Schon wieder so ein seltsamer Satz.

Jedenfalls spähen alle schweigend und geschlossen nach Osten, um herauszufinden, was es mit den … Dingern auf sich hat. Man kann sie ohne große Anstrengung im tiefen Dickicht erkennen. Sieht aus, als hätte jemand mit einer Kanone drei große schwarze Löcher in die Landschaft geschossen.

»Liegt da was?«, fragt Traudl und kneift die Augen zusammen.

Hubert nickt und antwortet mit ernster Miene: »Nicht nur das, es könnte da sogar etwas auf der Lauer liegen.«

»Etwas Gefährliches?«, fragt Mitzi. Sie tut so, als wäre sie besorgt, aber in Wirklichkeit liebt sie jede Art von Nervenkitzel – so wie alle ihre Geschwister.

»Das wissen wir noch nicht«, antwortet Hubert großväterlich. »Aber möglich ist alles.«

»Hat sich denn da hinten mal was bewegt?«, will Grete wissen.

Hubert schüttelt seinen schweren Keilerkopf. »Nö, die waren einfach plötzlich da, diese drei … na ja, was auch immer das da ist.«

»Also schön, Leute.« Grete dreht sich zu den Waldbewohnern. »Hat jemand eine Idee, worum es sich bei diesen Dingern handeln könnte?«

»Vielleicht sind es einfach nur Felsbrocken«, vermutet Mark, die Rötelmaus.

»Ach ja?«, kommentiert Erdmaus Maik. »Und wie sollen die da so plötzlich hingekommen sein?«

»Keine Ahnung, aber irgendwer wird sie schon hingelegt haben, sonst wären sie ja nicht da«, verteidigt sich Mark.

»Das ist gar keine so schlechte Erklärung«, springt Rufus Mark bei, der sich einen triumphierenden Blick in Richtung Maik nicht verkneifen kann. »Es könnte sich um Findlinge handeln, die lange Zeit von Moos oder Gestrüpp bedeckt waren.«

Den fragenden Gesichtern entnehme ich, dass niemand weiß, was ein Findling ist.

Ich wette, Rufus hat das nur gesagt, damit jemand nachfragt und er den ganzen Wald belehren kann.

Specht Ruprecht tut ihm den Gefallen. »Was ist ein Findling?«

»Eine sehr gute Frage«, freut sich mein Bruder. Oh, Mann. »Findlinge sind große Steine, die während der Eiszeit …«

Weiter kommt er zum Glück nicht, denn plötzlich ruft Erna, die Waldspitzmaus: »Da! Da hat sich was bewegt!«

Alle starren in den Wald, aber die drei schwarzen Löcher im Unterholz sehen unverändert aus und sind immer noch da, wo sie vorher waren.

Erna merkt, dass ihr niemand glaubt. »Schwöre. Da hat sich was bewegt.«

»Ich glaub, ich hab da auch was gesehen«, mischt Nino sich ein.

»Soll ich versuchen, die Stelle aus der Luft in Augenschein zu nehmen?«, schlägt Ritter von Schleich vor.

Prinzipiell keine schlechte Idee, allerdings dürfte Schleichi trotz Falkenblick auch nicht mehr erkennen können als wir von hier aus. Der Sommer ist zwar bald vorbei, aber noch ist das Blätterdach beinahe blickdicht.

»Oder ich könnte nachsehen«, schlägt Fritz vor. Klingt, als wäre er selbst nicht ganz davon überzeugt, dass er es könnte.

»Nein. Schon gut, ich mache das«, entscheidet Grete mit fester Stimme.

»Was?« Rufus ist völlig entsetzt.

»Ich bin heute gewählt worden, also ist es mein Job, mich um die Sicherheit des Waldes zu kümmern, oder etwa nicht?«

»Das schon«, erwidert Rufus. »Aber du bist auch ...« Sein besorgter Blick streift ihren Bauch. »Also, ich meine, in deinem Zustand ist es vielleicht ...«

Grete hat genug gehört. »Dass ich trächtig bin, tut hier überhaupt nichts zur Sache.«

Rufus überlegt, was er tun soll, dann sagt er mit leiser Verzweiflung: »Schon gut. Ich komm einfach mit, okay?«

Grete wirkt erfreut. »Gern.«

»Und ich ebenfalls«, entscheidet Keiler Fritz, was Rufus vorsichtig aufatmen lässt.

»Also dann«, sagt Grete. »Auf geht's.« Und schon hoppelt sie los. Fritz und Rufus folgen ihr.

»Viel Glück«, raunt es aus dem Publikum, »passt auf euch auf« und »seid bloß vorsichtig«.

Ich sehe, wie mein Bruder sich anschickt, auf wackeligen Beinen in den Wald zu staksen und völlig planlos einer unbekannten Gefahr entgegenzugehen. Hätte nicht gedacht, dass ich das noch mal erlebe.

Doch Rufus' Heldentat endet, bevor sie begonnen hat,

denn plötzlich ruft eine tiefe, raue Stimme: »Hallo da hinten! Dürfen wir vielleicht rüberkommen?«

Irritiert starren alle in den Wald. Diese Dinger können sprechen?

Grete formt mit ihren Vorderpfoten einen Trichter. »Hallo! Wer ist denn da?«

»Na, wir!«, antwortet die Stimme.

»Wer ist wir?«, ruft Grete.

»Wir!«, ruft die Stimme zurück, und dann hört man sie in gedämpfter Lautstärke sagen: »Na kommt, Jungs, lasst uns mal rübergehen und Hallo sagen.«

Ebenso gebannt wie irritiert sehen wir, dass die schwarzen Löcher sich in Bewegung setzen und nun auf uns zukommen, wobei sie langsam, aber stetig größer werden.

Grete hoppelt zurück zu Fritz und Rufus, die noch am Waldrand stehen.

Die Tiere auf dem Versammlungsplatz machen einen Schritt nach hinten, vorsichtshalber. Wer oder was da auch immer auf uns zukommt, sorgt bei allen für ordentlich Fracksausen. Langsam nehmen die schwarzen Löcher Gestalt an. Am liebsten würden mich meine Instinkte schon wieder in Angststarre versetzen, doch ich stemme mich mit aller Macht dagegen. Was mir auch gelingt, aber nur kurz, denn dann sind sie nicht mehr zu übersehen: drei riesige Bären, die sich gemächlich aus dem Unterholz schälen. Da. Starre. Mist. Fehlt nur noch, dass ich mir auf die Hinterbeine … Ups, auch das noch.

36

Die gute Nachricht ist, unsere Überraschungsgäste sind nicht so gefährlich, wie sie aussehen. Sie heißen Wassili, Grigori und Jascha und sind nicht nur Brüder, sie stammen auch aus demselben Wurf, weshalb man sie praktisch nicht auseinanderhalten kann. Wassili ist nur ein halbes Stündchen älter als Grigori, der wiederum zwanzig Minuten vor Jascha geboren wurde. Oder so ähnlich. Trotzdem gibt der Erstgeborene den Ton an. Das ist also bei Bären nicht anders als bei uns Erdmännchen. Rocky hat seinen Posten als Clanchef ja auch nicht bekommen, weil er so viel in der Birne hat – wobei ich Wassili in dieser Hinsicht nicht unterschätzen würde.

Sie kommen aus dem Osten, woher genau, das haben sie uns noch nicht verraten. Sind jedenfalls viel herumgekommen und nicht wie wir auf der Flucht gewesen, sondern auf Wanderschaft. Wenn es irgendwann passt, wollen sie sich niederlassen, muss aber nicht so bald sein. Deshalb haben sie uns gefragt, ob sie heute unsere Gastfreundschaft genießen dürfen. Gleich morgen früh wollen sie weiterziehen.

Zu meinem Erstaunen hat sich niemand dagegen ausgesprochen, die späten Gäste zur Party einzuladen. Rufus ist überzeugt, das sei ein Ergebnis seines Toleranz- und Demokratieunterrichts. Ich hingegen vermute, dass keiner sich mit drei Typen anlegen will, von denen jeder das Kampfgewicht eines Berggorillas hat.

Ich kenne das aus dem *Acapulco*. Auf manche Gäste könnte ich locker verzichten, aber um Diskussionen und Ärger zu vermeiden, lasse ich sie trotzdem rein – und bereue es dann später, wenn sie sich als Partybremsen entpuppen.

Den Wassili-Clan hat Doktor Peltz die drei Bären getauft, weil der Älteste nach seinem Vater benannt wurde. Die drei gehören zu jener Sorte Gäste, die man zunächst skeptisch beäugt, um dann positiv von ihnen überrascht zu werden – wobei auch diese Medaille zwei Seiten hat. Einerseits sind die Bären wirklich nett, andererseits hat jeder von ihnen mehr Hunger und Durst als unser Clan zusammengenommen.

Gut, dass Bären bei Honigwasser schwach werden, ist keine Überraschung. Shabby und Freddie haben schon fünf Mal Nachschub geholt. Aber so ist das eben, Bären lieben Honig, also lieben sie auch Honigwasser. Und Jungs wie die Wassilis kippen unsere Gemeinschaftsgläser auch gern mal auf ex.

»Wo die drei herkommen, macht man das so. Es ist also nur ein kulturelles Missverständnis«, erklärt Rufus.

»Ebenso wie es nur ein Missverständnis war, dass sie deine Wahlurne leer gefressen haben?«, frage ich.

Die blau eingefärbten Bucheckern in dem alten NVA-Helm haben sie wie ein Schälchen Nüsse rumgehen lassen. Im Prankenumdrehen war alles weg.

»Die Wahl war ja längst vorbei«, erwidert Rufus. »Und was sind schon ein paar Bucheckern und ein bisschen Honigwasser im Vergleich dazu, dass die drei eine echte Bereicherung des Abends sind?«

Stimmt. Muss ich zugeben. Wassili unterhält den halben Wald mit Reiseanekdoten, während Grigori die Kinderbetreuung übernommen hat und als lebende Hüpfburg für Begeisterung sorgt. Die Kids dürfen nach Herzenslust auf seinem Bauch herumspringen, was meine jüngeren Geschwister einfach mega finden. Und Jascha, der Jüngste, hat angeboten, ein paar Fischsnacks zu organisieren. Nebenbei wollte er sich sowieso mal unsere Spaßbäder anschauen, nachdem ihm die Waschbär-Baywatch davon vorgeschwärmt hat.

Abigail, Olivia und Alina haben es sich nicht nehmen lassen, Jascha zu begleiten. Wie Bernie mir verraten hat, stehen die Waschbärladys auf große, haarige Jungs, die mit einem einzigen Prankenhieb einen Elch umhauen können. Ist wohl so ein Beschützerding, meint Bernie. Oder wie die Chinesen sagen: *Good girls love bad boys.*

Dabei sind alle froh, dass die Wassilis keine *bad boys* sind, sondern *good guys.*

Wenn man ihre Schultern, Schädel und Pranken sieht, dann versteht man sofort, dass das größte an Land lebende Raubtier der Welt ein Bär ist, nämlich der Kodiakbär in Alaska. Hat Rufus erzählt. Mein belesener Bruder meinte außerdem, dass es sich bei den Wassilis um vergleichsweise kleine Exemplare handelt. Die drei Fatzken sind nämlich noch nicht einmal ausgewachsen.

Rufus schätzt ihr Alter auf zweieinhalb bis drei Jahre, was bedeutet, dass die Wassilis Teenager-Bären sind und vermutlich vor einem Jahr noch bei ihrer Mutter gelebt haben.

»Es ist völlig normal, dass Jungtiere nach der Trennung von ihrer Mutter noch ein paar Jahre zusammenbleiben«, doziert Rufus. »So können sie gemeinsam auf Nahrungssuche gehen und sich in der Gruppe besser vor Feinden verteidigen.«

»Was für Feinde?«, frage ich.

»Stimmt schon, ausgewachsene Braunbären haben keine natürlichen Feinde – abgesehen natürlich vom Menschen«, antwortet Rufus. »Aber solange die drei noch Teenager sind, könnten ihnen Wölfe oder weiter im Osten auch wilde Tiger gefährlich werden.«

»Im Osten gibt es wilde Tiger? Das hast du mir noch gar nicht erzählt«, sage ich unbehaglich. »Wo denn da genau?«

Rufus winkt ab. »Keine Sorge, Ray. Die leben sehr weit östlich. In Sibirien beispielsweise. Andererseits hat Wassili behauptet, dass sein Großvater ein Kamtschatkabär war. In diesem Fall wären die drei Nachfahren sibirischer Bären.«

»War ihr Großvater nicht ein Grizzly?«, erwidere ich. »Mir war so, als hätte Grigori das erwähnt.«

Rufus zuckt mit den Schultern. »Wie dem auch sei, ob nun Grizzly- oder Kamtschatkabär, die drei werden bestimmt mal echte Schwergewichte. Aber noch sind sie große Jungs.«

Wir schauen hinüber zu Wassili, der gerade mit ausladender Geste das Finale einer Abenteuergeschichte zum Besten gibt. Das Publikum applaudiert mit begeistertem Trampeln. Wassili nimmt den Beifall freundlich nickend zur Kenntnis.

Als er unsere Blicke bemerkt, steht er auf und kommt herüber. An einer der langen Krallen seiner rechten Pranke baumelt ein leeres Honigglas. Er hält es mir entgegen. »Magst du da noch mal die Luft rauslassen, Kumpel?«

Seine Krallen sind wirklich beeindruckend. Er kann damit nicht nur Kleinsäuger wie mich einfach so aufspießen, sondern auch klettern. Hat Rufus gesagt. Das muss man sich mal vorstellen. Diese Pranken sind stark genug, um

Wassilis riesigen Körper an einem Baumstamm hochzuziehen. Wahnsinn.

Ich pflücke das Glas vorsichtig von seiner Kralle und sage: »Ich schick Bernie gleich mal Nachschub holen.«

»Ach, das ist doch nicht nötig«, sagt Wassili gemütlich. »Wir beide können das doch machen. Ich trag das Zeug auch gern zurück, dann musst du es nicht schleppen.« Er sieht, dass ich zögere, und fügt hinzu: »Bernie hat mir gesagt, ihr habt da irgendwo am Bach eine spitzenmäßige Höhle. Die würde ich mir gern mal ansehen.«

Rufus räuspert sich, sagt aber nichts. Ich vermute, dass es kein Problem ist, Wassili das *Acapulco* zu zeigen. Weiß ja sowieso fast jeder, wo mein Club zu finden ist. Trotzdem habe ich ein merkwürdiges Gefühl in der Magengegend.

Ich schiebe es rasch beiseite und stehe auf. »Klar«, sage ich. »Kein Problem. Natürlich zeige ich dir meinen Club.«

»Super, Kumpel«, freut sich Wassili.

37

Das Gekicher der Waschbärenladys übertönt selbst das Rauschen des Wasserfalls. Jascha und die Baywatchgirls haben es sich im kleinen Becken bequem gemacht. Die Stimmung ist ausgelassen, und es riecht verdächtig hormonell. Olivia, Abigail und Alina buhlen um die Gunst des Jungbären, während der sich wie ein Gangsta-Rapper im Wasser rekelt. Die ausgebreiteten Arme liegen lässig auf dem Beckenrand. Beeindruckende Spannweite. Von Pranke zu Pranke sind das bestimmt zwei Wildschweinlängen. In diesen starken Armen könnten locker noch drei weitere Waschbärladys die Nacht verbringen.

Das kleine Becken kam mir noch nie so klein vor. Unsereinem reicht es locker zum Schwimmen. Sitzt ein Bär wie Jascha drin, dann wirkt es wie ein Whirlpool – ungefähr so wie der, den sie uns mal ins Gehege gestellt haben. Damals. In unserem vorherigen Leben.

Wir wollen den Dude und seine drei Gespielinnen nicht stören und trotten weiter zum Wasserfall.

»Ich finde es gut, dass die Jungen ihren Spaß haben«, brummt Wassili. Es klingt wie: Hoffe, du hast nichts dagegen, dass mein kleiner Bruder den Waschbären sämtliche Freundinnen ausspannt. Dafür, dass er nur eine Stunde oder so älter ist als sein jüngerer Bruder, klingt er ganz schön altväterlich, denke ich und sage: »Ich finde, alle sollten Spaß haben.«

Wassili lacht ein brummiges Lachen. »Du bist in Ordnung, Ray. Und du kennst dich aus, wenn es um Spaß geht.«

»Ist ja sozusagen mein Beruf«, antworte ich und zeige auf den Wasserfall. »Wir sind da. Willkommen im *Acapulco.*«

Er wirkt irritiert. »Bernie hatte was von einer Höhle gesagt.«

»Ganz richtig«, antworte ich. »Und hier ist sie.«

»Das ist ein Wasserfall.«

Im Halbdunkel kann er mein stolzes Grinsen nicht erkennen. Rufus sagt, Bären sehen sowieso nicht gut. Hören können sie okay, riechen sogar super, aber sehen eher nicht so. Ist gerade ganz praktisch, weil ich nicht als Angeber rüberkommen will. »Ganz recht. Und dahinter ist der Eingang zu meinem Club.«

Wassilis Augen werden groß wie Tennisbälle. »Jetzt machst du mich aber wirklich neugierig, Kumpel.«

Mein Begleiter ist zu massig, um sich trockenen Fußes hinter dem Wasserfall hindurchzuzwängen. Da er also ohnehin nass wird, latscht er einfach hindurch. Sieht aus, als würde er einen glitzernden Vorhang durchschreiten. Cooler Effekt.

Uns erwarten bescheidene Lichtverhältnisse. Da die Slackline mit den Lampen auf dem Versammlungsplatz gebraucht wird, gibt es im *Acapulco* nur noch das Arbeitslicht, nämlich zwei Solarlampions, die Shabby in einem Garten hat mitgehen lassen. Sind praktisch, diese Dinger. Tagsüber hängst du sie in die Sonne, damit die Akkus aufladen können, und sobald es dunkel wird, leuchten sie. Nicht toll, aber es reicht, um sich zurechtzufinden.

Im matten Schein eines Lampions sieht unsere Partyhöhle größer aus, als sie ist. Wassili blickt sich um. Er scheint nicht nur beeindruckt, sondern von unserer Location wirklich angetan zu sein.

»Hier lang«, sage ich und gehe in den hinteren Teil, wo sich nicht nur der Darkroom, sondern auch unser Coniglager befindet.

Dreieinhalb Gläser sind noch übrig. Mehr als genug.

»Gib mir mal die leeren Gläser«, sage ich und fülle einen alten Esslöffel, den wir in der Savanne gefunden haben, mit Honig. Ein Löffel Honig reicht als Basis für ein Glas Honigwasser völlig aus. Selbst an Partyabenden nehmen wir selten mehr als zwei Löffel. Nur den Zuckerjunkies aus dem vierten Wurf ist das immer noch nicht süß genug. Aber die haben im Zoo ja auch nur das krass süße Zeug eingeworfen. Lollys, Sahnebonbons, Softeis und so Sachen.

»Jetzt muss nur noch Wasser drauf, dann nimmst du einen Stock, rührst kurz um, und fertig ist der sommerlich-leichte Erfrischungsdrink«, sage ich und will Wassili gerade das erste Glas zurückgeben, als ich seinen verzerrten Gesichtsausdruck sehe und vor Schreck innehalte.

Wassili hat seine gewaltigen Reißzähne entblößt und starrt unsere Honigvorräte an. Geifer läuft ihm aus dem Maul. Die riesige Nase schnuppert ins Halbdunkel, die eben noch freundlichen braunen Augen sind plötzlich schwarz wie die Nacht.

Als er merkt, dass ich kurz davor bin, mir auf die Hinterbeine zu pinkeln, kommt er zur Besinnung. Er schüttelt sich kurz und heftig, als könnte er die hässliche Fratze auf diese Weise loswerden. Gelingt ihm sogar, denn im nächsten Moment ist er wieder der knuddelige, kumpelige Kerl von eben.

Mit einem freundlichen Lächeln hält er mir die Pranke

hin, damit ich ihm das erste Glas an eine seiner Krallen hängen kann.

»Lass es dir schmecken«, sage ich. »Ich mache noch schnell die anderen fertig.«

Er nickt erfreut. »Danke, Kumpel.«

Als ich den Löffel erneut mit Honig fülle, sagt mir mein Bauchgefühl, dass es ganz gut ist, wenn die Wassilis morgen weiterziehen.

38

Jemand steht in meiner Kammer und räuspert sich. Das macht dieser Jemand so lange, bis ich wach bin.

»Was willst du, Rufus?«

Mein Bruder kommt gleich zur Sache. »Bernie und Freddie stehen draußen und wollen dich sprechen.«

»Sollen später wiederkommen«, murmle ich.

»Es ist bereits später«, sagt Rufus. »Genauer gesagt, ist es gleich Mittag.«

Langsam bringe ich meinen Oberkörper in die Senkrechte. »Mittag? Wie lange hab ich denn geschlafen?«

»Woher soll ich das wissen?«, antwortet Rufus. »Wann warst du denn in deiner Kammer?«

Gute Frage. Keine Ahnung. Aber da die Party gestern keine richtige Party war, sondern nur ein harmloses Sommerfest, kann es nicht allzu spät gewesen sein. Kein Grund jedenfalls, bis mittags auf den Ohren zu liegen.

Mir kommt der beunruhigende Gedanke, dass der Abend zu später Stunde doch noch aus dem Ruder gelaufen sein könnte. Das würde nicht nur meine Erinnerungslücken erklären, sondern auch, wieso mein nerviger Bruder mich wach räuspert.

Ich seufze. »Was ist los? Gibt es wieder irgendwelche Beschwerden?«

Rufus schüttelt den Kopf. »Ganz im Gegenteil. Die Party war ein großer Erfolg und hat allen ausgezeichnet gefallen. Die meisten wünschen sich sogar, dass wir jetzt regelmäßig Volksfeste veranstalten.«

»Ohne mich«, sage ich. »Ich hab Kopfschmerzen. Volksfeste sind nicht mein Ding.«

»Die Kopfschmerzen rühren vermutlich daher, dass dein neuer Kumpel dich stundenlang zugetextet hat«, feixt Rufus. »Möglicherweise hattest du auch ein kleines Walnussschälchen Honigwasser zu viel. Aber es waren ja gestern fast alle ein bisschen … beschwingt.«

»Mein neuer Kumpel? Wer soll das sein?«

»Jens Spanner.«

»Jens Spanner ist ganz sicher nicht mein neuer Kumpel. Nicht in diesem Leben und auch in keinem anderen.«

»Interessant«, sagt Rufus. »Das hast du offensichtlich verdrängt. Was ist denn das Letzte, woran du dich erinnerst?«

Ich denke nach, und tatsächlich schwirren nun bruchstückhaft Bilder des gestrigen Abends durch meinen Kopf. Plötzlich sehe ich den sichtlich angeschickerten Jens Spanner vor mir, der mich in die Geheimnisse der Vorratshaltung einführt. »Himmel! Ich hab mir Spanners Geseier angehört?«

»Nicht nur das, du hast ihn auch davon überzeugt, dass er mit einer halb so großen Terrasse gut bedient ist. Er war gleich heute früh bei mir und hat sich die Genehmigung geholt. Ich soll dich grüßen.«

»Das ist ja schrecklich«, sage ich.

»Nein, das ist toll«, widerspricht Rufus. »Es war der Sinn dieser Party, die Waldbewohner in einen Dialog zu bringen, vor allem jene, die sonst nicht miteinander reden. Dass es so gut laufen würde wie bei dir und deinem neuen Kumpel, konnte natürlich niemand ahnen.«

»Hey, vielleicht haben wir gequatscht, aber das macht ihn noch lange nicht zu meinem Kumpel.«

»Ihr habt auch Brüderschaft getrunken.«

»Das haben wir ganz sicher nicht.«

»Ihr duzt euch jetzt. Du nennst ihn Jens.«

Meine Kopfschmerzen erreichen einen neuen Höhepunkt. »Warum hast du mich nicht gerettet?«

»Weil ich vollauf damit beschäftigt war, meinen eigenen gesellschaftlichen Verpflichtungen nachzukommen.«

»Mit Grete, vermute ich.«

»Da vermutest du ganz richtig.«

»Kann mir lebhaft vorstellen, wie das aussah.«

»Wenn das eine Anspielung darauf sein soll, dass Grete und ich die Nacht miteinander verbracht haben, dann liegst du falsch. Sie ist ein Vollprofi und muss sich zu hundert Prozent darauf konzentrieren, diesen Wald zu führen. Da bleibt gerade keine Zeit für Intimitäten.«

Ich hab Lust, Rufus ein bisschen zu pieksen. »Hast du keine Angst, dass sie mal bei einem anderen Vollprofi landet, der ihr zeigt, dass auch Vollprofis gerne mal Sex haben?«

Rufus grinst. »Netter Versuch, Ray. Was ist jetzt mit deiner Thekenmannschaft? Soll ich die beiden wegschicken, oder was?«

»Nein, ich komme ja schon«, sage ich und rappele mich hoch. »Wie du siehst, ist das Leben als Partykönig auch ganz schön anstrengend.«

»Mir kommen die Tränen.«

Die Sonne ist angenehm. Nicht zu warm und nicht zu kalt. Der Panzer hat die perfekte Fußtemperatur. Im Hochsommer war das Metall manchmal so heiß, dass es selbst meinen savannentauglichen Pfoten zu viel wurde.

Freddie und Bernie warten am Waldrand.

»Morgen, Jungs! Was geht? Alles fit?«

»Quasi«, sagt Bernie.

»Und was heißt quasi?«

»Gibt mal wieder 'n kleines Problemchen«, gesteht Freddie.

»Wie klein ist es denn diesmal?«

»Eigentlich ist es eher ein größeres Problemchen«, springt Bernie ihm bei.

Freddie nickt. »Drei größere Problemchen quasi.«

»Schon wieder quasi, aha. Könnt ihr mal Klartext reden?«

»Also der Punkt ist, dass die Wassilis im *Acapulco* übernachtet und heute auch da gefrühstückt haben«, erklärt Bernie.

»Und jetzt isser weg, unser Honig«, ergänzt Freddie.

Bernie nickt bedauernd. »Alles futsch. Die haben mal eben unseren ganzen Vorrat verputzt.«

Hätte ich doch nur auf mein Bauchgefühl gehört, denke ich. Es war keine gute Idee, Wassili unser Honiglager zu zeigen. Mein Fehler. »Lasst mich raten«, sage ich. »Und jetzt sind unsere freundlichen Wanderbären längst über alle Berge.«

Freddie und Bernie schauen mich an, dann schütteln sie synchron die Köpfe.

»Soll das heißen, die Wassilis sind noch da?«, frage ich.

»Deshalb kommen wir ja zu dir«, antwortet Bernie. »Die haben uns gefragt, ob wir ihnen noch mehr Honig besorgen können.«

»Sie meinen, weil wir doch Brüder sind und alles teilen«, ergänzt Freddie.

»Brüder? Seit wann denn das?«

Freddie hebt abwechselnd die Pfoten. »Ist doch klar: Waschbär, Braunbär … Ich meine, wir sind auch Bären und gehören zur gleichen Familie, also quasi …«

»Hör auf mit diesem blöden quasi!«, rufe ich. »Selbst wenn ihr zur gleichen Familie gehört, heißt das nichts. Ihr seid mit den Wassilis nicht enger verwandt als ich mit einem Schneeleoparden, seht euch doch mal an.«

Rufus' Kopf erscheint in der Luke über dem Kommandantensitz. »Ich hab unfreiwillig mitgehört und muss meinem Bruder ausnahmsweise zustimmen. Waschbären gehören ebenso wenig wie Ameisen-, Koala- oder Schönbären zur Familie der Bären. Ihr seid eher mit den Mardern verwandt.«

»Da hört ihr es!«

Rufus ist noch nicht fertig. »Interessanterweise sind Erdmännchen und Schneeleoparden innerhalb der Katzenartigen allerdings …«

»Danke, Rufus!«, unterbreche ich energisch. »Du hast uns wirklich sehr geholfen.«

»Hab sowieso zu tun«, erwidert meine Bruder pikiert und verschwindet wieder.

»Was ist denn ein Schönbär?«, fragt Freddie.

»Ein Schmetterling aus der Unterfamilie der Bärenspinner«, hört man meinen Bruder aus dem Panzerinneren rufen.

»Zurück zum eigentlichen Thema«, sage ich. »Was habt ihr den Wassilis geantwortet, als sie euch gefragt haben, ob ihr ihnen mehr Honig besorgen könnt?«

»Wir haben gesagt, dass du der Boss bist und wir erst dich fragen müssen«, antwortet Freddie.

Die umsichtige Reaktion meiner rechtschaffenen Mitarbeiter stimmt mich etwas milder.

»Das war absolut richtig«, lobe ich die beiden.

»Heißt das, wir gehen jetzt auf Einkaufstour?«, fragt Freddie.

»Nein. Das heißt, ich werde jetzt mal ein ernstes Wörtchen mit unseren Gästen reden.«

39

Die Stimmung im Wald ist so sonnig wie das Wetter. Auf dem Weg zum *Acapulco* treffen wir nur gut gelaunte Tiere.

»Ray! Tolle Wahlparty!«, ruft Stefan-Albert von der Wiese, der neben seinem Bau im Schatten eines Busches Siesta hält. Er reckt einen Vorderlauf in die Höhe, als wären wir beide im selben Team. Komischer Typ. Irgendwie werde ich nicht warm mit diesen Iltissen. Du weißt nie, ob sie dir auf die Schulter klopfen oder in den Rücken fallen wollen. Stefan-Albert macht es mal so, mal so. Obwohl ich dem Wendehals nicht über den Weg traue, hebe ich einen Vorderlauf und winke freundlich zurück. Rufus wäre stolz auf mich.

Wiesel Ede kreuzt unseren Weg. »Ray, tolle Party gestern. Sehen wir uns später auf der Keilerschanze?«

»Keine Ahnung. Was gibt es denn da?«

Er sieht mich an und überlegt. »Warst du gestern nicht dabei, als wir das besprochen haben? Die Waldgemeinschaft will den Keilern helfen, ihre Schanze zu reparieren. Wird ja bald Winter und so.«

Wieder dämmert mir was. »Doch, ich glaube, ich entsinne mich.«

»Gut. Dann vielleicht bis später. Man sieht sich.«

Ede wieselt ins Dickicht, und während ich noch darüber nachdenke, ob ich es gut finde, dass jetzt alle Waldtiere herzallerliebst miteinander umgehen, laufe ich geradewegs meinem neuen Kumpel Jens Spanner in die Gelbhalsmaus-Ärmchen.

»Ray! Altes Haus! Was geht!?« Spanners Glubschaugen strahlen mich an. »Komm doch rüber auf 'ne halbe Haselnuss und schau dir meine neue Terrasse an. Klein, aber fein.« Er kichert verlegen.

»Danke … ähm … Jens.« Kostet mich Überwindung, ihn beim Vornamen zu nennen, aber was tut man nicht alles um des lieben Waldfriedens willen. Rufus hat jedenfalls nicht übertrieben. Die Gelbhalsmaus hält mich nach gestern Nacht für ihren besten Kumpel. »Geht leider nicht. Ich bin auf dem Weg ins *Acapulco*. Dringende Geschäfte. Ich schau aber später mal vorbei, okay?«

Vielleicht so in zehn, zwölf Jahren, denke ich.

Mein neuer Freund hebt ein Vorderpfötchen. »Geht klar, mein Freund.«

Tja, jetzt bin ich offenbar der Freund von Flitzpiepe Spanner. Der Tag hat nicht gut angefangen und geht erst mal nicht gut weiter.

Freddie und Bernie merken, dass meine Laune im Keller ist und schweigen sicherheitshalber für den Rest des Weges.

Als wir uns dem Wasserfall nähern, fällt mir auf, dass die Biber flussaufwärts einen Baumstamm bearbeiten, der quer über dem Bach liegt.

»Was wird denn das?«, frage ich.

»Eine Brücke«, antwortet Freddie. »Viele kleine Tiere können den Bach nur unter großen Gefahren überqueren. Um das zu ändern, hat die Waldgemeinschaft beschlossen, eine Brücke zu bauen.«

Ich kaue immer noch auf der Frage, ob ich es gut finde, dass jetzt alle Waldtiere herzallerliebst miteinander umgehen. Einerseits ja, andererseits geht mir diese Harmoniesucht auch ein bisschen auf meine kleinen Erdmänncheneier.

»Wassili und Grigori haben freundlicherweise den Baum gefällt«, ergänzt Bernie. »Ging ruckzuck. Die haben sich einfach dagegengestemmt, und schon war es passiert. Die Biber hätten den ganzen Tag dafür gebraucht. Sie nagen jetzt noch einen Gehweg in den Baumstamm, bauen Zugangsrampen, und fertig ist die Igelbrücke.«

»Schön, dass die Wassilis dafür auch noch Zeit hatten«, spotte ich.

»Und sogar noch vorm Frühstück«, erwidert Freddie treudoof. »Jascha hat noch geschlafen, aber die anderen beiden wollten sich die Beine vertreten. Und da sind sie dann zufällig den Bibern begegnet.«

Okay. Ich finde, damit sind wir quitt. Die Waldgemeinschaft hat eine Brücke bekommen, die Wassilis meine Honigvorräte. Wenn es nach mir ginge, dann wäre noch ein warmer Pfotendruck drin, danach könnten die Wanderbären gern weiterwandern.

Die Luft, die mir aus dem *Acapulco* entgegenschlägt, haut mich fast aus den Latschen. Es riecht nach alten Socken und nassem Hund. Ich frage mich, ob wir den beißenden Geruch dieses Bärenparfums bis zur nächsten Party wieder rausbekommen.

»Wir sind wieder da!«, ruft Bernie.

Im Halbdunkel erkenne ich Wassili und Grigori.

»Wenn das nicht der gute alte Ray ist«, brummt der Erstgeborene.

Der wortkarge Grigori sagt nichts, hebt stattdessen zum Gruß die Pranke.

»Hab gehört, dass ihr noch hier seid«, sage ich.

»Hat sich so ergeben«, erwidert Wassili vage.

»Das ist toll, so hab ich Gelegenheit, mich noch von euch zu verabschieden. Das wollte ich mir natürlich nicht nehmen lassen. Waren denn die Übernachtung und das Frühstück zu eurer Zufriedenheit?«

»Ja. Danke, alles bestens«, antwortet Wassili. »Wir bräuchten nur noch Honig für Jascha. Der ist eben erst aufgestanden und hatte noch kein Frühstück.«

Wie zur Bestätigung kommt nun der Jüngste der Wassilis aus dem Darkroom gekrochen, wo er die Nacht mit den Waschbärladys verbracht hat. Ich kann es nicht nur am Kichern erkennen, sondern auch an der Hormonwolke, die ihn umwabert.

»Hey«, sagt Jascha blöde grinsend. Er sieht völlig zerzaust und total fertig aus. Ich weiß sofort, was seine stark geröteten Augen und der abwesende Blick zu bedeuten haben. Die Bären sind nicht nur über mein Honiglager hergefallen, sie haben auch das Pillenversteck geplündert.

Wassili errät, was ich denke. »Diese gelben Partykügelchen kannst du übrigens auch noch mal besorgen. Wir wollten sie eigentlich nur probieren, weil Freddie und Bernie davon geschwärmt haben. Aber Jascha konnte nicht genug davon kriegen, und jetzt sind alle weg – sogar die, die bei deinen Partys in die Ecken gekullert waren.«

»Jo«, sagt Jascha, immer noch blöd grinsend.

Ich werfe einen Blick zur Seite. Bernie und Freddie ziehen synchron die Köpfe ein. Immerhin. Sie wissen also, dass es keine coole Idee ist, das komplette *Holy Shit* für die kommenden Partyabende an wildfremde Bären zu verfüttern.

»Leider sitzen wir auf dem Trockenen«, erwidere ich. »Das waren unsere letzten Honigvorräte, und es dauert zwei Wochen, neue Partypillen herzustellen. Bis dahin seid ihr ja längst woanders.« Ganz bestimmt sogar.

Wassili wirft den Waschbären einen fragenden Blick zu, deren Köpfe sofort noch tiefer rutschen.

»Was ist?«, frage ich. »Haben die beiden etwa was anderes behauptet?«

»Das nicht«, brummt Wassili. »Aber ich frage mich, warum sie dich geholt haben, um uns zu erklären, dass der Honig alle ist. Das hätten sie uns doch auch direkt sagen können.«

Guter Punkt. »Nein. Das konnten sie nicht wissen. Ich kümmere mich persönlich um die Vorräte. Ist Chefsache.«

Wassili nickt bedächtig. »Chefsache, aha. Verstehe.«

»Bestimmt findet ihr unterwegs was Essbares für Jascha«, sage ich. »In den Wäldern Richtung Westen gibt es massig Bucheckern und so 'n Zeug.«

»Gut zu wissen.« Wassili schlägt einen gemütlichen Tonfall an. »Aber noch können wir ja nicht weg.«

»Warum nicht?«, frage ich und muss mich anstrengen, nicht empört zu klingen.

»Weil die anderen Tiere uns gebeten haben, beim Aufbau der Keilerschanze zu helfen«, antwortet Wassili freundlich. »Und natürlich helfen wir gern.«

Natürlich. Clever, denke ich. Bestimmt hatte der Morgenspaziergang der Bären keinen anderen Grund, als sich im Wald unentbehrlich zu machen.

Wieder errät Wassili meine Gedanken. Er grinst und sagt: »Was den Honig betrifft, da mach dir mal keine Sorgen, Kumpel. Sollte es hier irgendwo Honig geben, finden wir den schon.«

Das klingt nicht nur wie eine Drohung, denke ich. Das ist eine.

40

Ich bin sicher, dass nicht einmal die hochempfindlichen Bärennasen den fest verschlossenen Honig im Keller von Bauer Fröhlich riechen können. Wenn also die Waschbären dichthalten, was ich schwer hoffe, dann droht von dieser Seite keine Gefahr. Außerdem dürfen die Wassilis nicht spitzkriegen, dass Archi in Windeseile neue Partypillen herstellen könnte. Jascha und seine Baywatch würden das womöglich zum Anlass nehmen, im Darkroom des *Acapulco* zu überwintern.

Überhaupt scheinen die Bären meine Gastfreundschaft für selbstverständlich zu halten. Sie haben mich nicht einmal gefragt, ob sie noch eine Nacht bleiben dürfen. Aber ich bin zuversichtlich, wenn das Honigfrühstück und die Partypillen ausbleiben, dann werden sie morgen weiterziehen. Ich muss also nur noch Archi briefen, damit er sich dumm stellt, falls die Bären ihn anquatschen. *Holy Shit* will ich erst wieder sehen, wenn der Wassili-Clan nicht mehr zu sehen ist.

Minka sagt, dass Archi von einem aufgeregten Skipper zu den Tümpeln gerufen wurde. Ein Notfall, der nichts mit Archis Glückspillengeschäften zu tun hat, sondern mit seinem zweiten Standbein. Vor lauter Langeweile hat er angefangen, Pflanzen und Kräuter zu sammeln und daraus Säfte und Tinkturen herzustellen. Sie sollen ziemlich gut bei möglichen Beschwerden helfen wie etwa stumpfes Fell,

Schlafstörungen, Bürzeldrüsenbeschwerden oder braune Zähne. Für mich war Archis neues Hobby keine Überraschung. Der Forscherdrang liegt ja in der Familie. Rufus kann ja auch nicht *nichts* tun. Immer muss er irgendwas begreifen, lernen, ausprobieren oder verbessern. Und während es ihm die Grundsätze moderner Verwaltung angetan haben, ist sein Sohn eben bei der Arzneikunde gelandet.

Gerade sind Archis Dienste also in der neuen Kolonie unten am Bach gefragt. Die besorgten Eltern Traudl und Herrmann umringen dort zusammen mit ihren Nachbarn Skipper und Ping eine wimmernde Hermine. Die Mandarinentenküken tummeln sich hinter den Erwachsenen und recken neugierig die Hälse, um auch was zu sehen, als Archi Hermine untersucht. Sie leidet. Ihr Rüssel leuchtet rot und ist stark angeschwollen.

»Könnte es eine Biene gewesen sein?«, fragt der beflissene Skipper. »Oder eine Hornisse?«

»Mich hat nichts gestochen«, wimmert Hermine.

»Der Ausschlag ist ganz plötzlich gekommen«, ergänzt Traudl. »Hermine sagt, sie hat keine Ahnung, wie das passiert sein könnte.«

»Weißt du es vielleicht?«, frage ich Archi, der den Rüssel des Ferkels gerade mit einer unappetitlich aussehenden grünen Pampe bestreicht und so eisern schweigt, dass er mich an seinen Vater erinnert, wenn der wieder mal allen anderen ein großes Stück voraus ist.

Archi wiegt den Kopf hin und her, ruckelt seine Spitzen-BH-Basecap zurecht und antwortet: »Ich habe eine Theorie, will mich aber dazu nicht äußern, bevor ich alle Fakten kenne.«

Hätte Rufus nicht besser ausdrücken können.

»Hauptsache, sie wird bald wieder gesund«, sagt Herrmann. Ich bemerke, dass die Sorge um seine kranke Tochter dem steinharten Keiler ganz schön zusetzt.

»Das wird schon«, sagt Archi und taucht seine Pfoten ins Wasser, um sich die Reste der Pampe abzuwaschen. »In ein paar Tage geht es ihr wieder besser. Die Paste enthält Spitzwegerich und Walnussblättersaft. Das eine desinfiziert, das andere lindert die Schmerzen.«

»Stimmt!« Hermine wirkt ebenso erfreut wie erstaunt. »Mein Rüssel fühlt sich plötzlich ganz taub und kalt an.« Sie muss kichern, was bei den Umstehenden für Erleichterung sorgt.

»Trotzdem musst du deinen Rüssel ein paar Tage schonen«, mahnt Archi.

»Hast du gut zugehört, junge Dame?«, fragt Traudl streng. »In den nächsten Tagen wird nicht herumgerüsselt, ist das klar?«

»Ist klar«, ruft Hermine unbekümmert und springt auf.

Ich wette, sie hat die Ermahnung schon wieder vergessen und wird gleich zuerst ihre Entenkükenfreundinnen abrüsseln und danach jeden, der ihr begegnet.

»Danke!«, sagt Herrmann.

»Kein Ding«, erwidert mein Neffe lässig.

»Und euch auch vielen Dank, dass ihr Archi geholt habt.« Herrmanns Blick wandert zwischen Skipper und Ping hin und her.

»Ist doch selbstverständlich.« Skipper gibt Ping einen Stups mit der Flosse.

»Wir sind doch Nachbarn«, ergänzt Ping. »Da hilft man sich.«

»Du hilfst uns ja auch, wenn es was zu graben oder zu roden gibt.«

»Ist doch selbstverständlich«, erwidert Herrmann und grunzt freundlich.

Für jemanden, der noch vor wenigen Tagen nichts mit den »Schwulis« zu tun haben wollte, hat Herrmann sich hier ganz gut eingelebt. Langsam frage ich mich, ob es doch etwas mit Rufus' Demokratieunterricht zu tun hat, dass alle sich bemühen, nett zueinander zu sein.

Archi reißt mich aus meinen Gedanken. »Wolltest du was von mir?«

Ich nicke. »Dauert nicht lange.«

»Können wir unterwegs reden?«, fragt er und stiefelt los, ohne meine Antwort abzuwarten. »Was kann ich denn für dich tun?«

»Du würdest mir sehr helfen, wenn du ausnahmsweise mal etwas nicht tätest.«

»Aha. Und was soll ich nicht tun?«

»Die Wassilis haben sich gestern unser restliches *Holy Shit* reingezogen, und ich will sie nicht ermutigen, das ab jetzt jeden Abend zu machen. Deshalb wäre es gut, wenn es vorerst keinen Nachschub geben würde. Ich hab denen gesagt, es dauert zwei Wochen, die Pillen herzustellen.«

»Du willst sie austrocknen«, fasst Archi meinen Plan zusammen.

»So ist es«, antworte ich. »Problem?«

Archi schüttelt den Kopf. »Für mich kein Problem. Es könnte nur sein, dass deine lieben Bären richtig wütend werden, wenn sie keinen Glückspillennachschub kriegen. Hast du das bedacht?«

Hab ich natürlich nicht. »Ja, sicher.«

41

Archi ist so clever, flussabwärts ein ausgedehntes Nickerchen einzulegen, um sich vor der Arbeit an der Keilerschanze zu drücken. Ich hingegen gehe zum Bau zurück und laufe dort prompt Rufus in die Pfoten, der gerade eine Diskussion mit Pa an der Backe hat. Im Gegensatz zu mir möchte Pa unbedingt beim Wiederaufbau der Keilerschanze helfen. Dass er kaum seinen Krückstock heben kann, geschweige denn die dicken Steine, die da oben gesammelt werden müssen, will unser alter Herr einfach nicht begreifen.

»Ich bin doch nicht krank!«, ruft er empört, hustet trocken und bekommt Schnappatmung. Dauert eine Weile, bis er weitersprechen kann. »Und ich bin mir auch nicht zu fein zum Steineschleppen!«

»Das weiß ich doch alles«, sagt Rufus. »Aber es ist gar nicht nötig, dass du mitkommst. Rocky ist dabei, ich bin dabei, Ray ist dabei …«

»Wer ist denn dieser Ray, von dem hier neuerdings immer geredet wird?«, will Pa wissen.

»Nicht so wichtig«, mische ich mich ein, »ich wollte mich sowieso gerade ausruhen, weil ich mich nicht so fit fühle und …«

»Oh nein, du kommst mit, keine Widerrede«, zischt Rufus. Und schon ist er wieder bei Pa. »Wie gesagt, der erste und der zweite Wurf sind sowieso dabei, außerdem hat der halbe Wald seine Unterstützung zugesagt …«

»Eben!«, unterbricht Pa. »Alle sind dabei. Da werde ich wohl kaum hier rumsitzen und Däumchen drehen.«

Ich mache einen Vorschlag zur Güte. »Wie wäre es, wenn wir erst mal schauen, ob wir es allein schaffen, Pa? Falls es Probleme gibt, können wir dich ja immer noch holen.«

Rufus räuspert sich. »Gute Idee.«

Ob er meinen Vorschlag oder meine Taktik meint, bleibt sein Geheimnis.

Pa überlegt. Gefällt ihm, unsere Geheimwaffe zu sein, das weiß ich. Es entspricht seiner Vorstellung von sich und seinen Fähigkeiten. »Also gut, wie ihr wollt. Aber beklagt euch nicht, wenn ich euch am Ende wieder die Ärsche retten muss.«

Hustend und humpelnd eiert er durch die Savanne zurück zum Bau.

Rufus atmet durch, wirft sich sein Cape über die Schulter und zupft es zurecht. »Ich hab Grete versprochen, dass ich sie abhole. Kommst du mit, oder treffen wir uns direkt an der Keilerschanze?«

»Du, ich dachte wirklich, ich lass euch das allein machen. Ich hab sowieso nicht die richtigen Klamotten für Herkulesaufgaben.«

»Das hast du dir gemerkt? Nicht schlecht. Allerdings hat mein Cape inzwischen eine andere Funktion. Ich hab beschlossen, es bei offiziellen Anlässen zu tragen, damit mich alle sofort als Staatsdiener erkennen.«

»Bestens«, sage ich. »Sonst würdest du dich von den anderen Erdmännchen, die in diesem Wald leben, ja auch nur durch deinen rosa Klettgurt unterscheiden. Und den kann man nun wirklich leicht übersehen.«

Rufus geht meine Ironie am Cape vorbei. »Also dann, wir sehen uns auf der Keilerschanze.«

»Du, ehrlich, ich weiß noch nicht, ob ich es schaffe. Ich bin wirklich hundemüde und …«

»Komm schon, Ray. Das kannst du nicht machen. Die Waldgemeinschaft setzt auf dich. Jeder muss Opfer bringen.«

»Tue ich doch die ganze Zeit«, erwidere ich. »Ich hab nicht nur die Wahlparty geschmissen, sondern obendrein die Wassilis im *Acapulco* übernachten lassen. Und sie haben alles aufgefressen, was sie finden konnten.«

»Was ihnen gegönnt sei«, sagt Rufus. »Die Wassilis bringen sich nämlich vorbildlich ein. Im Gegensatz zu dir haben sie sich freiwillig gemeldet, um beim Aufbau der Keilerschanze zu helfen. Und wusstest du, dass sie zusammen mit den Bibern eine Brücke gebaut haben, oben am Fluss?«

»Ja, wusste ich«, sage ich genervt.

Rufus ist in Fahrt. »Gut. Dann weißt du vermutlich auch, dass diese überaus anständigen Bären uns ein Rudel Wölfe vom Hals gehalten haben.«

»Häh? Was denn für Wölfe?«

»Hast du es nicht gehört? Der ganze Wald spricht davon.«

Ahnungslos schüttele ich den Kopf.

»Das Blut im Wasser, das den Kids gestern einen Schrecken eingejagt hat, stammte von einem Wolf. Die Wassilis sind flussaufwärts einem Rudel begegnet. Es ist zum Kampf gekommen, der Leitwolf wurde verletzt, und das Rudel hat sich geschlagen gegeben. Stell dir das mal vor! Wären unsere neuen Freunde nicht zufällig zur rechten Zeit am rechten Ort gewesen, dann hätten wir bei der Wahlparty Besuch von einem blutrünstigen Wolfsrudel bekommen.«

»Ach. Und bei diesem Kampf mit blutrünstigen Wölfen haben die Wassilis keinen Kratzer abbekommen?«, frage ich.

»Offensichtlich nicht.«

»Und das kommt dir nicht komisch vor?«

»Nein. Wieso auch? Dir etwa?«

»Ich weiß nicht.« Im selben Moment wird mir klar, dass ich die Wassilis im Auge behalten sollte. Besonders, weil es offenbar sonst niemand tut. »Weißt du was? Ich komme doch mit.«

»Na bitte«, freut sich Rufus. »Geht doch.«

42

Auf dem Weg zur Keilerschanze gabeln wir Grete auf. Rufus schreitet an der Seite seiner elegant dahinhoppelnden Chefin einher. Irgendwie kommt er mir größer vor. Vielleicht hat er sich das Cape deshalb besorgt. Es streckt. Vielleicht ist mein Bruder aber auch zwei Krallenbreit gewachsen, als Grete ihn zur Begrüßung an ihr superflauschiges Brustfell gedrückt hat. Neben Grete wirkt er trotzdem klein und schmächtig. Rufus' große Liebe ist eben tatsächlich enorm groß. Ziemlich genau zwei Köpfe größer als mein Bruder, würde ich sagen. Vielleicht sollte er sich einfach daran gewöhnen, dass er für den Rest seines Lebens zu ihr aufschauen muss.

Am Fuß der Keilerschanze werden wir unfreiwillig Zeugen eines sehr persönlichen Vater-Sohn-Gesprächs zwischen Herrmann und Fritz. Das Thema muss dem alten Keiler an die Nieren gehen, er wirkt schwer zerknirscht.

Peinlich berührt schlagen Grete, Rufus und ich uns in die Büsche.

Herrmann derart aufgelöst zu erleben, scheint seinen Sohn völlig kaltzulassen. Der junge Keiler hat kein Wort des Trostes oder der Anteilnahme für seinen Vater übrig, stattdessen steht Fritz einfach nur stoisch da und schweigt.

Nach einer Weile hören wir ihn sagen: »Dann ist es also entschieden. Dein Platz ist nicht länger hier bei uns.«

Herrmann schüttelt betrübt den Kopf.

»Sondern unten bei den Krötentümpeln.«

Herrmann nickt.

»Was ist denn da los?«, flüstert Rufus. »Ich dachte, die beiden hätten beim Toleranzunterricht ihre Lektion gelernt.«

»Das dachte ich auch«, raune ich zurück.

»Vielleicht brauchen sie ja noch etwas Zeit«, flüstert Grete.

»Oder etwas Nachhilfeunterricht«, erwidert Rufus leise.

»Was denkst du darüber?«, fragt Herrmann. Er klingt besorgt.

»Es ist, wie es ist«, erwidert Fritz kühl.

»Wenn du mich hasst, dann sag es mir.«

Fritz muss nicht lange überlegen. »Ich hasse dich …«

Rufus hält es nicht länger im Dickicht. Bevor Grete oder ich ihn davon abhalten können, springt er aus dem Versteck und ruft: »Nein! Wartet!«

Herrmann und Fritz sehen ihn an wie einen Geist. Die Maulwinkel der Keiler sacken synchron herab.

Rufus stellt sein Spielbein auf einen Felsen und reckt das Kinn vor. Vielleicht hofft er, dass sein Cape effektvoll im Wind flattert, aber daraus wird momentan nichts, denn es ist völlig windstill.

Ich ahne schon, was jetzt kommt. Mein Bruder wittert die Gelegenheit, zwei Waldbewohner zu belehren und Grete gleichzeitig zu beeindrucken.

Er wirft ihr einen kurzen Seitenblick zu, bevor er loslegt. »Leute, was habe ich euch gesagt? Hass vergiftet, und Hass zerstört. Hass erzeugt immer noch mehr Hass. Deshalb ist er keine Lösung. Ich kann euch nur immer wieder bitten, an die Prinzipien der Toleranz zu denken. Wir alle müssen andere in ihrem Anderssein akzeptieren, auch wenn es uns schwerfällt, denn ohne Toleranz ist ein friedliches Miteinander unmöglich.«

Seine erneute Kunstpause füllt Rufus mit einem weiteren Seitenblick zu Grete. Als er Luft holen und fortfahren will, meldet sich Herrmann zu Wort.

»Kann es sein, dass hier ein kleines Missverständnis vorliegt?«, grunzt er.

Mein Bruder überlegt, ob er sich verhört hat. Ehrlich gesagt, geht es mir genauso. Auch Grete wundert sich über Herrmanns Bemerkung. Missverständnis?

Fritz hilft uns auf die Sprünge. »Keine Ahnung, was du da redest, Mann. Aber wir zwei hassen uns nicht. Im Gegenteil. Wir sind gerade dabei, reinen Tisch zu machen. Das hier ist eine Vater-Sohn-Angelegenheit.«

Rufus steht da, eingefroren in der Pose des entschlossenen Aufklärers. »Aber du … hast doch … gerade …«

»Aber ich war noch nicht fertig«, unterbricht Fritz. »Ich wollte Papa sagen, dass ich ihn natürlich *nicht* dafür hasse, dass er mit Traudl und Hermine am Krötentümpel leben will. Wichtig ist doch nur, dass er glücklich ist, oder?«

»Ähm …«, sagt Rufus kleinlaut. »Genau.« Er erinnert an einen Schwimmreifen, aus dem leise pfeifend Luft entweicht.

»Fritz hat mir heute angeboten, wieder auf die Keilerschanze zurückzukehren. Mit Traudl und Hermine«, erklärt Herrmann. »Das war ein bewegender Moment für mich.« Seine Augen bekommen einen feuchten Glanz.

»Zuvor hat Vater mir offiziell die Verantwortung für unsere Rotte und die Keilerschanze übertragen«, sagt Fritz.

»Weil ich ihn für den Besseren von uns beiden halte«, ergänzt Herrmann.

Fritz schnauft ergriffen und antwortet: »Ich habe begriffen, dass ich mich dieser Aufgabe nur würdig erweisen kann, wenn ich meine persönlichen Probleme hintanstelle.«

Aus dem Schwimmreifen, der eben noch mein Bruder war, ist gleich komplett die Luft raus. Sieht schon total eingefallen aus.

»Ich bin unheimlich stolz auf dich, Fritz«, sagt Herrmann.

»Danke«, erwidert Fritz leise. »Und ich bin stolz auf dich, weil du Verantwortung für Traudl und Hermine übernimmst. Und weil du …« Er stutzt, überlegt kurz und schaut dann zu Rufus. »Sag mal, was geht dich das eigentlich an?«

Gute Frage. Rufus' Spielbein ruht noch immer auf dem Felsen. Blöderweise frischt jetzt doch der Wind auf, und sein Cape flattert effektvoll.

Ich glaube, er würde wahlweise gern im Boden versinken oder superheldenmäßig davonzischen. Stattdessen steht er da wie festgenagelt. Vielleicht sollten wir ihn einfach an Ort und Stelle stehen lassen. Als Denkmal des peinlichen Demokraten. Und als Mahnung dafür, dass man sich auch beim Klugscheißen richtig dumm anstellen kann.

Rufus weiß, dass es keinen eleganten Weg aus dieser Situation gibt. Also antwortet er: »Ihr habt recht. Geht mich überhaupt nichts an, was ihr hier zu besprechen habt. Entschuldigt. Ich werde einfach meiner Wege gehen.« Er hebt die Vorderpfote. »Man sieht sich …«

Die Keiler warten mit unbewegten Mienen darauf, dass Rufus sein Versprechen wahr macht, doch der zögert. »Ihr beide macht das übrigens ganz toll. Diese Gesprächsebene, die ihr da gefunden habt … Das ist wirklich …«

»Wolltest du nicht deiner Wege gehen?«, grunzt Herrmann.

»Genau.« Rufus schlägt sich eine Klaue aufs Ohr und sich selbst zurück in die Büsche.

Als er uns sieht, kneift er die Lippen zusammen, was wohl heißen soll, dass er nicht darüber reden will. Mit Rücksicht auf Grete hebe ich mir meinen Spott und Hohn für später auf. Rufus' Angebetete hüllt sich in Schweigen. Ich bin sicher, dass ihn das schwerer trifft als sämtliche Witze, die mir auf der Zunge liegen.

43

Auf der Keilerschanze geht es zu wie auf einem Ameisenhügel. Rufus hat nicht untertrieben. Der halbe Wald ist auf den Beinen, um den Keilern beim Wiederaufbau zu helfen. So ähnlich muss es ausgesehen haben, als die Pyramiden gebaut wurden. Rufus hat mir mal davon erzählt. Damals müssen auch irre viele Freiwillige geholfen haben. Ich werde Rufus bei Gelegenheit fragen, ob die auch Demokratieunterricht hatten.

Gerade ist es schlecht, ihn anzuquatschen, weil er immer noch zerknirscht darüber ist, dass er sich bei der Versöhnung von Herrmann und Fritz zum Idioten gemacht hat. Dabei passiert das jedem mal.

Grete dagegen scheint die Sache gar nicht so eng zu sehen. Inzwischen hat sie wieder ein paar Worte mit ihm gewechselt, seinen peinlichen Nachhilfeunterricht allerdings mit keiner Silbe erwähnt.

Mein Bruder ist so sehr damit beschäftigt, sich zu grämen, dass er den großen Stein, der geradewegs auf seinen Kopf zu saust, nicht bemerkt.

Zum Glück sehe ich ihn und kann Rufus zur Seite schubsen, bevor der sich eine große Portion Kopfschmerzen oder noch Schlimmeres holt. »Hey!«, rufe ich. »Könnt ihr da oben ein bisschen besser aufpassen?«

Erst jetzt erkenne ich, wer den Stein geworfen hat. Es war Grigori. Er hebt entschuldigend eine Pranke.

Hinter ihm taucht Wassili auf. »Alles okay da unten?«

»Ja, alles okay«, rufe ich zurück. »Aber ihr müsst ein bisschen besser aufpassen. Das hätte ins Auge gehen können.«

Wassili hebt ratlos seine gewaltigen Bärenarme. »Das hier ist eine Baustelle. Natürlich fliegen hier Steine rum. Aber keine Sorge, mit den großen sind wir gleich fertig.«

»Ist schon gut! Wir passen ab jetzt auf!«, ruft Grete und winkt den Bären zu. Zu uns sagt sie: »Gehen wir ein bisschen zur Seite, damit die Wassilis freie Bahn haben. Wir dürfen nicht vergessen, dass wir für die Arbeit, die die Bären an einem halben Nachmittag erledigen, mehrere Tage brauchen würden.«

Da hat unsere pragmatische Waldchefin natürlich recht. Wassili und Grigori wuchten mühelos Felsen durch die Gegend, die sonst nur von mehreren Keilern gemeinsam zur Seite geschoben werden könnten.

Unter der fachkundigen Anleitung der Biber geht die Arbeit gut voran. Die Steine werden nach Form und Größe sortiert, die Verteilung der großen übernehmen die Bären. Das Baumaterial wird mit einem Gemisch aus Lehm, Stroh und Wasser verfugt. Den Lehm besorgen Tiere, die gut buddeln können, also unter anderem wir Erdmännchen. Rocky ist im Buddelteam, er hat Colin sowie den gesamten zweiten Wurf zur Mitarbeit verpflichtet. Wenn es ums Steineklopfen oder Buddeln geht, ist er voll in seinem Element.

Wasser und Stroh schleppen die Vögel heran. Jeder Einzelne schafft zwar nur eine winzige Menge, aber da es wahnsinnig viele Vögel gibt, kommt ganz schön was zusammen.

Während wir die Keilerschanze erklimmen, halte ich unauffällig nach Jens Spanner Ausschau. Falls die Gelbhalsmaus sich hier herumtreibt, wird sie bestimmt mit ihrem neuen Kumpel, also mir, Seite an Seite arbeiten wollen. Das würde ich gern vermeiden. Zum Glück scheint Spanner nicht da zu sein.

Noch jemand fehlt, wie ich feststelle, als wir das Plateau erreichen. Nur Wassili und Grigori betätigen sich als Baumaschinen. Der Jüngste fehlt. Kein Wunder, denke ich, Jascha schläft bestimmt seinen Rausch aus.

In diesem Moment erscheint der dritte Wassili am Fuß der Schanze. Die Sünden der letzten Nacht sind ihm nicht anzusehen. Im Gegenteil, er sieht aus wie das blühende Leben und trabt völlig mühelos und in einem erstaunlichen Tempo den Hügel hinauf, wo er geradewegs auf Wassili zusteuert, um dem Ältesten etwas ins Ohr zu flüstern.

Wassili hört aufmerksam zu, dann fragt er: »Und wo?«

»Ungefähr da, wo wir der Herde begegnet sind, Richtung Norden«, antwortet Jascha halblaut.

Wassili nickt zufrieden. Dann ruft er: »Entschuldigt, Leute, aber wir müssen für heute Schluss machen. Meine Brüder und ich haben noch was zu erledigen.«

»Kein Problem«, antwortet der Chefbiber. »Für heute haben wir sowieso mehr als genug Baumaterial. Das war gute Arbeit, Jungs.«

Jungs? Gehören die jetzt schon zur Familie? Bin ich hier wirklich der Einzige, der diesen Bären nicht über den Weg traut?

»Kein Ding!« Wassili und Grigori heben zum Gruß die Pranken, dann trotten sie gemeinsam mit Jascha davon.

»Hast du das mitbekommen?« Ich drehe mich zu Rufus um, der aber ist schon weitergezogen und lässt sich gerade gemeinsam mit Grete von einem Biber über den Stand der Arbeiten informieren. Wie üblich hängt er an ihrer Häsinnenschnute und schmachtet sie an. Ich ziehe ihn zur Seite. »Ich muss weg. Hab was Wichtiges zu erledigen.«

»Hatten wir die Diskussion nicht gerade?«, fragt Rufus.

»Da wusste ich noch nicht, dass die Wassilis auch einfach abhauen dürfen, wenn sie was erledigen müssen.«

»Im Gegensatz zu dir haben die Wassilis aber vorher mit angepackt«, erwidert Rufus.

»War nett, mit dir zu plaudern«, sage ich. »Ich muss jetzt wirklich los.«

»Du willst dich aber nicht nur vor der Arbeit hier drücken, oder?«, fragt Rufus.

»Doch. Das auch«, gebe ich zu. Unten verschwinden gerade die Wassilis im Wald. »Wir sehen uns.«

44

Ich folge den Bären bis zum *Acapulco*, wo sie die leeren Honiggläser einsammeln. Es sind eine Menge, weshalb die Wassilis sie der Reihe nach an einen langen Ast hängen, dessen Enden Grigori und sein älterer Bruder schultern. Angeführt von Jascha geht es damit flussaufwärts.

Im Schutz der Bäume ist es leicht, den Bären unerkannt zu folgen. Als die drei jedoch hinter den Stechapfelwiesen nach Norden abbiegen und ein abgeerntetes Getreidefeld überqueren, muss ich mir was einfallen lassen. Zum Glück liegen auf dem Feld Strohballen, die ich als Deckung nutzen kann. Ich muss nur im richtigen Moment von einem zum anderen sprinten. Leider ist das Getreidefeld wahnsinnig groß, weshalb ich eine Menge Sprints hinlegen muss und danach völlig fertig bin.

Zwei Äcker und ein Maisfeld später nimmt Jascha Kurs auf ein Wäldchen. Es liegt malerisch inmitten von Blumenwiesen und zum Glück weit weg von Bauer Fröhlichs Hof. Meine Sorge, dass die Bären den armen Mann ausplündern könnten, ist also unbegründet. Denke ich. Leider irre ich mich. Der Grund für den Ausflug der Bären sind drei Bienenstöcke, die im Schatten der Bäume am Wiesenrand stehen.

Die hellen Holzkästen sind seitlich beschriftet und mit einem Bild versehen, dem Markenzeichen des Besitzers. Anders als mein genialer Bruder kann ich zwar nicht lesen, aber die Zeichnung erkenne ich sofort. Es handelt sich um ein Bild von Rotkäppchen, was mich an Bauer Fröhlichs Heuballenskulptur denken lässt. Hier also stehen seine Bienenstöcke, was auch erklärt, warum sein Keller voller Honig ist.

Wassilis dröhnendes Lachen reißt mich aus meinen Gedanken.

»Jascha! Brüderchen!«, ruft der Älteste. »Komm an meine Brust!«

Wassili und Jascha umarmen sich, was einerseits nach Ringkampf und andererseits irgendwie albern aussieht. Grigori gesellt sich hinzu, hebt die Pranke und prügelt Jascha anerkennend auf die Schulter. Ich würde diese freundliche Geste nur mit viel Glück überleben.

»An die Arbeit!«, ruft Wassili. Er schiebt Jascha beiseite, läuft zu den Bienenstöcken und beginnt, die mit Steinen beschwerten Dächer herunterzureißen.

Die Wolke empörter Bienen, die im nächsten Moment aufsteigt und sofort zum Angriff übergeht, interessiert den Bären kaum. Als er ein paar Stiche in die Nase kassiert, schnauft er unwirsch, hört aber nicht auf, die Bienenstöcke auseinanderzunehmen.

»Helft mir mal«, ruft er, während ihm der Duft des Honigs in die Nase steigt und seine Sinne vernebelt. Ich erkenne es daran, dass sich seine Gesichtszüge verändern. Es ist dieselbe urplötzliche Verwandlung wie gestern im *Acapulco*.

Allerdings ist das, was heute passiert, noch sehr viel beunruhigender, denn auch Jascha und Grigori geraten in einen Honigrausch. Und da die Bären glauben, unbeobachtet zu sein, haben sie keine Hemmungen, sich gehen zu lassen.

Ich muss mitansehen wie den Brüdern der Geifer aus den

Mäulern tropft und ihre Augen schwarz vor Gier werden, während sie ihre Klauen und Zähne in die Bienenstöcke schlagen. Sie zerreißen die Holzkisten, als wären es Pappkartons, und machen sich berauscht über die herausfallenden Honigwaben her.

Je mehr Kästen zu Bruch gehen, desto größer wird die Wolke der wütenden Bienen. Alle Versuche, die Wassilis zu vertreiben, bewirken jedoch nur das Gegenteil. Jeder Stich macht die Bären nur noch wütender. Rasend vor Gier, zertrümmern sie auch die letzten Kästen und zertreten die Holzrahmen mit den Honigwaben. Um die lästigen Insekten abzuschütteln, wälzen die Bären sich nach den Bienenattacken im Gras. Scharen von Bienen werden dabei plattgewalzt. Die übrigen Insekten lassen trotzdem nicht locker. Immer wieder greifen sie an, weshalb die Wassilis irgendwann genug davon haben, gestochen zu werden. Sie beeilen sich, die leeren Gläser mit Honig und Wabenbruchstücken vollzustopfen. Was danach noch herumliegt, wird an Ort und Stelle verschlungen.

Als die drei sich mit ihrer Beute davonmachen und geradewegs auf mein Versteck zusteuern, muss ich mich tief ins Gras ducken, um nicht entdeckt zu werden. Die vorbeipolternden Bärentatzen verfehlen mich nur um Haaresbreite. Für einen Moment befürchte ich, die Wassilis könnten mich wittern, aber dann wird mir klar, dass das längst passiert wäre, wenn der Honig ihnen nicht die Sinne zugekleistert hätte.

Die drei haben sich gerade einen monstermäßigen Zuckerflash beschert. Morgen früh werden sie sich fühlen, als würden ihnen die Köpfe platzen. Aber wenn ich mir ihr Zerstörungswerk so aus der Nähe betrachte, dann gönne ich ihnen den größten Kater der Weltgeschichte.

Obwohl Insekten zu meinem Speiseplan gehören, habe ich Mitleid mit den Bienen. Sieht traurig aus, wie sie ratlos und in kleinen Wolken herumschwirren und die Reste ihres Bienenhauses erkunden.

Eine Stimme reißt mich aus meinen Gedanken. »Und was jetzt?«

Aurin. Der Rabe sitzt über mir in einer Birke. Hab ihn gar nicht kommen sehen. »Ach, du schon wieder.«

»Ja, ich schon wieder.« Er blickt herab auf das Desaster.

»Das war ich nicht«, sage ich.

»Ich weiß«, erwidert er. »Komisch nur, dass du trotzdem ein schlechtes Gewissen hast.«

»Hab ich das?«

»Weißt du doch selbst.«

Aurin hat recht. Ich mache mir Vorwürfe, weil ich Wassili das *Acapulco* und den Honig gezeigt habe. Vermutlich hätte er sowieso spitzgekriegt, dass in meinem Laden was zu holen ist, aber wer weiß, vielleicht wären die Bären auch einfach weitergezogen, wenn ich nicht vor Wassili mit meinem Club geprotzt hätte.

»Ist nicht deine Schuld«, sagt Aurin.

»Und warum hab ich dann ein schlechtes Gewissen?«

»Sag du es mir.«

»Ich weiß es nicht. Deswegen habe ich ja dich gefragt.«

»Ich vermute, weil dir Bauer Fröhlich leidtut«, antwortet der Rabe. »Du kannst ja gut nachfühlen, was in ihm vorgeht.«

»Red keinen Quatsch, ich kenn den doch kaum.«

»Aber du weißt, was er fühlt. Du hast auch Dinge verloren, die dir wichtig waren. Deine große Liebe. Deine Heimat, deine ...«

»Der Vergleich hinkt«, unterbreche ich. »Mir geht es

ziemlich gut, was man von Bauer Fröhlich nicht behaupten kann.«

»Aber es ging dir nicht immer so gut. Und was den Bauern betrifft, das wird schon wieder. Der braucht noch etwas Zeit.«

Nachdenklich betrachte ich die zertrümmerten Bienenstöcke. Schon krass, dass man in wenigen Sekunden alles verlieren kann, wofür man sein ganzes Leben lang geschuftet hat.

»Und dennoch muss das nicht das Ende sein«, sagt Aurin, der offenbar meine Gedanken lesen kann. »Sieh mal genau hin.«

Ich sehe, wie die Bienen, die eben noch verwirrt umherschwirrten, damit beginnen, Ordnung zu schaffen. Unglaublich. Gerade ist ihre Welt zertrümmert worden, jetzt sind sie schon wieder dabei, eine neue zu bauen. Bauer Fröhlich könnte sich vom Optimismus seines Bienenvolkes eine Scheibe abschneiden. »Was hat er eigentlich verloren?«, will ich von Aurin wissen.

Keine Antwort.

»Bauer Fröhlich, meine ich.«

Immer noch keine Antwort.

Als ich den Kopf hebe, ist der Rabe verschwunden.

45

Auf dem Rückweg fällt mir ein, wie Jascha seinem älteren Bruder den Fundort des Honigs beschrieben hat: Da, wo wir der Herde begegnet sind, in Richtung Norden. Ich frage mich, von welcher Herde Jascha gesprochen hat. Die Wölfe hätte er doch wohl eher als Rudel bezeichnet.

Eine ganze Weile folge ich dem Bach nach Osten, bis ich zu einer eingezäunten Wiese komme, auf der Schafe weiden. Ich winke freundlich. »Hi!«

Mehrere Schafsköpfe heben sich. Ich werde interessiert gemustert. Dann senken sich die Köpfe auch schon wieder, und die Schafe fahren unbeirrt mit ihrer Mahlzeit fort.

»Entschuldigung. Ich hätte mal eine kurze Frage«, rufe ich.

Wieder heben sich die Köpfe. Diesmal tauschen die Schafe auch untereinander Blicke: Und? Wer kümmert sich um den Knaben?

Es dauert eine Weile, bis sich ein Schaf von der Herde löst und auf mich zu trottet. »Was gibt's denn?«, fragt es kauend.

»Hi. Ich bin Ray«, sage ich. »Ich komme aus einem Wald weiter im Westen und wollte mal fragen, ob hier gestern irgendwas Ungewöhnliches passiert ist.«

»Sind Sie von der Polizei?«, will das Schaf wissen.

»Nein. Ich frage nur aus Interesse«, antworte ich.

Ein weiteres Schaf hebt den Kopf und beäugt uns aus

sicherer Entfernung. »Was ist denn los, Renate? Was will der von uns?«

»Schon gut. Er ist von der Polizei«, ruft Renate zurück. »Ich glaube, es ist wegen Bodo.«

»Ich bin nicht von der Polizei«, sage ich.

Das andere Schaf kommt in einem erstaunlichen Tempo angetrabt. »Wirklich? Sie sind von der Polizei?«

»Nein, ich bin nicht von der Polizei«, wiederhole ich langmütig.

Renate hat immer noch nicht zugehört. »Jetzt frag doch nicht so blöd, Gisela. Natürlich ist er von der Polizei. Das sag ich doch die ganze Zeit.«

»Verstehe. Was wollen Sie denn?«, fragt Gisela.

»Wissen, ob hier gestern irgendetwas Ungewöhnliches vorgefallen ist«, wiederhole ich.

»Sind Sie eigentlich ein Kommissar?«, will sie wissen.

»Nein, ich bin kein Kommissar«, sage ich.

»Etwa Hauptkommissar?«, hakt Renate nach. Sie klingt ehrfürchtig.

Beide sehen mich erwartungsvoll an.

Ach, was soll's. »Ja, so ist es, ich bin Kriminalhauptkommissar.«

»Gott sei Dank«, sagt Renate. »Endlich kümmert sich mal jemand.«

»Wurde aber auch langsam Zeit«, pflichtet Gisela ihr bei.

»Inwiefern?«, frage ich.

»Wir sind ja hier schon länger unseres Lebens nicht mehr sicher«, sagt Renate.

»Genau. Der Bauer vergisst immer, uns abends in den Stall zu bringen«, erklärt Gisela. »Wir müssen dann hier übernachten und sind völlig schutzlos allem ausgeliefert – nicht nur Wind und Wetter.«

»Sondern?«

Sie beugt sich herab und flüstert: »Wilden Tieren.«

»Hier gibt es Wölfe«, verrät Renate mit gedämpfter Stimme. »Zwei von uns haben sie sich schon geholt. Vorletzten Monat die Ingrid. Und davor die …«

»Die Helga«, springt Gisela ihr bei.

»War das nicht die Gitti?«

»Nein, es war die Helga. Gitti steht irgendwo da hinten.«

»Also gut, dann war es eben die Helga.«

»Genau. Und gestern musste Bodo dran glauben.«

»Heißt das, gestern waren auch Wölfe hier?«, frage ich.

»Gestern? Nein, nicht, dass ich wüsste.« Renate wirft einen Blick zu Gisela. »Oder hast du gestern Wölfe gesehen?«

Gisela schüttelt den Kopf. »Nö. Gestern waren da nur die Bären, die Bodo gekillt haben. Da wären die Wölfe ja schön blöd gewesen, wenn sie sich hätten blicken lassen.«

»Und was waren das für Bären?«, frage ich.

»Die kamen hier zufällig vorbei«, sagt Renate. »Der eine hieß Vladimir oder so ähnlich. Bodo hat sich mit ihm angelegt, weil er den Zaun niedergetrampelt hat – da vorne – und sich nicht mal dafür entschuldigen wollte.«

»Und wer ist Bodo?«, frage ich.

»Nicht *ist*, sondern *war*«, korrigiert Gisela. »Bodo war unser stellvertretender Herdenführer. Ein sehr korrekter Hammel. Demnächst hätte er Erster Herdenführer werden sollen.«

»Aber jetzt hat ihn ja dieser Vladimir in Stücke gerissen«, ergänzt Renate.

»Und das ist nur passiert, weil Bodo sich über den Zaun beklagt hat?«

»Na ja, er hat diesen Vladimir schon auch provoziert«, gibt Renate zu.

»Und dem ist dann irgendwann der Kragen geplatzt«, ergänzt Gisela.

»Ja, das war richtig … Uuuuhhh«, sagt Renate. »Ganz plötzlich hatte der Bär Schaum vorm Maul und pechschwarze Augen. Und dann dauerte es nur noch einen Wimpernschlag, bis hier alles voller Blut war. Der ganze Fluss: blutrot.«

Gisela schüttelt es bei dem Gedanken daran. »Das war wirklich nicht schön anzusehen.«

»Und dann sind die Bären weitergezogen?«, frage ich.

»Also, von uns hat sich keiner getraut, noch was zu sagen. Was soll man da auch machen? So was kann eben passieren«, erwidert Gisela. »Bodo hätte einfach die Klappe halten sollen, dann wäre er jetzt noch am Leben.«

Renate nickt. »Am besten ist es, wenn man sich dumm stellt. Ich bin damit immer gut gefahren.«

»Vielen Dank für den Tipp«, sage ich. »Sie haben mir sehr geholfen.«

Gisela stutzt. »Ähm, brauchen Sie denn von uns keine Beschreibung dieses Killerbären?«

»Nicht nötig. Ich weiß, wer er ist, und kümmere mich persönlich um den Fall. Versprochen.«

»Vielen Dank, Herr Kommissar«, sagt Renate.

»Dafür nicht«, erwidere ich und mache mich auf den Rückweg.

»Komischer Typ«, höre ich Gisela raunen. »Glaubst du wirklich, der ist bei der Polizei?«

»Auf keinen Fall«, antwortet Renate. »Wenn du mich fragst, dann hat der uns was vorgemacht.«

46

Meine Vermutung, dass die Wassilis gerade dabei sind, ihren erbeuteten Honig im *Acapulco* zu verstauen, ist richtig. Als ich den Club betrete, bin ich verdammt wütend. Ganz sicher nicht so wütend wie Wassili, wenn der einen seiner Ausraster hat, aber wütend genug, um die Bären sofort an die frische Luft zu setzen. In Zukunft werde ich besser auf mein Bauchgefühl hören.

»Ray! Kumpel!«, ruft Wassili mit schwerer Zunge.

Den tennisballgroßen Augen nach zu urteilen, schwimmt sein Hirn förmlich in Honig. Rufus hat mir mal erklärt, dass der Zucker Glückshormone freisetzt, irgendein Zeug mit einem komischen chemischen Namen. Hab ihn mir nicht gemerkt. Aber in Wassilis Kopf muss gerade eine Menge davon herumschwappen.

»Schau mal, was wir hier haben«, sagt der Älteste und zeigt mit der Pranke zum Darkroom, wo Grigori und Jascha im Schein unserer Notbeleuchtung Honiggläser stapeln.

»Ihr habt Nachschub besorgt«, stelle ich fest. »Wie nett.«

»Dürfte eine Weile reichen«, freut sich Wassili.

Eine Weile? Mit den Mengen an Honig, die die Bären angeschleppt haben, könnte der gesamte Wald ein Jahr lang Party machen. Locker. Bliebe bestimmt noch genug übrig für ein paar von Rufus' Sommerfesten. »Nehmt euch doch ein paar Gläser davon mit, wenn ihr weiterzieht«, sage ich. »Als Proviant.«

Wassili stutzt. Er sieht mich an und scheint daran zu arbeiten, mich scharfzustellen. »Wir ziehen aber nicht weiter«, sagt er schließlich. »Gefällt uns ganz gut hier.«

»Doch«, erwidere ich. »Das hier ist mein Club, und ich möchte, dass ihr jetzt geht. War nett mit euch, aber nun heißt es Abschied nehmen. Also, macht's gut, viel Glück und adieu.«

Wassili stiert mich unbewegt an. Dauert eine Weile. Dann lacht er dröhnend. »Sorry, Kumpel. Aber ich hab gerade echt gedacht, dass du das ernst meinen könntest. Witzig, oder?«

»Nicht witzig«, sage ich. »Wenn ihr nicht aus meinem Laden verschwindet, wird die gesamte Waldgemeinschaft erfahren, dass ihr Lügner, Betrüger, Diebe und Mörder seid. Ich weiß, woher dieser Honig stammt. Und ich weiß auch, dass ihr gestern flussaufwärts keinen gefährlichen Wölfen begegnet seid, sondern nur ein paar harmlosen Schafen. Eins davon hat diese Begegnung nicht überlebt, deshalb das Blut im Bach.

Wassili sieht mich an, und für einen Moment befürchte ich, dass er sich jetzt in einen geifernden, schwarzäugigen Killerbären verwandelt und sich brüllend auf mich stürzt. Sicherheitshalber verlagere ich unauffällig mein Gewicht, um im Fall der Fälle besser lossprinten zu können – möchte ja nicht, dass es mir wie dem armen Bodo ergeht. Aber die Glückshormone scheinen Wassili milde zu stimmen.

»Soso, du willst uns also loswerden.«

»Du hast es erfasst.« Kleine Kunstpause. »Kumpel.«

»Gibt nur zwei Problemchen«, sagt er gemütlich. »Zum einen hast du niemanden, der deine Geschichte bestätigt, während wir beschwören werden, dass wir die Wahrheit sagen. Zum anderen werden die Waldbewohner glauben, dass du nur sauer auf uns bist, weil du deinen Club an uns verloren hast.«

Ich lasse Luft durch die Mundwinkel entweichen und frage: »Dass ich meinen Club an euch verloren habe? Wann soll das denn passiert sein?«

»Kurz bevor du kamst, sind wir uns mit den Waschbären einig geworden, dass ab jetzt wir in dieser Höhle das Sagen haben. Hab ich recht, Jungs?«

Bernie schält sich aus dem Halbdunkel. Ich sehe, dass die Bären ihm übel mitgespielt haben. Ein Auge ist zugeschwollen, an der Nase klebt verkrustetes Blut. Er nickt tapfer. »Sorry, Ray, aber die Wassilis haben uns … ähm … überzeugt, dass es besser ist, wenn wir von jetzt an nur noch mit ihnen zusammenarbeiten.« Er versucht ein Lächeln, und ich sehe, dass ihm ein Backenzahn fehlt. »Ich hoffe, das ist okay für dich.«

»Da hörst du es«, sagt Wassili. »Ab sofort steht das *Acapulco* unter neuer Leitung.«

»Echt jetzt? Du versuchst, mich aus meinem eigenen Laden rauszuwerfen?«

»Ist schon passiert, Ray. Es ist nicht mehr dein Laden. Je eher du es begreifst, desto besser. Aber keine Sorge, ich mag dich. Du bist unser Kumpel, und ich werde dich nicht im Regen stehen lassen. Deshalb mache ich dir ein Angebot. Komm zurück und arbeite als Manager für mich. Du weißt, wie der Laden läuft, und ich bin sicher, du wirst alles tun, um den *Wassili-Club* weit über die Grenzen dieses Waldes hinaus bekannt zu machen. Was hältst du davon?«

»Hast du gerade *Wassili-Club* gesagt?«

»Ist noch nicht sicher, ob wir ihn umbenennen«, entgegnet der Bär. »Aber sicher ist, dass der Darkroom von nun an *Wassili-Lounge* heißt. Zugang nur für VIPs.«

»Du kannst mir nicht einfach meinen Club wegnehmen«, sage ich. »Es gibt Gesetze in diesem Wald, und an die müssen sich alle halten. Selbst ihr macht da keine Ausnahme.«

»Überleg dir das mit dem Managerposten in aller Ruhe«, sagt Wassili. »Aber überleg nicht zu lange. Der Job ist begehrt. Der Manager bekommt nämlich automatisch VIP-Karten.«

»Damit kommt ihr nicht durch«, sage ich und wende mich zum Gehen.

»Wieso durchkommen?«, erwidert Wassili. »Wir haben nichts Unrechtes getan.«

»Wird sich zeigen.«

Betont langsam schlendere ich zum Ausgang. Der Älteste soll nicht denken, dass ich Angst vor ihm habe.

»Ach, Ray? Da wäre noch eine Kleinigkeit.«

Wieder dieser brummige, gemütliche Tonfall. Macht er das eigentlich nur, um mir auf den Senkel zu gehen? Oder ist das so eine Mafiosi-Nummer?

»Ja?«

»Unsere Waschbärkumpels haben uns verraten, dass es höchstens einen Tag dauert, diese leckeren gelben Pillen herzustellen, die Jascha so gern mag.«

»Da haben die Waschbären sich geirrt«, lüge ich wie aus der Pistole geschossen.

»Glaub ich nicht«, erwidert Wassili. »Bring doch einfach eine große Portion davon mit, wenn du deinen neuen Job als Manager antrittst. Dann können wir das zusammen in der *Wassili-Lounge* feiern.«

47

Rufus steht in Feldherrenpose und mit verschränkten Vorderpfoten auf unserem Panzer und genießt die Nachmittagssonne. Er scheint auf etwas zu warten. Da er Cape und Klettgurt trägt, muss es was Offizielles sein.

»Ich möchte mehrere Straftaten melden«, sage ich.

Das Wort »Straftat« habe ich bei Rufus aufgeschnappt. Fachchinesisch. Genauso wie »Schanklizenz« oder »Sonderverordnung«. Rufus steht auf solche Wortmonster, stört mich aber nicht, solange die Bären am Schluss einen sonderverordneten Arschtritt bekommen.

»Du hast zwei Minuten«, antwortet Rufus. »Ich bin mit Grete zu einer Dienstbesprechung verabredet, und sie müsste jeden Moment eintreffen.«

»Dienstbesprechung, soso. Ist das jetzt das neue Wort für 'n Date mit deiner Chefin?«

Er ignoriert die Bemerkung. »Zwei Minuten, Ray.«

Im Zeitraffer erzähle ich meinem Bruder von den Untaten der Wassilis. Vom Raubüberfall auf die Bienenstöcke, vom Mord am armen Bodo und von der feindlichen Übernahme meines Clubs.

Rufus hört sich in Ruhe an, was ich zu sagen habe, dann fragt er: »Und was soll ich deiner Meinung nach tun?«

»Die Bären zur Rechenschaft ziehen. Was denn sonst? Hol Fritz und die Keiler und lass sie die Wassilis aus dem Wald jagen.«

»Und weswegen?«

»Diebstahl? Raub? Mord? Such dir was aus.«

Rufus zupft an seinem Staatsdienerumhang herum. »Mindestens zwei dieser Verbrechen sind außerhalb dieses Waldes und damit auch außerhalb unseres Zuständigkeitsbereichs verübt worden.«

»Wie bitte? Soll das heißen, in anderen Wäldern dürfen die Bären tun und lassen, was sie wollen?«

Rufus zieht die Schultern hoch. »Was weiß denn ich, was diese Bären angestellt haben, bevor sie in unseren Wald gekommen sind? Wichtig ist, dass sie sich hier korrekt verhalten. Und soweit ich das überblicke, tun sie das.«

»Mord ist Mord, Rufus. Und für den Mord an Bodo gibt es Augenzeugen.«

»Aber du sagst selbst, dass die beiden Schafe einen extrem verwirrten Eindruck gemacht haben. Könnte sich die Sache vielleicht anders zugetragen haben?«

»Glaubst du mir etwa nicht?«

»Natürlich glaube ich dir. Ich frage nur, ob es berechtigte Zweifel gibt. Das würde ich ja auch tun, wenn du eines Mordes beschuldigt würdest.«

Auch wieder wahr. »Was ist mit dem Honigraub?«, frage ich.

»Was soll damit sein?«

»Liegt der auch außerhalb deines Zuständigkeitsbereiches?«

»Allerdings«, antwortet Rufus. »Und darüber solltest du froh sein, denn deine Leute haben diesen Bauern beklaut, lange bevor es die Wassilis getan haben. Würde ich die Bären deswegen anklagen, müsste ich also auch dich und deine Waschbärenfreunde dafür belangen.«

»Moment. Wir haben hin und wieder ein Glas Honig

mitgehen lassen, das stimmt. Aber die Wassilis sind über ein ganzes Bienenvolk hergefallen und haben es nicht nur komplett ausgeraubt, sondern alles kurz und klein geschlagen. Das kannst du ja wohl nicht vergleichen.«

»Wie gesagt, was die Bären außerhalb unserer Waldgrenzen machen …«

»Schon gut«, unterbreche ich. »Lassen wir das. Reden wir vom *Acapulco*. Immerhin liegt das definitiv innerhalb der Waldgrenzen und damit in deinem Zuständigkeitsbereich, richtig?«

»Korrekt«, sagt Rufus. »Das Problem ist, dass die Eigentumsverhältnisse des *Acapulco* ungeklärt sind. Ursprünglich wurde die Höhle allein von den Waschbären genutzt, die deine Idee, einen Club daraus zu machen, unterstützt haben. Jetzt aber unterstützen sie die Wassilis …«

»Weil sie dazu gezwungen wurden«, werfe ich ein.

»Was du nicht beweisen kannst«, kontert mein Bruder.

»Und dass die Bären mich aus meinem eigenen Club geworfen haben? Ist das nicht Höhlen- und Clubbesetzung und damit illegal?«

»Die Wassilis scheinen sich darauf zu berufen, dass die Höhle dir ebenso wenig gehört wie das *Acapulco*«, erklärt Rufus. »Du betreibst in dieser Höhle einen Club, mehr nicht.«

»Eben. Und jetzt betreiben ihn die Wassilis. Ohne meine Einwilligung.«

»Die brauchen sie zwar nicht, aber um einen Streit mit dir zu vermeiden, haben sie dir die Stelle als Manager angeboten.«

»Und wenn ich keine Lust habe, für diese blöden Bären zu arbeiten?«

»Dann lass es. Niemand zwingt dich.«

»Was ist mit meiner Veranstaltungstechnik? Müssen sie die rausrücken?«

»Mit deiner … was?« Rufus rümpft die Nase.

»Verstärker, Boxen, Lightshow und die Slackline«, zähle ich auf. »Gehört nicht das wenigsten mir?«

»Ich würde sagen, es gehört ebenso dir, wie es all jenen Tieren gehört, die geholfen haben, das Autowrack auszuschlachten. Das übrigens nicht von dir, sondern von den Waschbären entdeckt wurde.«

Ich merke, dass mir langsam die Argumente ausgehen. »Gut. Was ist damit, dass die Bären keine Schanklizenz haben?« Ich fürchte, das ist der letzte Pfeil in meinem Köcher.

»Sie könnten eine eigene Lizenz beantragen.«

»Aha! Aber die bekommen sie nicht, richtig?«, rate ich.

»Wüsste nicht, warum ich sie ihnen verweigern sollte.«

»Sag mal, Rufus, auf welcher Seite stehst du eigentlich?«, frage ich genervt.

»Ich stehe auf der Seite des Gesetzes«, antwortet Rufus und zupft sein Cape zurecht. »Aber, Ray, mal unter uns. Kann es sein, dass du sauer auf diese Bären bist, weil sie dir den Rang ablaufen?«

Offenbar verkennt mein Bruder völlig den Ernst der Lage. »Hier geht es nicht um mich, Rufus. Wir müssen uns was einfallen lassen, um diesen Bären das Handwerk zu legen. Kannst du die Gesetze nicht anders auslegen?«

»Wie stellst du dir das vor?«, fragt er. »Ich kann doch das Gesetz nicht verbiegen, nur weil meinem Bruder irgendwelche Bären nicht in den Kram passen.«

»Das sind nicht irgendwelche Bären«, erwidere ich. »Das sind gefährliche und brutale Typen, die uns alle für dumm verkaufen. Die spielen nur die netten Kuschelbären. In Wirklichkeit werden sie bald die Bosse des Waldes sein …«

Rufus will etwas erwidern, aber Rocky kommt ihm zuvor. »Haben wir etwa schon wieder einen neuen Boss?« Unser Clanchef hat gerade den Panzer erklommen und dabei ein paar Gesprächsfetzen aufgeschnappt. Jetzt balanciert er auf dem Kanonenrohr, um auf der Spitze ein Sonnenbad zu nehmen. Selbstverständlich lässt er dabei seine beachtlichen Brustmuskeln spielen. »Wer ist es denn diesmal?«

»Ich hab Rufus gerade erzählt, dass die Wassilis die Waldherrschaft an sich reißen wollen.«

»Ray übertreibt ein bisschen«, hält Rufus dagegen. »Die Wassilis sind in seinen Club gezogen, und das nimmt er ihnen übel.«

»Genau. Und Rufus will nichts dagegen unternehmen, weil er behauptet, es ist nicht gegen das Gesetz, mir den Club wegzunehmen. Stell dir das mal vor.«

Rocky blinzelt in die Sonne und lässt abwechselnd seine Brustmuskeln wippen. Das dauert. Schließlich sagt er: »Wenn es nicht gegen das Gesetz ist, dass die Bären dir deinen Laden wegnehmen, dann ist es doch bestimmt auch nicht gegen das Gesetz, dass du ihn dir zurückholst, oder?«

Ich schaue zu Rufus.

Der sieht das große Fragezeichen in meinem Gesicht und antwortet: »Theoretisch …«

Wow, denke ich. Rockys Geistesblitze sind wie Meteoriteneinschläge. Selten, aber dann mit Wumms.

»Ich würde diesen Typen einfach was auf die Nuss geben und ihnen einen Arschtritt verpassen«, fügt Rocky hinzu.

Offenbar war es das dann auch mit seinen Geistesblitzen für heute. Aber der eine hat mir geholfen. Ich überlege. Wenn ich den Wassilis wirklich in den Arsch treten will, dann kann ich das nicht alleine machen. Und während ich noch darüber grübele, was ich tun soll, kommt mir der Zufall zu Hilfe.

»Hi, Rufus.« Die angenehme Stimme unserer Oberbeschützerin flattert über die Savanne.

»Grete!«

Im Gesicht meines Bruders geht sofort die Sonne auf. Und sogleich wieder unter. Grete hat jemanden mitgebracht, Jens Spanner, der »Hallöchen zusammen« ruft und mit seinen Gelbhalsmauspfötchen in der Luft herumfuchtelt.

»Wir müssen unsere Dienstbesprechung leider verschieben«, erklärt Grete mit aufrichtigem Bedauern. »Wir haben ein Problem.«

Rufus kann seine Enttäuschung nur mühsam verbergen. Aber wie es sich für einen höheren Verwaltungsbeamten gehört, reißt er sich zusammen und geht professionell zur Tagesordnung über. »Was gibt es denn?«

»Ich muss melden, dass mir heute ein Bär die Terrasse zertreten und meinen Wintervorrat geklaut hat«, sagt Jens Spanner. »Es war eine brandneue und sehr schöne Terrasse. Ray kann das bezeugen. Nicht wahr, Ray?«

Rufus wirft mir einen Seitenblick zu.

Ich nicke. »Da hat der Jens völlig recht. Das war wirklich eine sehr, sehr schöne Terrasse. Und sie war brandneu. Ich hatte noch gar keine Zeit, sie mit Jens zusammen einzuweihen. Und jetzt ist es zu spät. Jammerschade.«

Spanner wirft mir einen dankbaren Blick zu, während Rocky zu überlegen scheint, was hier gerade vor sich geht.

Ich hatte zwar gehofft, dass Spanner wieder in seine alte Rolle als Miesepeter zurückfallen würde und wir die Verbrüderung vom Wahlabend vergessen könnten, aber die gemeinsame Abneigung gegen den Wassili-Clan könnte unserer Kumpelfreundschaft neuen Auftrieb geben.

»Wissen Sie, welcher Bär es war?«, fragt Rufus.

Spanner schüttelt den Kopf. »Der Jüngste, glaube ich. Aber ehrlich gesagt, kann ich die drei nicht auseinanderhalten.«

»Und die Geschichte geht noch weiter!«, sagt die Waldchefin. »Der Bär hat Herrn Spanner befohlen, in Zukunft täglich Bucheckern im *Acapulco* vorbeizubringen, andernfalls wird seine Terrasse noch öfter zertreten werden.«

»Schutzgelderpressung?«, sagt Rufus.

»Schlimme Sache!«, kommentiere ich und kassiere einen mahnenden Blick von Rufus.

»Und das haben die nicht nur bei mir so gemacht«, sagt Spanner.

»Es gibt mindestens drei weitere Fälle, in denen die Bären die gleiche Masche abgezogen haben«, ergänzt Grete. »Das geht gar nicht.«

»Sie sagen, sie wollen in der Höhle überwintern und brauchen jede Menge Vorräte«, erklärt Spanner. »Sobald es kalt wird, wollen sie uns in Ruhe lassen. Aber dann ist es ja für uns zu spät, noch Vorräte anzulegen. Sollen jetzt alle hier hungern, damit es den Bären blendend geht?«

Rufus sieht mich an. »Vielleicht liegst du ja doch nicht so falsch.«

Gut, dass wir das geklärt haben. »Ich denke, diese kriminellen Bären sollten jetzt die volle Härte des Gesetzes zu spüren bekommen.«

Rufus springt vom Panzer, sein Cape flattert effektvoll. »Wir gehen!«

48

Vor dem *Acapulco* erwartet uns eine böse Überraschung. Am Ufer des größten der drei Spaßbäder liegen sieben völlig erschöpfte und schwer malträtierte Keiler, unter ihnen Herrmann und sein Sohn Fritz.

Als wir eintreffen, zischt gerade ein achter Keiler wie eine Rakete durch den Wasserfall und landet im zweiten Becken. Prustend und fluchend klettert er an Land.

Die Wildschweine sind mit Schürf- und Kratzwunden übersät, in ihren Gesichtern blühen blau und grün schimmernde Flecken. Einem der Keiler fehlt ein Hauer, und Fritz ist ein Stück vom linken Ohr abhandengekommen. Da, wo sich zuvor die Spitze befand, ist jetzt eine blutverkrustete Bisswunde.

»Was ist denn hier passiert?«, fragt Grete unheilvoll.

Ich habe mich ihr, Rufus und Jens angeschlossen, um mitzuerleben, wie die Wassilis aus meinem Club geworfen werden. Der Anblick der Keiler stimmt mich allerdings skeptisch.

Der achte Keiler trabt geschunden und leicht humpelnd an uns vorbei und grunzt: »Keine Sorge, jetzt werde ich es denen zeigen.« Dann verschwindet er hinterm Wasserfall.

»Die Bären haben Hermine und die Entenküken verjagt, die hier schwimmen wollten«, erklärt Fritz mit schwerer Zunge. »Diese Wassilis behaupten, dass das *Acapulco* und die Spaßbäder ab heute Privatbesitz sind. Gilt übrigens auch für die Brücke flussaufwärts. Wer baden oder den Bach überqueren will, muss eine Gebühr bezahlen.«

»Sie haben die Kinder verjagt?«, fragt Grete wütend.

Der achte Keiler taucht wieder auf. Auch diesmal zischt er durch den Wasserfall, dreht sich jedoch im Flug mehrmals und verfehlt nur knapp das felsige Ufer. Mit dem Hinterlauf knallt er gegen einen Stein und jault auf. Ein Stück weiter, und er hätte sich mehrere Knochen gebrochen. Er rappelt sich auf, schüttelt sich und kraxelt humpelnd an Land.

Fritz nickt. »Wer hier schwimmen will, der soll zahlen, ganz gleich, ob Kinder oder Erwachsene.«

Der achte Keiler verschwindet mit den Worten »so Leute, jetzt ist Schluss mit lustig« erneut hinterm Wasserfall.

»Das mit den Gebühren wollten wir uns nicht gefallen lassen«, mischt Herrmann sich ein. »Also sind wir rein, um sie zur Rede zu stellen. Aber da war nichts zu machen.«

Der achte Keiler zischt wieder durch den Wasserfall und landet hinter seinen Kumpels im Spaßbecken. Wütend kommt er auf die Beine und ruft: »Das hier ist noch nicht vorbei!«

»So Carsten, jetzt hör mal auf mit dem Quatsch!«, ruft Fritz seinem hartnäckigen Kumpel zu.

Der Angesprochene überlegt kurz, dann sieht er ein, dass Fritz recht hat. Mit hängendem Kopf schleicht auch der achte Keiler zum Ufer.

»Ihr seht es ja«, sagt Herrmann. »Wer sich mit denen anlegt, holt sich eine blutige Nase. Mindestens.«

»Was bilden die sich ein?« Energisch stemmt Grete ihre Vorderpfoten in die Hüften. »Hat jemand eine Idee, was wir tun können?«

»Wir haben es zu acht versucht«, antwortet Herrmann.

»Viel mehr geht nicht. Wenn ihr mich fragt, dann kann uns jetzt nur noch der Drache helfen.«

Gretes Miene hellt sich auf. »Das ist eine sehr gute Idee.« Sie blickt zu Rufus. »Wir lassen den Drachen Feuer spucken. Dann werden diese Bären schon begreifen, dass sie hier nicht machen können, was sie wollen.«

Grete sucht nach Anzeichen der Begeisterung in Rufus' Gesicht, findet aber keine. Der Grund liegt auf der Pfote: Nur Rufus, Rocky und ich wissen, dass der Drache den Geist aufgegeben hat. Wobei ich mir bei Rocky nicht ganz sicher bin. Vielleicht wusste er es mal und hat es wieder vergessen. Wie dem auch sei, jetzt heißt es für Rufus: Farbe bekennen.

»All-soo«, sagt mein genialer Bruder, und ich sehe ihm an, dass er seiner Geliebten die folgende Enttäuschung gern ersparen würde. »Es gibt da ein kleines Drachenproblem …«

Alle hängen an seinen Lippen, während Rufus nach den richtigen Worten sucht. »Im Grunde ist es so, dass der Drache – wie soll ich sagen – tot ist.«

Grete ist verwirrt. »Was soll das heißen, tot?«

»Tot im Sinne von: Er kann kein Feuer mehr spucken«, erklärt Rufus. »Im Grunde kann er überhaupt nichts mehr. Wir haben das nur nie erwähnt, weil wir dachten, solange alle glauben, dass der Drache jederzeit Feuer spucken kann, wird es niemand wagen, die Waldherrschaft an sich zu reißen.«

Die Keiler machen verblüffte Gesichter. Seit wir die Keilerschanze in Schutt und Asche gelegt haben, leben sie in dem Glauben, dass wir über die größte Zerstörungskraft des gesamten deutschen Waldes verfügen. Die Wahrheit ist, dass wir auf einem mausetoten Drachen sitzen und einen auf dicke Hose machen.

»Ich entschuldige mich ausdrücklich«, fügt Rufus hinzu.

Grete überlegt, dann sagt sie: »Und warum soll das nicht auch bei den Wassilis klappen?«

Mein supercleverer Bruder steht ausnahmsweise mal auf der Leitung. »Äh ... was?«

»Auch die Bären wissen nicht, dass der Drache kein Feuer spucken kann«, erklärt Grete. »Also werden wir ihnen damit drohen, das *Acapulco* in Schutt und Asche zu legen, wenn sie nicht verschwinden.«

»Cooler Plan!«, rutscht es mir raus.

»Da würde ich mich anschließen.« Jens Spanner freut sich. Wäre er nicht zu klein dafür, würde er mich jetzt bestimmt kumpelhaft in die Seite knuffen.

Auch Rufus nickt und wirkt ganz beseelt von der Intelligenz seiner Geliebten. »Hört sich vielversprechend an.«

»Also dann«, sagt Grete. »Sagen wir diesen Bären mal, wo es in unserem Wald langgeht.«

»Ich komme mit«, sage ich, und bevor mir jemand widersprechen kann, füge ich hinzu: »Ist ja immerhin mein Laden, der in Schutt und Asche gelegt werden könnte.«

49

Die Luft im *Acapulco* ist zum Schneiden. Wie schaffen es Bären nur, einen ganzen Winter in einer Höhle zu verbringen, ohne am eigenen Mief einzugehen? Muss ich bei Gelegenheit mal Rufus fragen.

Wassili schält sich aus dem Halbdunkel. Als er Grete, Rufus und mich erkennt, ruft er über die Schulter: »Zieht euch was an, Jungs. Wir haben hohen Besuch.«

Aus dem Darkroom hört man das Lachen von Jascha und Grigori.

»Lassen wir doch die Höflichkeitsfloskeln beiseite und kommen gleich zur Sache«, schlägt Grete vor. Sie hat sich zu ihrer vollen Größe aufgerichtet, was mutig, unbeirrbar und verbindlich wirkt.

»Aber gern, kleines Fräulein.« Wassili macht sich keine große Mühe, seine Verachtung für Grete zu verbergen.

»Ich bin kein kleines Fräulein«, erwidert sie sachlich. »Ich bin die gewählte Oberbeschützerin dieses Waldes. Aber du darfst mich Grete nennen.«

»Das ist nett, kleines Fräulein«, erwidert Wassili ungerührt. »Ich und meine Brüder brauchen nämlich auch Schutz. Wir kommen von weit her und haben lange nach einem Platz gesucht, an dem wir friedlich leben können.«

Im Darkroom höre ich Jascha und Grigori lachen. Die haben sich schon wieder mit Honig zugedröhnt. Kein Wunder, dass sie ständig Nachschub brauchen.

»Der Platz, an dem ihr friedlich leben könnt, ist nicht in diesem Wald«, erwidert Grete.

»Uns sind ernste Beschwerden zu Ohren gekommen«, fügt Rufus hinzu. »Es geht um Dinge, die wir hier nicht tolerieren können.«

Wassili sieht mich an. »Hast du dich etwa beschwert, Kumpel?«

»Allerdings«, erwidere ich. »Und ich bin nicht dein Kumpel. Außerdem seid ihr noch einigen anderen Waldbewohnern auf die Pfoten getreten.«

»Bedauerlich«, sagt Wassili. »Heißt das, du willst den Managerjob jetzt doch nicht machen?«

»Ihr braucht keinen Manager, weil ihr den Laden an mich zurückgeben werdet«, erkläre ich.

»Sagt wer?«, fragt Wassili. »Etwa das kleine Fräulein?«

Ich sehe Grete an, dass der Bär sie mit seinem Kleines-Fräulein-Gequatsche ganz schön wütend macht.

»Ihr werdet nicht nur das *Acapulco* verlassen, sondern auch unseren Wald«, erklärt Grete. »Und zwar sofort. Und für immer.«

»Sonst was?«, fragt Wassili.

»Sonst werden wir den Drachen Feuer spucken lassen und das *Acapulco* zerstören.«

»Ihr habt hier einen Drachen? Interessant.« Wassili lacht.

»Der Drache ist kein richtiger Drache, sondern ein alter Panzer, den wir in der Savanne gefunden haben«, erklärt Rufus. »Er fährt zwar nicht mehr, aber feuern kann er noch ganz gut.«

Wassilis Augen verengen sich zu Schlitzen. Sieht nicht gut aus, denke ich und befürchte schon, dass er sich gleich in einen schwarzäugigen Problembären verwandeln wird.

Aber Wassili ist diesmal nicht wütend, sondern misstrauisch. »Was denn für ein Panzer?«, will er wissen.

»Ein T-72 M1 mit 125 Millimeter Glattrohrkanone und der NATO-Kennung 2A46M«, rattert Rufus runter.

Mein Bruder wieder. Fehlt nur noch, dass er ihm das Baujahr und die Fahrgestellnummer angibt. Dann können wir gleich einen TÜV-Termin beantragen.

Immerhin scheinen Rufus' Ausführungen Wassili ins Grübeln zu bringen. Der Bär kratzt sich mit seinen langen Krallen am Kinn. »Und dieser Panzer steht bei euch in der Savanne?«

Rufus nickt. »Ist nicht weit von hier. Für die Reichweite einer 125-Millimeter-Glattrohrkanone ein Klacks.«

»Wenn ihr diese Höhle zerstört, dann werden nicht nur wir darin sterben, sondern auch eure Waschbärenfreunde«, wendet Wassili ein.

»Da hat er recht«, höre ich Bernie aus dem Dunkel rufen.

Guter Punkt, denke ich.

Zum Glück hat Rufus das passende Gegenargument. »Keine Sorge, die Höhle hat im hinteren Teil einen kleinen Luftschacht. Waschbären passen da problemlos durch. Braunbären leider nicht.

Während Wassili überlegt, rufe ich ins Dunkel: »Habt ihr das gehört, Leute?«

»Ja. Haben wir«, hört man Shabby antworten.

»Also, junger Mann. Ihr solltest verschwinden, solange ihr noch die Chance dazu habt«, sagt Grete.

»Nehmt euch ein paar Gläser Honig und sucht euch einen anderen Wald«, fasse ich Gretes Angebot zusammen. »Und kommt nicht wieder. In meinem Laden habt ihr sowieso lebenslanges Hausverbot.«

Wassili verzieht das Maul und schnauft verärgert. »Noch

ist das mein Club«, sagt er. »Und wenn hier jemand Hausverbote ausspricht, dann bin ich es.«

Er macht zwei schnelle Schritte auf mich zu und lässt sein riesiges Bärenbein nach hinten schwingen, um mich mit voller Wucht durch den Wasserfall zu kicken.

Bis zum unausweichlichen Aufprall von Wassilis Pranke habe ich gerade noch genug Zeit, um in Angststarre zu verfallen, was mir vermutlich das Leben rettet. Als der Bär mich erwischt, bin ich steif wie ein Brett. Ich bilde mir ein, dass Wassilis Kick mich deshalb nicht sofort tötet. Vermutlich verende ich also erst bei der Landung.

Ich schieße durch den Wasserfall und verfehle nur knapp den Felsvorsprung, über den sich die Fluten in die Tiefe ergießen. Dabei drehe ich mich mehrmals um irgendwelche Achsen und erblicke Rufus, der ebenfalls durch den Wasserfall schießt. Mit Cape und Klettgurt sieht er wie ein merkwürdiger Superheld aus.

Unsere Flugbahnen kreuzen sich, und ich schaffe es, einen Zipfel von Rufus' Cape zu erwischen. Das verlangsamt unsere beiden Reisegeschwindigkeiten abrupt, was dazu führt, dass wir nicht als blutige Klumpen auf den Felsen hinter dem dritten Spaßbecken enden, sondern kurz vorher ins Wasser stürzen.

Prustend und hustend tauchen wir auf, drehen reflexartig die Köpfe Richtung Wasserfall und haben denselben Gedanken: Was, wenn Wassili Grete auf dieselbe Weise aus dem *Acapulco* befördert? Nicht auszudenken, was das für die zarte Häsin und ihre ungeborenen Kinder bedeuten würde.

»Bitte nicht«, höre ich Rufus flüstern. »Bitte. Bitte. Nicht.«

Es sieht so aus, als würden seine Gebete erhört werden.

Zunächst bleibt alles ruhig, doch dann öffnet sich der Wasserfall, und Wassilis Oberkörper schiebt sich hervor.

Der Bär späht über die Becken, sieht uns, grinst zufrieden und präsentiert uns seine rechte Pranke, von der an einem Stück Schnur Grete herunterbaumelt. Sie ist mit Rollenpflaster aus dem Verbandskasten gefesselt und sieht aus wie eine Mumie. Wassili hat ihr Mullbinden in den Mund gestopft, damit sie still ist. »Denkt daran«, ruft er. »Wenn ihr auf uns feuert, dann wird auch euer kleines Cheffräulein dran glauben. Besser ist, wir reden vernünftig miteinander.«

Rufus hebt abwehrend die Vorderpfoten und fuchtelt kapitulierend in der Luft herum. »Ist okay. Wir können über alles reden. Wirklich. Nur bitte, bitte tut ihr nicht weh.«

Wassili grinst. »Das hört sich doch schon ganz anders an. Freut mich, dass ihr zu vernünftigen Gesprächen bereit seid.«

»Wie gesagt, wir können über alles reden«, verspricht Rufus.

»Bestens. Ich komme zu euch in die Savanne. Später. Dann reden wir.«

Grete und Wassili verschwinden hinter dem Wasserfall, und der glitzernde Vorhang schließt sich.

50

Rufus dreht sich im Kreis, und das im Wortsinn. Immer wieder wandert er um den Geschützturm herum, auf dem ich in der Abendsonne liege, um mein Fell zu trocknen.

»Es bringt nichts, was du da tust«, sage ich. »Du machst dich nur verrückt.«

»Warum brauchen diese Bären so lange?«, murmelt Rufus.

»Hey. Hast du mir überhaupt zugehört?«

Hat er nicht. »Ich meine, es ist doch überhaupt nicht einzusehen, worauf die so lange warten, oder?«

»Vermutlich wollen sie uns schmoren lassen«, erwidere ich. »Und bei dir klappt das ja auch ganz gut.«

»Ich sage dir, die sind unberechenbar.« Rufus schaut mit wirrem Blick in Richtung Wasserfall. »Das sind ganz gefährliche und brutale Typen, die uns alle für dumm verkaufen wollen.«

»Schön, dass du es endlich einsiehst«, sage ich.

»Vielleicht haben sie Grete längst was angetan, während wir hier rumsitzen und die Zeit verplempern.«

Ich seufze. Mein sonst so blitzgescheiter Bruder scheint seit unserem Sturz ins Wasser keinen klaren Gedanken mehr fassen zu können. Während er wie ein Zirkuspony im Kreis herumläuft, entwirft er am laufenden Band krude Verschwörungstheorien und blanke Horrorszenarien.

Und nebenbei geht er mir damit auf den Senkel. »Rufus! Verdammt! Hör auf, um mich herumzutigern!«

Abrupt hält er inne.

Erstaunt hebe ich den Kopf. Nanu, hab ich ihn jetzt doch zur Vernunft gebracht?

Nein, der Grund für seine Vollbremsung ist ein anderer.

»Da sind sie«, flüstert er. »Na endlich.«

Wassili und Grigori erscheinen am Rand der Savanne und winken.

»Ihr habt da einen wirklich schönen Panzer«, ruft Wassili. »Darf Grigori ihn sich mal ansehen?«

»Keine gute Idee«, antworte ich. »Hier ist alles voller Sprengstoff. Hat schon mehrere Tiere das Leben gekostet.«

»Sprengstoff ist kein Problem für ihn«, antwortet Wassili. »Wir sind in der Nähe einer Kaserne aufgewachsen. Grigori kennt sich mit solchen Sachen aus.«

»Und das heißt?«, fragt Rufus.

»Dass er jetzt zu euch kommen und sich den Panzer ansehen wird«, antwortet Wassili. Er gibt seinem Bruder ein Zeichen. Der brummt einvernehmlich und schlendert dann völlig entspannt in unsere Savanne.

Ich werfe Rufus einen fragenden Blick zu, aber der wirkt unschlüssig. »Bären riechen verdammt gut, aber ob sie auch Sprengstoff riechen können, weiß ich nicht.«

Grigori scheint es jedenfalls zu können, denn er umrundet fachmännisch alle Blindgänger. Das heißt, alle bis auf einen, aber den löst der Bär nur zum Spaß aus, indem er mit Absicht und voller Elan drauftritt. Eine dumpfe Explosion ist zu hören, dann zeigt Grigori grinsend seine qualmende Tatze. Der Sprengsatz hat ihm den Pelz versengt. Die Wassilis kriegen sich kaum ein vor Lachen.

Am Panzer angekommen, beginnt Grigori damit, die Gleisketten in Augenschein zu nehmen.

»Ist wirklich nett von euch, dass ihr ihm erlaubt, sich den

Panzer anzusehen. Mein Bruder ist ein großer Fan von Militärfahrzeugen.«

Wassilis übertriebene Freundlichkeit geht mir auf den Senkel.

»Ist gar nicht nötig, dass ihr den Panzer inspiziert«, erwidert Rufus. »Wir wollen ihn sowieso nicht abfeuern, weil wir nicht riskieren werden, dass Grete was passiert.«

»Schon klar«, brummt Wassili. »Aber ich möchte kein unnötiges Risiko eingehen. Ist verständlich, oder?«

Grigori, der die Gleisketten begutachtet hat, brummt zufrieden.

»Mein Bruder sagt, der erinnert ihn an Mütterchen Russland, unser Zuhause«, übersetzt der Älteste.

»Hat dein kleiner Bruder etwa Heimweh?«, frage ich.

Wassili wiegt seinen Bärenschädel hin und her. »Ja. Wir alle. Manchmal. Aber dann trinkt man ein paar Honigwässerchen, und dann geht es wieder besser.«

Grigori setzt die Inspektion unseres Panzers fort, indem er sich das Kanonenrohr ansieht. Obwohl der Bär sich zur Größe eines erwachsenen Mannes aufrichten kann, reicht er nicht an das schräg in den Himmel ragende Rohr heran.

Er muss mehrmals hochspringen, bis er es zu fassen bekommt und mit den Vorderpfoten umklammern kann. Dann zieht er sich hoch und lässt seinen Körper ruckartig, aber ohne das Rohr loszulassen, nach unten sacken. Die Wirkung dieses seltsamen Klimmzugs ist, dass das Kanonenrohr einen Zentimeter tiefer rutscht. Grigori ruckt und zerrt weiter am Rohr herum und lässt es so Zentimeter um Zentimeter herabsacken, bis die Kanone nicht mehr in den Himmel zeigt, sondern die erste Baumreihe am Rand der Savanne anvisiert. Wäre unser Panzer noch intakt, dann könnten wir uns jetzt ein Loch in unsere Savanne schießen.

Zufrieden begutachtet der Bär sein Werk. Dann schnuppert er an der Kanonenmündung und lugt hinein.

»Sei bloß vorsichtig, die könnte geladen sein«, warne ich.

Grigori brummt verächtlich, Wassili macht den Dolmetscher. »Er sagt, es stimmt zwar, dass sie vor nicht allzu langer Zeit abgefeuert wurde, aber momentan ist sie nicht geladen.«

»Ja. Genau. Und wir werden sie auch nicht laden«, beeilt sich Rufus zu versichern. »Ihr müsst nur Grete freilassen, über alles andere können wir reden.«

»Nicht so schnell«, erwidert Wassili. »Zuerst regeln wir das hier, und dann reden wir über Grete.«

Grigori zeigt uns, was es heißt, wenn die Bären Sachen regeln. Er öffnet diverse Luken am Heck des Panzers und beginnt, Kabel und Schläuche herauszureißen. Zufrieden brummend spaziert er mit dem erbeuteten Haufen Elektroschrott zu seinem Bruder zurück.

»Okay. Jetzt ist euer Panzer offiziell kampfunfähig«, verkündet Wassili. »Den Müll nehmen wir mit. Sonst kommt noch jemand von euch cleveren Burschen auf die Idee, das gute Stück zu reparieren.«

»Gut, dann habt ihr jetzt, was ihr wollt«, sagt Rufus. »Lasst Grete frei.«

»Werden wir«, erwidert Wassili. »Aber erst, wenn wir restlos zufrieden sind. Noch haben wir nämlich nicht alles, was wir wollen.«

»Was denn noch?« Ich stelle fest, dass mein Bruder ganz schön verzweifelt klingt.

»Das weißt du doch längst«, antwortet Wassili. »Erstens werden wir im *Acapulco* überwintern …«

»Einverstanden«, sagt Rufus. »Was sonst?«

»Also, ich für meinen Teil bin damit überhaupt nicht einverstanden«, sage ich.

»Doch«, erwidert Rufus barsch. »Du bist wie ich mit allem einverstanden, was uns Grete zurückbringt.«

»Das ist die richtige Einstellung«, lobt Wassili.

»Was noch?«, fragt Rufus.

»Wir brauchen Wintervorräte«, antwortet Wassili. »Wir wissen, dass ihr wisst, wo es noch mehr Honig gibt. Den wollen wir. Und ihr dürft gern noch andere leckere Sachen besorgen. Am besten, ihr bringt einfach alles mit, was ihr kriegen könnt.«

»Einverstanden. Ist das alles?«

Wassili schüttelt den Kopf. »Gelbe Pillen. Und zwar eine Menge gelbe Pillen. Jascha hat extrem schlechte Laune, weil es keine mehr gibt.«

»Drogen und Wintervorräte«, fasst Rufus zusammen. »Sonst noch was?«

»Nein, das ist alles. Wir wollen die gute Nachbarschaft zwischen uns und euch ja nicht gleich überstrapazieren.« Wassili hat schon wieder diesen gemütlichen Ton am Leib.

»Und wenn wir unseren Teil der Abmachung erfüllt haben, dann darf Grete gehen?«, hakt Rufus nach.

»Genau. Und wir lassen euch und eure kleine Demokratie in Ruhe.« Er grinst breit. »Zumindest bis zum Frühjahr.«

»Okay.« Rufus zwingt sich, ruhig zu bleiben, aber sein Unterkiefer mahlt. Er ist wütend auf die Wassilis, und er hat wahnsinnige Angst um Grete. Deshalb hat er keine andere Wahl. »Morgen Abend bringen wir euch alles, und Grete nehmen wir dann gleich mit.«

»Bestens«, erwidert Wassili. »Frohes Schaffen.«

51

Wir finden Archi in seiner Kammer, die er zu einer Art Labor umgebaut hat. Es riecht nach Gräsern, Blättern, Blüten, Früchten und Zweigen. Eine Duftexplosion, die das Gehirn mit Bildern flutet. Einmal tief durchatmen ist wie ein Sommer im Schnelldurchlauf. Zu Sträußen gebunden, hängen die Pflanzen an den Wänden oder stapeln sich in den Ecken. Daneben auf dem Boden liegen halbe Walnussschalen, in denen sich Flüssigkeiten befinden, einige klar wie Wasser, andere trüb oder milchig. Wieder andere schimmern gelb, rot oder blau. In der Mitte des Raumes steht ein verbeulter Emaillebecher, den Archi als Kessel benutzt, um darin seine Arzneien anzurühren. Daneben liegen zwei große Steine, die er zum Pressen und Mahlen verwendet.

Rufus ist angetan vom wissenschaftlichen Interesse seines … Patensohnes, das ist ihm anzusehen. Bestimmt würde er gern mit Archi fachsimpeln, aber die Zeit drängt, weshalb er gleich zur Sache kommt. »Wir brauchen Drogen, Archimedes, und zwar so viel davon, wie du heute Nacht herstellen kannst.«

»Ähm …« Archi lupft seine Basecap und kratzt sich am Kopf. »Wie war das?«

»Wir brauchen Drogen, und zwar so …«

»Akustisch hab ich dich schon verstanden«, unterbricht Archi. »Aber du liegst falsch. Ich stelle hier keine Drogen her. Das sind nur Arzneien. Ihr könnt euch gerne umsehen, wenn ihr wollt. Alles legal.«

»Es ist für die Bären«, erklärt Rufus. »Sie haben Grete entführt und lassen sie erst frei, wenn wir ihnen Wintervorräte und Partydrogen besorgt haben.«

Archi sieht mich fragend an.

»Was er sagt, stimmt. Die Bären wollen *Holy Shit*. Und das am liebsten prankenweise.«

»Is 'n Witz, oder?«

»Kein Witz«, erwidert Rufus. »Leider.«

Archi rückt seine Basecap zurecht und überlegt eine Weile. »Nur gesetzt den Fall, ihr wärt bei mir an der richtigen Adresse, und ich könnte tatsächlich in großen Mengen illegale Drogen herstellen, wieso sollte ich das zugeben? Ich meine, wenn dann später irgendwo im Wald solche Drogen auftauchen, würde man doch automatisch mich dafür zur Rechenschaft ziehen, oder etwa nicht?«

Ich werfe einen Blick zu Rufus. »Da hat er recht.«

»Es weiß doch sowieso jeder, dass du der Einzige bist, der das Zeug herstellen kann«, sagt Rufus.

»Mag sein, aber es ist dennoch ein Unterschied, ob alle Bescheid wissen, aber nicht davon reden, oder ob eine Sache offiziell ist«, kontert Archi. »Ich glaube, du weißt, was ich meine …«

Rufus versteht die Anspielung nur zu gut. Er nickt. »Und wie können wir dieses Problem lösen?«

Archi zuckt mit den Schultern. »Keine Ahnung, aber du verstehst schon, dass ich mir Ärger ersparen will?«

»Klar. Aber du erwartest jetzt keine Carte blanche für deinen Drogenhandel?«, fragt Rufus.

»Was ist eine Carte blanche?«, werfe ich ein.

Keine Antwort.

»Bitte, Archimedes«, fährt Rufus fort. »Es geht hier nicht um deinen persönlichen Vor- oder Nachteil, sondern um das Leben von Grete.«

»Ich weiß«, sagt Archi. »Und logisch werde ich euch helfen, nur ...«

»Danke!« Rufus ist erleichtert.

»... nur, können wir uns trotzdem darauf einigen, dass dieses Gespräch streng vertraulich bleibt? Es wäre doch möglich, dass morgen früh eine Portion *Holy Shit* in deiner Kammer liegt und keiner weiß, wie das Zeug da hingekommen ist.«

Rufus freut sich. »Einverstanden. Und ich verspreche dir im Gegenzug hoch und heilig, dass dieses Gespräch nie stattgefunden hat.«

»Okay.« Archi nickt, dann stutzt er. »Hast du mir gerade dein Wort darauf gegeben, dass dieses Gespräch nie stattgefunden hat?«

»So ist es«, bestätigt Rufus. »Mein Ehrenwort.«

Archi grinst. »Gut, wenn das so ist, dann danke für dein Verständnis ... Dad.«

Der Kosename trifft Rufus wie ein Blitz. Ich sehe, dass sein Blick weich wie Butter wird. Mit zitternder Stimme antwortet er: »Ich hab zu danken, mein ... Sohn.«

Okay, bevor jetzt noch Tränen der Rührung fließen, werde ich mal einschreiten. »Wir sollten los, Rufus. Wir müssen noch Träger auftreiben.«

Archi merkt auf. »Träger?«

»Wir holen uns die Wintervorräte vom Bauernhof«, erklärt Rufus. »Dazu brauchen wir Tiere, die viel schleppen können.«

»Fragt Keiler Herrmann«, erwidert Archi. »Und bestellt ihm einen schönen Gruß von mir. Er hat mehrmals betont, dass er mir noch was schuldig ist, weil ich Hermine behandelt habe.«

»Geht's ihr wieder gut?«, frage ich.

»Bestens«, antwortet Archi.

»Was war denn los?«

»Bufo bufo.«

»Hä?«

»Sehr interessant«, sagt Rufus.

»Erklärt mir das mal jemand?«

»Keine Zeit«, erwidert mein Bruder. »Wir müssen.«

52

Im Mondschein nähern wir uns Bauer Fröhlichs Hof. Wir, das sind Rocky, Rufus und ich nebst Herrmann und Fritz. Beide Keiler haben darauf bestanden, uns zu helfen. Herrmann aus Dankbarkeit gegenüber Archi. Fritz, weil er sich als neuer Sicherheitschef zuständig und Grete verpflichtet fühlt.

Rocky hat sich uns spontan angeschlossen. Er kann es nicht leiden, wenn ihm ein anderer Clan in die Quere kommt. Außerdem sind ihm die Machtverhältnisse im Wald auch ohne die Wassilis schon kompliziert genug. Am liebsten würde er sie rauswerfen. Da er aber auch keine Idee hat, wie wir das anstellen könnten, unterstützt er zunächst einmal Rufus' Plan.

Bauer Fröhlichs Rotkäppchen sieht im Mondlicht wie eine Geisterpiratin aus.

»Wir müssen auf Zeus aufpassen«, flüstere ich, als wir uns dem Haus nähern.

»Zeus, der Göttervater?«, fragt Rufus leise.

»Zeus, der Rottweiler«, gebe ich zurück.

Rocky entdeckt den Hund zuerst. Zeus ist nicht angekettet und liegt zu Füßen von Bauer Fröhlich, der auf der Bank hinter dem Haus eingeschlafen ist. Er umarmt eine fast leere Schnapsflasche, als wäre sie ein Neugeborenes.

Weil der Bauer mitsamt Flasche schlafend zur Seite gesunken ist, hat sich der restliche Inhalt in Zeus' Napf entleert. Es riecht wie in einer Hafenspelunke. Auch Zeus hat sich mit Fröhlichs Billigfusel abgeschossen. Er schnarcht mindestens so laut wie sein Herrchen. Vermutlich könnte nicht mal unser Panzer die beiden aufwecken.

Ich schleiche zu Zeus und tippe ihm vorsichtig auf die Stirn. Keine Reaktion. Ich tippe ihm heftiger auf die Stirn. Immer noch keine Reaktion. Ich hebe seine Lefzen an und … uh, da wäre mal eine professionelle Zahnreinigung fällig. Prüfend tippe ich gegen die gelben Hundebeißerchen. Wieder keine Reaktion. Schließlich schiebe ich die Haut über Zeus' Stirnwulst zurück, was dazu führt, dass sich seine Augenlider öffnen. Wow. Auch kein schöner Anblick. Zeus' Augäpfel sind blutunterlaufen und leuchten knallrot. Sieht aber irgendwie auch legendär aus. Wie ein Höllenhund oder so. Als Fachmann für exzessive Partys orakele ich mal, dass ihn morgen ein Monsterkater erwartet. Dafür haben wir heute Nacht im Vorratskeller leichtes Spiel. Auch nicht schlecht.

»Bleibt nur noch Aurin«, sage ich, während Rufus, Rocky und ich ins Haus gehen. Die Keiler warten draußen. Die Kellertreppe ist ihnen nicht geheuer.

»Wer ist Aurin?«, fragt Rocky.

»Bauer Fröhlichs Rabe. Nerviger Typ. Er wird versuchen, uns ins Gewissen zu reden. Hört einfach nicht hin.«

Zu meinem Erstaunen ist Aurin nicht da. Sieht so aus, als wäre unsere Einkaufstour heute so richtig easy.

»Wohin führt denn die Tür?«, will Rufus wissen, als wir den Keller mit Bauer Fröhlichs bescheidenen Vorräten begutachten. Nur noch ein paar Gläser Honig stehen in einem alten, wackeligen Holzregal neben Dosensuppen und Schnapsflaschen.

»Welche Tür?«

»Na, die hier.«

Die Tür ist klein und leicht zu übersehen. Ich vermute, auch die Waschbären haben sie bei ihren Einkaufstouren bislang noch nicht entdeckt.

Sie führt in einen weiteren Raum, der sich als das eigentliche Vorratslager entpuppt. Jackpot.

Hier stehen nicht nur drei Regale mit Honiggläsern, es gibt auch Marmeladen, eingemachtes Obst und Gemüse. Ich sehe Schattenmorellen, Pflaumen, Birnen, außerdem zwei Regale mit eingelegten Gurken. Die Henkelgläser sind mit einer dünnen Staubschicht bedeckt.

»Fressen Bären überhaupt Gurken?«, frage ich.

»Bären fressen alles«, antwortet Rufus. »Besonders vor dem Winterschlaf.«

»Also nehmen wir die Gurken mit?«

»Wir nehmen alles mit, was wir tragen können«, antwortet Rufus. »Hier ist ja mehr als genug.«

53

Gefühlt brauchen wir die halbe Nacht, um die Keiler und uns selbst mit Henkelgläsern zu bepacken. Rufus behauptet jedoch, laut Küchenuhr hat die Aktion keine zwei Stunden gedauert.

Wir haben es bis zu den Stechapfelwiesen geschafft, als ich einen Schatten sehe und etwas dicht über meinem Kopf hinwegzischt, zu einem Zaunpfahl segelt und sich dort niederlässt. Aurin. Da habe ich mich wohl zu früh gefreut.

»Ich rede mit ihm«, sage ich und stelle meine Honiggläser ab. »Bin gleich wieder da.«

»Gute Idee«, schnauft Herrmann. »Endlich Pause.«

Der schwarze Vogel erwartet mich.

»Nett, dass du dir die Mühe gemacht hast«, sage ich. »Wäre aber nicht nötig gewesen.«

»Nein?« Überrascht betrachtet er unsere schwer bepackte Karawane. »Für mich sieht das schon so aus, als würdest du mich brauchen.«

»Der Eindruck täuscht«, entgegne ich. »Erstens ist das hier ein Notfall, und zweitens haben wir dem Bauern nur einen kleinen Teil seiner Vorräte weggenommen. Der Kerl ist gar nicht so arm, wie wir alle dachten.«

»Ach? Und das macht die Sache besser?«, fragt Aurin mit gespieltem Erstaunen. »Wenn jemand mehr hat, als er braucht, dann darf man ihn bestehlen, oder was? Wer bist du? Robin Hood?«

»Ja, vielleicht. Ich mache das hier jedenfalls nicht zu meinem Vorteil. Die Bären kriegen, was sie wollen, und wir bekommen Grete zurück. Das ist alles.«

»Ach ja?«

»Ja.«

Aurin schaut in den Sternenhimmel hinauf. »Glaubst du das wirklich, Ray? Oder weißt du nicht insgeheim, dass das heute nur der Anfang war und diese Bären euch zwingen werden, das Lager bis zum letzten Glas leer zu räumen?«

Dummerweise hatte ich diese Befürchtung auch schon. »Wenn du mir nicht glaubst, dann frag Rufus. Der kann es dir sogar vorrechnen.« Keine schlechte Idee, denke ich. »Rufus, hast du mal 'ne Minute?«

Er kommt anspaziert. »Mit wem redest du da?«

»Aurin glaubt, dass unsere Vorräte nicht lange halten werden und wir den Bären schon bald Nachschub besorgen müssen. Stimmt das?«

Er hebt fragend die Vorderläufe. »Welcher Aurin?«

»Der Rabe hinter mir.«

Rufus späht ins Halbdunkel. »Da ist kein Rabe.«

Ich drehe mich um, und tatsächlich ist Aurin verschwunden. Wieder mal. »Egal«, sage ich. »Stimmt es, dass die Bären bald Nachschub brauchen?«

»Wieso fragst du?«

»Stimmt es oder stimmt es nicht?«

»Nicht unser Problem«, wiegelt Rufus ab. »Wir liefern wie vereinbart und bekommen Grete zurück. Das ist der Deal.«

»Wie lange, Rufus?«

»Wie lange ... was?«

»Wie lange reichen den Bären die Vorräte, die wir heute besorgt haben?«

Rufus dreht sich zu Rocky und den Keilern um. »Mal sehen. Die Einmachgläser haben ein Volumen von … sagen wir mal … einem Liter«, murmelt er. »Bei …«, er überschlägt die Menge der Gläser, »… achtunddreißig Gläsern und einem Wasseranteil von fünfundzwanzig Prozent ergibt das ein Nahrungsmittelvolumen von achtundzwanzigeinhalb Kilo. Bei drei Bären mit einem täglichen Kalorienbedarf von …« Leise vor sich hin brabbelnd schaut er in den Nachthimmel. Dann sagt er: »Morgen Abend.«

»Morgen Abend … was?«

»Morgen Abend sind die Vorräte aufgebraucht. Spätestens.«

»Morgen!? Abend!?«

»Wie gesagt, nicht unser Problem«, wiegelt Rufus ab. »Wir haben einen Deal.«

»Aber es ist nicht gesagt, dass diese Bären sich daran halten werden. Und was dann?«

»Wird sich zeigen«, sagt Rufus. »Wichtig ist nur, dass sie Grete freilassen.«

»Und wenn sie das nicht tun?« Rufus' Schweigen zeigt mir, dass er sich die Frage auch schon gestellt hat.

»Wir halten uns an den Plan«, sagt er.

»Du klingst ziemlich verzweifelt.«

»Ray, der Plan ist alles, was wir haben, okay?«

»Jetzt klingst du noch verzweifelter.«

»Die Typen haben Grete und …«

»Rufus, ich will doch auch, dass Grete nichts passiert …«

»Dann lass uns jetzt einfach weitermachen, okay?« Er schlägt sich die Klaue aufs Ohr. Bäm! Ist ein sicheres Zeichen dafür, dass seine Nerven blank liegen.

»Lass uns umkehren«, sage ich.

»Was?!« Rufus lässt einen wahren Trommelwirbel auf sein armes Ohr niederprasseln. »Was redest du da?«

»Du hast Angst um Grete. Das verstehe ich. Aber mit dem Lösegeld wirst du sie nicht freibekommen, und das weißt du auch. Unsere einzige Chance ist, die Bären loszuwerden, und zwar für immer.«

Rufus' Trommelwirbel endet abrupt. »Ray, wir können diese Bären nicht loswerden. Sie sind zu stark und zu clever.«

»Was dann? Wir unterwerfen uns den Wassilis und werden ihre Lakaien?«

»Entweder das, oder …« Er zögert.

»Oder was?«

»Oder wir holen Grete da raus, und dann verlassen wir den Wald. Für immer. Je eher wir begreifen, dass wir diese Typen nicht besiegen können, desto besser für uns.«

»Das ist also dein Plan? Du willst abhauen?«

»Geordneter Rückzug, so würde ich es nennen. Sunzi sagt, wenn wir stark unterlegen sind, dann fliehen wir vor dem Feind.«

»Sunzi? Muss ich den Feigling kennen?«

»Kein Feigling, sondern ein Feldherr.«

»Einer, der abhaut«, kontere ich.

»Einer, der sich zurückzieht, wenn er unterlegen ist«, korrigiert Rufus.

»Und für dich ist klar, dass wir unterlegen sind?«

»Etwa nicht? Unser Panzer ist ein Haufen Schrott. Selbst die Wildschweine konnten den Wassilis nichts anhaben. Hier draußen gilt das Recht des Stärkeren, Ray. Vielleicht hätten wir gegen einen dieser Bären eine Chance, aber drei von der Sorte – no way.« Er seufzt. »Ich wünschte wirklich, es wäre anders.«

»Und ich wünschte, du könntest diese lähmende Angst überwinden. Das ist ja wie 'ne Schockstarre in deinem Kopf.«

»Ich weiß.« Rufus sieht mich an, Verzweiflung im Blick. »Glaub mir, ich hab es wirklich versucht, aber …«

»Seid ihr da hinten bald mal fertig?«, ruft Rocky.

»Das Zeug ist ziemlich schwer«, ächzt Fritz.

Herrmann schnauft zustimmend.

»Rufus, du bist das cleverste Erdmännchen auf der Welt. Mit deinem Grips hast du nicht nur mir, sondern unserem ganzen Clan schon mehrmals den Arsch gerettet. Jetzt braucht Grete deine Hilfe. Also denk verdammt noch mal nach! Wenn jemand diese Bären austricksen kann, dann bist du es. Du selbst hast mir von diesem Typen erzählt, der die Riesen besiegt hat. Können wir das nicht auch?«

Rufus stutzt. »Was hast du gerade gefragt?«

»Wieso wir nicht Riesen besiegen können, so wie dieser Typ, an dessen Namen ich mich nicht mehr erinnern kann. Irgendwas mit O. – Otto? Oskar? Ottmar?«

Ein Leuchten geht über Rufus' Gesicht. Zuerst denke ich, es ist das Mondlicht, aber dann wird mir klar, dass mein Bruder eine Eingebung hat. »Odysseus«, sagt er leise.

»Odysseus«, wiederhole ich. »Genau.«

»Du meinst die List gegen Polyphem.«

»Keine Ahnung, aber wenn du das sagst, wird's schon stimmen.«

»Sunzi sagt, jeder Krieg basiert auf Täuschung.«

»Okay. Heißt das, wir haben jetzt doch einen Plan?«

»Denke schon.« Rufus wirkt, als hätte man ihm gerade einen neuen Akku eingesetzt. »Wir kehren um.«

»Und bringen dem Bauern das Zeug zurück?«

»Ja, aber nicht alles«, erwidert Rufus. »Wir behalten ein paar Gläser mit Honig und Marmelade.«

»Für deinen Plan.«

»So ist es.«

54

Um sich vor neugierigen Blicken zu schützen, hat Archi ein altes, verbeultes Blechschild vor den Eingang seiner Kammer gestellt.

»Witzig«, sagt Rufus. »Hier steht: ›Fotografieren und Filmen verboten‹. Mein Sohn hat echt Sinn für Humor.«

»Was für ein Glück«, sage ich. »Zumindest in dieser Hinsicht kommt er also nicht nach dir.«

Rufus überhört die Bemerkung und tippt mit der Kralle gegen das Blech. »Archimedes? Wir sind's. Wir müssen mit dir reden. Es ist dringend.«

Das Blechschild wird zur Seite geschoben, Archi winkt uns rein und schiebt es zurück an seinen Platz. »Ihr habt es aber wirklich eilig«, sagt er. »Ich bin gerade erst fertig geworden und wollte das hier …« Er zeigt auf eine prall gefüllte Gummibärchentüte mit *Holy Shit*. »… gerade in deine Kammer bringen. Das müsste den Bären eine Weile reichen.«

»Der Plan hat sich geändert«, verkündet Rufus.

»Wir sind nämlich zu dem Schluss gekommen, dass wir uns von den Wassilis nicht erpressen lassen wollen«, füge ich hinzu.

Rufus nickt. »Deshalb werden wir nur zum Schein auf ihre Forderungen eingehen. Unser eigentliches Ziel ist es, sie ein für allemal loszuwerden. Und genau an dieser Stelle kommst du ins Spiel – schon wieder.«

Archi überlegt nur kurz, dann nickt er. »Verstehe. Ihr braucht also keine Partypillen, sondern ein Narkotikum.«

Ich sehe Rufus an, dass er am liebsten rufen würde: Schaut her! Das ist mein Sohn!

Auch ich bin beeindruckt. Ich weiß weder, wie Archi darauf gekommen ist, was Rufus von ihm will, noch kenne ich dieses Narkotidings, von dem er gerade gesprochen hat.

»Kannst du so etwas herstellen?«, fragt Rufus.

»Kann ein Seeadler fliegen?«, antwortet Archi.

»Wusste ich es doch«, frohlockt mein kleiner Bruder. »Ich hatte die Idee, weil du von Bufo bufo gesprochen hast.«

»Das Problem wird nicht sein, Bufotenine zu besorgen«, erwidert Archi, »sondern wie du den Stoff verabreichen willst. Kutan? Subkutan? Oral?«

»Stopp!«, rufe ich. »Ich würde gern nicht nur blöd hier rumstehen. Könntet ihr euch also freundlicherweise so ausdrücken, dass ich auch was verstehe? Vielen Dank.«

Rufus und Archi sehen sich an.

»Willst du?«, fragt Rufus.

»Nein. Mach du nur«, erwidert Archi. »Ich steig ein, wenn es passt.«

Augenblicklich springt Rufus in den Belehrungsmodus. »Um Polyphem zu überlisten, servierte Odysseus ihm Wein. Wir brauchen aber stärkeren Stoff, wenn wir die Bären ins Reich der Träume schicken wollen.«

»Und zwar ein Narkotikum«, ergänzt Archi. »Also ein Mittel, das sie betäubt und bewusstlos macht.«

»Bufotenin«, fährt Rufus fort, »ist so ein Stoff. Er befindet sich im Gift von Erdkröten. Die Wirkung reicht von leichtem Unwohlsein bis zu Lähmungserscheinungen.«

»Hermine war wahrscheinlich deshalb krank, weil sie

Oma und Opa Schmitz abgerüsselt hat«, erklärt Archi. »Dabei ist sie mit dem Krötengift in Berührung gekommen.«

»Aha. Und dieses Zeug heißt Bufo bufo«, sage ich.

»Nicht ganz. Bufo bufo ist nur der wissenschaftliche Name der Erdkröte«, erwidert Archi. »Aber das Krötengift, mit dem wir die Bären ausknocken wollen, enthält Bufotenin. Oma und Opa Schmitz werden uns nur nicht genug davon geben können, um drei riesige Bären zu betäuben. Ich muss das Gift also mit anderen Drogen mischen. Und deshalb stellt sich die Frage, wie wir das Zeug verabreichen wollen, denn davon hängt die Wirkung ab.«

»Wir mischen es ihnen unters Fressen?«, schlage ich vor.

»Zu riskant. Wenn sie klug sind, dann setzen sie die Waschbären als Vorkoster ein«, erwidert Rufus.

Stimmt auch wieder. Wir überlegen.

»Erinnert ihr euch noch an Doktor Jennings?«, frage ich.

»Unser Tierarzt im Zoo?«, erwidert Rufus. »Was ist mit dem?«

»Wenn er große Tiere behandeln musste, dann hat er sie vorher mit einem Blasrohr betäubt.

Archi und Rufus drehen mir gleichzeitig die Köpfe zu.

»Du willst veterinärmedizinisches Spezialgerät aus dem Zoo stehlen?«, fragt Rufus. »Dafür haben wir keine Zeit, Ray.«

»Hatte ich auch gar nicht vor«, sage ich.

»Was dann?«, fragt Archi.

»Freddie und seine Kumpel haben kürzlich an einer Bushaltestelle ein Mäppchen mit Finelinern gefunden, und ich hab ihnen gezeigt, wie man daraus Blasrohre bastelt, und später dann einige davon unseren kleinen Geschwistern geschenkt. Seitdem üben sie, wie man sich gegenseitig Beeren aufs Fell brezelt. Wenn wir eine Möglichkeit finden würden, die Beeren durch andere Geschosse zu ersetzen, dann könnten wir …«

»Das sind sehr viele Konjunktive«, unterbricht Rufus. »Doktor Jennings verschießt mit seinem Blasrohr ganz spezielle Spritzen. Fakt ist, die haben wir nicht, und wir können sie auch nicht bauen. Wir verfügen weder über Ampullen noch über Injektionsnadeln.«

»Was ist mit Tannennadeln?«, frage ich.

»Zu weich«, erwidert Archi.

»Dünne Stöcke?«, setze ich nach.

»Zu dick, egal, wie dünn sie sind«, befindet Rufus.

Einen hab ich noch. »Igelstacheln?«

Rufus und Archi sehen sich an.

»Die ja bekanntlich hohl sind«, ergänzt Rufus.

Archi nickt. »Ich könnte die Injektionsflüssigkeit direkt in den Stachel füllen und ihn an der Spitze perforieren. Es bräuchte dann nur noch so etwas wie eine kleine Feder mit einem hauchdünnen Kiel, um das untere Ende des Stachels zu verschließen und zugleich die Flugbahn zu stabilisieren.«

»Vielleicht helfen uns die Kids von Skipper und Ping mit ein paar Daunen aus«, werfe ich ein.

»Es wäre auf jeden Fall einen Versuch wert«, findet Archi.

Rufus ist anderer Meinung. »Ich weiß nicht. Selbst wenn wir es hinbekämen, diese Betäubungspfeile herzustellen, dann bliebe immer noch die Frage, ob man Gretes Leben und die Zukunft der Waldbewohner in die Klauen der Problemkids aus dem vierten Wurf legen sollte.«

»Missverständnis«, sage ich. »Ich habe nicht vom vierten Wurf gesprochen. Unsere Blasrohrexperten befinden sich im fünften Wurf.«

»Was? Die Spielkinder?« Rufus ist entsetzt. »Das kann doch nicht dein Ernst sein, Ray.«

»Doch. Warum denn nicht?«

Archi springt mir bei. »Zufällig gehöre ich auch zu den jüngeren Clanmitgliedern. Bin ich auch ein Spielkind?«

»Aber das ist doch was ganz anderes«, wiegelt Rufus ab.

»Ach ja? Und warum?«, fragt Archi.

»Weil du …« Rufus windet sich. »Weil du …«

»Weil ich was Besonderes bin?«, hilft Archi ihm auf die Sprünge.

»Ja, vielleicht«, gibt Rufus unwirsch zu. »Und? Ist das so schlimm?«

»Nein«, sagt Archi. »Schlimm ist nur, wenn man anderen nichts zutraut, weil man sich selbst für was Besseres hält.«

Rufus schaut drein, wie er es sonst nur tut, wenn er von Rocky eine Schelle bekommen hat.

»Ich und meine Freunde werden das schon hinkriegen«, fügt Archi versöhnlich hinzu. »Vertrau uns einfach.«

Rufus ringt um Fassung. »Okay. Machen wir doch morgen einen Testlauf und entscheiden dann.«

»Gute Idee«, erwidert Archi.

Rufus zieht das Blechschild zur Seite. »Ich glaube, es ist an der Zeit, die anderen in unsere Pläne einzuweihen.«

Ein Schatten huscht an der Kammer vorbei. Eine Stimme sagt: »Okay, ich weck schon mal alle.«

»Rocky? Bist du das?«, frage ich.

Ein Erdmännchen erscheint, das mich von Ferne an Pa erinnert, aber nicht unser alter Herr sein kann. Dieses hier ist deutlich jünger, trägt keinen Stock und erinnert in der Körperhaltung eher an Rocky als an den Greis, der hier hustend durch die Gänge schleicht.

»Was ist los? Erkennen mich neuerdings meine eigenen Söhne nicht mehr?«

Ist er es etwa doch? »Pa?«

»Wer denn sonst? Ich konnte nicht schlafen und wollte mir die Beine vertreten, als ich zufällig gehört habe, dass wir den Bären die Hinterteile versohlen wollen. Super. Bin dabei.« Er sieht unsere erstaunten Gesichter und ahnt, dass uns gerade die Spucke weggeblieben ist.

»Okay. Ich sag mal den anderen Bescheid.« Er huscht davon.

Rufus und ich sehen uns an, als hätten wir gerade miterlebt, wie Rocky sein Abiturzeugnis in Empfang nimmt.

Der Einzige, den Pas Auftritt nicht überrascht, ist Archi.

»Kannst du das erklären?«, fragt Rufus.

»Ich experimentiere gerade mit Anti-Aging-Wirkstoffen«, erklärt das jüngste Genie unseres Clans. »Mir ist es gelungen, gewisse Altersprozesse umzukehren. Allerdings ist das Projekt noch im Teststadium.«

55

Es dämmert. Feine Nebelschwaden ziehen über die Stechapfelwiesen. Die langsam verblassende Scheibe des Mondes hängt wie ein riesiger Lampion über uns. Ich frage mich, ob es da oben jemanden gibt, der ihn jede Nacht aufhängt, damit wir uns hier unten nicht ganz so allein fühlen.

Rufus reißt mich aus meinen Gedanken. »Ich glaube, es sind alle da. Also lasst uns anfangen.«

Tatsächlich ist nicht nur unser Clan vollzählig erschienen, es sind auch praktisch alle Waldtiere zu unserem Geheimtreffen gekommen.

Der Anfang ist also gemacht, jetzt gilt es, die Waldbewohner geschlossen für unseren Plan zu begeistern. Wenn wir gegen die Bären überhaupt eine Chance haben wollen, dann nur gemeinsam. Aber wie sich zuletzt bei der Wahl gezeigt hat, ist der Wald alles andere als eine Einheit. Vielleicht haben die Bären das erkannt und genau diese Schwäche ausgenutzt.

Rufus überrascht mich mit einem cleveren Schachzug. Er überlässt das Reden einem anderen. »Fritz, unser Sicherheitschef, zugleich erster Stellvertreter unserer Oberbeschützerin Grete, wird jetzt das Wort an euch richten.«

Ich werfe meinem Bruder einen anerkennenden Blick zu. Muss ihn einiges an Überwindung gekostet haben, heute nicht die erste Geige zu spielen.

Fritz räuspert sich. »Tiere des Waldes. Wir sind heute

gemeinsam aufgerufen, unsere junge Demokratie vor drei unverschämten Bären zu beschützen.«

Zustimmendes Raunen.

»Zuerst haben sie sich unser Vertrauen erschlichen, jetzt nutzen sie ungeniert unsere Gastfreundschaft aus und scheuen selbst vor Drohungen und Gewalt nicht mehr zurück.«

Erneut stimmen die Waldbewohner zu.

»Hast du die Rede geschrieben?«, frage ich flüsternd.

»Hört man das?«, antwortet Rufus scheinheilig.

»Die Wassilis sind eine Bedrohung für jeden von uns und damit auch für unsere Waldgemeinschaft«, fährt Fritz fort. »Deshalb müssen wir uns auch gemeinsam gegen diesen Bärenclan wehren.« Kunstpause. »Ich sage: Wir sind der Wald!«

»Genau! Wir sind der Wald!«, ruft Jens Spanner begeistert und reckt einen Vorderlauf in die Höhe.

Manche der auf der Wiese versammelten Tiere stimmen ein. »Wir sind der Wald!«, hört man es raunen.

Fritz ist nun in Fahrt. »Lasst uns den Wassilis zeigen, dass die Waldgemeinschaft stärker ist, als ihre Bärenkräfte es jemals sein werden.«

Wieder zustimmendes Raunen. Übertönt wird es jetzt von der hohen Stimme der Baummarderdame Priscilla. »Aber ist das nicht saugefährlich?«

Das Raunen erstirbt. Es kommt mir vor, als wäre im selben Moment auch die Entschlossenheit der Waldtiere verflogen.

Rufus strafft sich und zupft sein Cape zurecht. Es hat zwar beim letzten Einsatz ein paar Risse bekommen, ist aber inzwischen wenigstens wieder trocken. »Das ist eine sehr gute Frage, und mit Erlaubnis von Fritz würde ich sie gern beantworten.« Nach zustimmendem Grunzen des

Keilers fährt Rufus fort. »Wir werden uns nicht auf einen Kampf mit den Bären einlassen, sondern sie mit List und Tücke besiegen. Wenn mein Plan funktioniert, dann kann ich euch versprechen, dass niemandem hier auch nur ein Haar gekrümmt wird. Oder eine Feder.«

»Und was ist mit Tieren, die weder Haare noch Federn haben?«, witzelt Opa Schmitz.

»Die haben erst recht nichts zu befürchten«, antwortet Rufus launig.

»Und wenn dein Plan nicht funktioniert?« Urplötzlich wird es mucksmäuschenstill. »Ich meine, was ist, wenn diese Bären sich nicht austricksen lassen?«

Die Köpfe drehen sich zu Stefan-Albert von der Wiese, der die ketzerischen Fragen gestellt hat und nun mit erhobener Iltisschnauze, die Vorderpfoten arrogant in die Hüften gestemmt, auf Antworten wartet.

»Ich vermute, dann bleibt alles so, wie es ist«, antwortet Rufus. »Wir werden von den Wassilis weiterhin wie Leibeigene behandelt und müssen sie mit Nahrung und Drogen versorgen, wenn wir keinen Ärger mit ihnen riskieren wollen.«

»Vielleicht kriegen wir nach dem misslungenen Versuch, sie zu vertreiben, mehr Ärger, als wir uns je vorstellen können«, setzt der Iltis nach. »Werden sie sich nicht an uns rächen?«

Alle Augen richten sich auf Rufus.

»Jeder hier kann den Wald sofort verlassen und irgendwo neu anfangen«, sagt Rufus. »Ich würde es keinem übel nehmen, wenn er oder sie sich dafür entscheidet, einer Konfrontation aus dem Weg zu gehen. Aber einerseits darf man nicht zu früh aufgeben«, Rufus wirft mir einen vielsagenden Seitenblick zu, »andererseits wird es auch anderswo immer irgendwelche Wassilis geben, die uns das Leben schwer machen. Jeder hier muss sich fragen, ob er oder sie dann jedes Mal weglaufen will.«

Stille. Lautlos ziehen die Nebelschwaden über die Stechapfelwiese, während die aufgehende Sonne die Welt in ein zartes Rot taucht.

»Kämpfen!«, quiekt es plötzlich aus der letzten Reihe, und dann drängt sich eine wild entschlossene Hermine mit geröteten Wangen durch die Menge. »Lasst uns kämpfen!«

Ich sehe, dass Traudl und Herrmann erstaunte Blicke tauschen. Einerseits sind sie stolz auf ihre mutige Tochter, andererseits vom Draufgängertum der Kleinen ein wenig schockiert.

Skippers und Pings Stiefentenküken schließen sich Hermine an. Schnatternd skandieren die Kleinen: »Quä… Quä… Quä… Quämpfen! Quä… Quä… Quämpfen!«

Hektisch versuchen die Pinguine, ihre Küken zur Räson zu bringen, aber die Kleinen huschen davon und stecken mit ihrem Geschnatter weitere Jungtiere an.

Als Mads in die Mitte hüpft, die Vorderläufe gen Himmel reckt und in die Schlachtrufe einstimmt, gibt es auch für die Jüngeren aus unserem Clan kein Halten mehr.

»Kämpfen!«, schallt es über die Stechapfelwiese. »Kämpfen!«

Und dann schließt sich den entfesselten Kids auch noch unser durch Archis Wundermittel verjüngter Vater an.

»Gratuliere, du hast die Jugend auf deiner Seite«, sage ich zu Rufus. »Sogar Pa.«

Mein genialer Bruder sieht mich an, er scheint sagen zu wollen: Das ist nicht witzig, Ray.

56

Rufus schlägt einen Powernap vor, damit wir bei der »Operation Bärenbrüder« – so lautet jetzt der offizielle Name der Aktion – nicht völlig übernächtigt sind. Da ich stehend k. o. bin, muss er mich nicht lange bitten. Die Biber brauchen ohnehin bis Mittag, um das von Rufus entworfene Floß zu bauen, und alle anderen sind inzwischen damit beschäftigt, Material zu den Tümpeln zu schleppen, von wo aus Rufus die Operation starten will. Vögel und Waldtiere schwärmen aus, um nahe gelegene Siedlungen und illegale Müllkippen nach leeren Verpackungen zu durchsuchen. Rufus hat den Tieren gesagt, es werde alles gebraucht, was irgendwie nach Futter aussieht.

Als ich mich gerade in meine Schlafecke kuscheln will, sehe ich ein Cape an meiner Kammer vorbeiflattern. Mein Bruder selbst hält sich also nicht an seinen Vorschlag. Bestimmt raubt ihm die Sorge um Grete den Schlaf. Würde mir an seiner Stelle auch so gehen, denke ich. Dann fallen mir die Augen zu.

Als ich von Rufus geweckt werde, kommt es mir vor, als wäre ich gerade erst eingenickt. »Wie spät ist es?«

»Noch vor Mittag. Archi ist fertig. Wir können jetzt ausprobieren, ob deine Idee funktioniert. Die Kleinen üben schon seit den frühen Morgenstunden.«

»Mit Erfolg?«, frage ich.

Rufus wiegt den Kopf hin und her. »Sieh selbst.«

Die Kids aus dem fünften Wurf haben sich am Rande der Savanne einen Schießplatz gebaut. Dort üben sie, mit noch unpräparierten Igelstachelpfeilen auf bemalte Baumrindenstücke zu schießen. Das heißt, Mitzi, Minka und Mads schießen, Magnus und Marcia schauen zu.

Gerade schießt allerdings niemand, weil Mitzi und Minka sich um ein pinkfarbenes Haarband streiten, das beide als Armband tragen möchten. Mitzi hat es gefunden, Minka hat es aber angeblich zuerst gesehen. Mads sitzt am Rande des Geschehens, die Vorderpfoten leicht geöffnet, die Augen geschlossen, und scheint in eine Meditation versunken zu sein.

»Was ist hier los?«, frage ich.

»Minka will mein Glücksarmband nicht rausrücken«, sagt Mitzi.

»Ist gar nicht dein Glücksarmband«, kontert Minka. »Wir haben gesagt, es gehört uns beiden.«

»Aber heute muss ich es tragen, weil ich ohne mein Glücksarmband nicht schießen kann«, behauptet Mitzi.

»Meinst du etwa, ich?«, erwidert Minka. »Und es ist nicht allein *dein* Glücksarmband.«

Ich werfe Rufus einen müden Blick zu. Mein Bruder zuckt mit den Schultern: Ich hab dich gewarnt.

»Wie wäre folgender Vorschlag?«, frage ich. »Damit es keinen Streit gibt, nehme ich das Armband an mich, und wenn wir die Bären erfolgreich verjagt haben, kriegen alle von mir solche Armbänder.«

»Armbänder … und Haarspangen?«, fragt Minka wie aus der Pistole geschossen.

Irgendwo werde ich das Zeug schon auftreiben, denke ich und sage: »Armbänder und Haarspangen.«

»Für mich auch?«, fragt Marcia.

»Für dich auch«, bestätige ich mit leisem Seufzen.

Während Minka, Mitzi und Marcia frohlocken, macht Magnus ein mürrisches Gesicht. »Und was kriegen die Männchen?«

»Keine Ahnung. Wollt ihr auch Haarspangen und Armbänder?«, frage ich.

»Natürlich nicht, Mann.«

»Dann geht ihr eben leer aus.«

»Das ist ungerecht«, beschwert sich Magnus. »Die Weibchen kriegen Geschenke, und wir kriegen nichts.«

»Ist schon gut. Wir brauchen keine Geschenke«, sagt Mads, der seine Meditation offenbar beendet hat. »Die Mission ist unser Geschenk.«

Erst jetzt fällt mir auf, dass er eine Schnur an sein Blasrohr gebunden hat, damit er es wie ein Ninjakrieger auf dem Rücken tragen kann.

Ich werfe einen weiteren fragenden Blick zu Rufus, der erneut die Achseln zuckt. »Übrigens sollen wir Mads nur noch mit seinem Kampfnamen ansprechen.«

»Aha. Und wie lautet sein Kampfname?«, will ich wissen.

»Sniper«, antwortet Mads.

»Sniper?«, wiederhole ich ungläubig.

»Sniper«, bestätigt Mads mit Killerblick. »Das heißt so viel wie Scharfschütze.«

»Ich weiß, was Sniper heißt«, sage ich. »Und ich bin sehr gespannt, ob du diesen Namen auch verdienst.«

57

Archi erwartet uns auf einer Wiese westlich des Waldes. Auf einem Stück Rinde zu seinen Füßen liegen säuberlich aufgereiht fünf Igelstachelpfeile. »Das Betäubungsmittel befindet sich in den Hohlräumen der Stacheln und wird erst durch den Aufprall herausgedrückt«, erklärt er. »Trotzdem müsst ihr höllisch aufpassen, dass ihr euch nicht versehentlich daran piekst. Es reicht eine winzige Menge, um Kleinsäugern wie uns das Licht auszublasen.«

Ich sehe den Kids an, dass sie großen Respekt vor Archis Pfeilgift haben. »Okay, wer will anfangen?«, frage ich.

Mitzi und Minka zögern, also kann Mads sein neues Image als Actionheld pflegen. »Wenn es ein Job ist, den sich sonst keiner zutraut, dann ist es ein Job für ... den Sniper.«

Ich hoffe, er hat nicht nur den großen Auftritt als Sniper geübt, sondern auch an seiner Treffsicherheit gearbeitet. Mit einer einzigen fließenden Bewegung pflückt Mads sein Ninja-Blasrohr vom Rücken, hebt vorsichtig einen der Pfeile vom Boden auf und schiebt ihn in die Öffnung des Rohres. »Und worauf schießen wir?«

Archi zeigt auf ein Gebüsch.

Erst auf den zweiten Blick kann ich das riesige braune Tier erkennen, das sich dahinter verbirgt. »Was ist das?«, frage ich.

»Ein Bison bonasus.« Archi schaut zu Rufus. »Möchtest du es uns vielleicht erklären?«

Rufus strafft sich. »Der Wisent, auch europäischer Bison genannt, gehört zur Ordnung der Paarhufer und zur Familie der Hornträger. Er gilt als das größte Landsäugetier Europas, denn Bisonbullen können ein Gewicht von bis zu einer Tonne erreichen.«

»Die Exemplare in dieser Gegend bringen eher halb so viel auf die Waage«, ergänzt Archi. »Sie sind damit aber immer noch doppelt so schwer wie die Wassilis. Wenn das Betäubungsmittel bei einem Bison wirkt, dann haut es also auch ganz sicher die Bären um.«

»Okay. Dann wollen wir das mal testen«, sagt Mads großspurig, legt an, atmet tief durch und pustet kraftvoll ins Rohr.

Der Pfeil saust über die Wiese, schießt meterweit an den Sträuchern vorbei und landet irgendwo im Gras.

»Das Biest ist ziemlich weit weg«, stellt unser selbst ernannter Sniper fest.

»Eigentlich nicht. Viel näher werdet ihr den Bären auch nicht kommen«, entgegnet Archi.

»Da hat er recht«, pflichtet Rufus ihm bei. »Der Wasserfall ist vom Ufer des Spaßbeckens ähnlich weit entfernt.«

Mads nimmt einen neuen Pfeil und befördert ihn ins Rohr. Dann rupft er ein paar Grashalme aus und lässt sie zu Boden rieseln. »Aha. Das war es also.«

Ich rolle innerlich die Augen. Wusste gar nicht, dass ich das kann. Interessante Entdeckung. »Und was soll das heißen?«

»Das heißt, die Windverhältnisse sind ungünstig.«

»Was für Windverhältnisse? Es ist völlig windstill.«

»Das ist ja gerade das ungünstige«, kontert Mads.

Minka und Mitzi müssen kichern, Rufus wirkt abwesend. Vielleicht träumt er sich gerade auf eine einsame Insel oder so.

»Ruhe.« Mads legt erneut an. »Ich muss mich konzentrieren.«

Wieder bläst der Sniper die Backen auf, wieder verfehlt der Pfeil sein Ziel. Knapper zwar als beim ersten Mal, aber auch dieser Schuss geht deutlich daneben. Mads scheint das nicht weiter zu beunruhigen. Lässig lässt er die Schultern kreisen. »Gut. Ich denke, jetzt bin ich eingeschossen. Der Sniper ist bereit.«

»Das wäre auch zu wünschen. Wir haben nämlich bald keine Pfeile mehr«, erwidere ich.

»Keine Sorge«, sagt Mads. »Der nächste Schuss sitzt.«

Der dritte Pfeil verschwindet im Blasrohr. Mads legt an, holt Luft und schießt.

Auch diesmal verfehlt der Pfeil das Ziel, immerhin ist es eine wirklich knappe Kiste. Das Geschoss trifft einen Zweig in unmittelbarer Nähe des Bisons, bevor es abprallt und wie seine Vorgänger irgendwo im Gras verschwindet.

Der Bison hat das Rascheln bemerkt. Er hebt den Kopf und sieht sich um. Dann schält er sich langsam aus dem Gebüsch, trottet ein paar Schritte auf uns zu und lässt gemütlich seinen Unterkiefer mahlen. Mir kommt in den Sinn, dass Bisons womöglich deshalb so desinteressiert aussehen, weil sie den ganzen Tag auf trockenen Zweigen herumkauen. Erstaunlich, dass man sich nur von Laub, Wurzeln und Rinde ernähren und trotzdem so ein Koloss werden kann. Hat mich schon im Zoo fasziniert. Warum werden Elefanten, Nashörner und Flusspferde so riesig, obwohl sie sich nur von Pflanzen ernähren? Sogar Kong, der schwermütige Berggorilla aus unserem Berliner Zoo, ist Vegetarier. Krass.

Als der Bison noch zwei weitere Schritte auf uns zu schlendert, ducken wir uns tiefer ins Gras. Er ist uns jetzt etwa die Hälfte der Strecke bis zum Gebüsch entgegengekommen, was Mads' Chance, ihn zu treffen, mehr als verdoppeln müsste.

Der Sniper wittert diese Chance. »Jetzt aber«, flüstert er und will sich den vorletzten Pfeil schnappen.

»Moment!«, sage ich. »Die beiden sind für Mitzi und Minka. Die haben noch gar keinen Schuss abgeben dürfen.«

»Genau!«, pflichtet Mitzi mir bei, und auch Minka nickt.

Mit einer fließenden Bewegung befördert Mads das Blasrohr auf seinen Rücken. »Okay, aber ich will später auch kein Gejammer hören, weil die Mädels es nicht hinbekommen haben.«

Ganz schön große Klappe für jemanden, der es gerade drei Mal nicht hinbekommen hat.

»Okay, dann zeigt mal, was ihr könnt«, ermuntere ich Mitzi und Minka.

Mit spitzen Krallen fischen sie die letzten Pfeile vom Boden auf und laden ihre Blasrohre.

»Denkt an die Armbänder«, sage ich.

»Und an die Haarspangen«, fügt Minka hinzu.

»Klar, die Haarspangen hab ich natürlich nicht vergessen.«

»Dann ist ja gut«, sagt Minka.

»Du den linken, ich den rechten?«, fragt Mitzi.

»Geht klar«, antwortet ihre Schwester.

Bevor ich fragen kann, was meine kleinen Schwestern im Schilde führen, haben beide den Bison bereits meterweit verfehlt und die letzten Pfeile im Gebüsch versenkt.

»Was war denn das?«, frage ich entsetzt.

Archi und Rufus hat es die Sprache verschlagen. Fassungslos sehen sie den verschossenen Pfeilen hinterher.

»Das darf doch nicht wahr sein! Der Bison steht direkt

vor euren Nasen«, ereifere ich mich. »Wie kann man den denn verfehlen?«

Mitzi und Minka wirken ehrlich bestürzt.

»Sorry! Wir dachten, es würde um die anderen gehen«, sagt Minka kleinlaut.

»Um welche anderen denn?«, frage ich genervt.

Man hört nun ein Rascheln, und im selben Moment torkeln zwei Bisons mit Igelstachelpfeilen in ihren Hinterteilen aus dem Gebüsch und schlagen der Länge nach hin. Reglos bleiben sie im Gras liegen.

»Na, um die da«, antwortet Mitzi kleinlaut.

Schweigen. Archi, Rufus und ich starren völlig perplex auf die reglosen Bisonkörper.

»Wow. Die hab ich nicht mal gesehen«, gestehe ich leise.

»Anfängerglück«, nuschelt Mads abfällig.

»Halt doch einfach mal die Klappe, Sniper«, sage ich.

An Rufus gewandt, füge ich hinzu: »Und? Was sagst du?«

»Läuft.« Rufus blickt zu Archi. »Bei drei Bären und zwei Fehlversuchen pro Bär bräuchten wir neun Pfeile.«

»Ich mach euch bis Mittag ein Dutzend, okay?«, erwidert Archi.

»Sehr gut. Dann treffen wir uns *High Noon* bei den Tümpeln.«

»*High* wann?«, frage ich.

»Wenn die Sonne am höchsten steht«, erklärt Rufus und wirft einen Blick in den Himmel, der sich im selben Moment verdunkelt. Zwei riesige Vogelschwingen zischen vorbei. Dann landet Ritter von Schleich elegant vor uns im Gras.

»Himmel!«, rufe ich. »Tu das nie wieder, Schleichi!«

»Was denn?«, fragt der Wanderfalke mit Unschuldsmiene.

»Uns zu Tode erschrecken«, antworte ich.

»Wie das? Ihr kennt mich doch.«

»Trotzdem stehen lautlos fliegende Greifvögel auf der Liste unserer schlimmsten Albträume ganz oben.«

»Oh, daran habe ich nicht gedacht«, sagt der Ritter.

»Was gibt's denn?«, fragt Rufus. »Probleme?«

»Im Gegenteil. Wir sind beinahe fertig. Die ›Operation Bärenbrüder‹ kann in Kürze beginnen.«

58

An den Tümpeln herrscht reges Treiben. Die Waldtiere haben geholfen, Rufus' Floß zu bauen und zu beladen, jetzt will auch jeder dabei sein, wenn es in See sticht.

Eigentlich besteht das Floß aus drei Flößen. Hat Rufus mir erklärt. Sein Plan ist es, die Bären kampfunfähig zu machen und sie dann auf die Flöße zu binden und flussabwärts zu schleppen, bis sie weit genug weg sind und wir sie sich selbst überlassen können. Irgendwann werden die Wassilis auf einem Fluss oder See erwachen und hoffentlich nicht nur die Orientierung verloren haben, sondern auch die Lust, sich noch einmal mit uns anzulegen. Rufus glaubt, dass die Bären grundsätzlich nur nach leichter Beute Ausschau halten. Sobald man sich wehrt, lassen sie einen sofort in Ruhe.

Wolfgang, Chef der Biber und zugleich ihr fähigster Konstrukteur, steht mit stolz geschwellter Brust neben dem Floß und grinst von einem Ohr zum anderen. Wenn Biber grinsen, dann sieht das aus, als würde ihre Zahnpflege zu wünschen übrig lassen. Biberzähne sind nämlich braun, was praktische Gründe hat. Rufus sagt, sie sind von Natur aus mit einer Eisenverbindung überzogen. Deshalb können Biber mit ihren Zähnen die krassesten Sachen machen. Dicke Bäume fällen, zum Beispiel.

»Wir haben die Bauteile der Flöße nicht nur verzapft, sondern auch drei Mal doppelt schräg französisch überblattet und dann mit Holznägeln verstärkt«, erklärt Wolfgang stolz.

»Beeindruckend«, sage ich, obwohl ich nullkommanichts verstanden haben. Rufus nickt anerkennend und mustert das Floß. Würde mich nicht wundern, wenn er sich sogar mit Zöpfen und Blattern und solchem Zeug auskennt.

»Wir haben die drei Flöße mit insgesamt vier Hölzern zu einem großen Floß verbunden«, fährt Wolfgang fort.

»Und können diese Verbindungen schnell gelöst werden?«, will Rufus wissen.

»Zum einen handelt es sich um simple Steckverbindungen«, erklärt Wolfgang, »zum anderen werden zwei meiner Kollegen unter dem Floß mitschwimmen. Wenn die Flöße entkoppelt werden sollen, dann einfach drei Mal auf Holz klopfen.«

»Sehr gut«, sagt Rufus. »Sehr gute Arbeit. Vielen Dank, Wolfgang.«

Der Biber nickt und zeigt uns voller Stolz seine braunen Beißer.

Mit der Ladung des Floßes könnte man locker einen Kiosk aufmachen – wenn die Leckereien denn echt wären. Ist schon komisch. Obwohl ich weiß, dass in den Tüten und Kartons keine Chips und Flips und keine Kekse und Cornflakes zu finden sind, läuft mir beim Anblick der sich auf dem Floß stapelnden bunten Verpackungen das Wasser im Maul zusammen. Rufus meint, das nennt sich Kondition oder so und bedeutet, gegen den Speichelfluss kann man quasi nichts machen. Und nicht nur mir geht das so.

»Wow! Das sind meine Lieblingszimttaschen«, ruft Mads und kippt sich gierig den Inhalt eines Kartons ins Maul – um ihn gleich wieder auszuspucken. »Bäh! Die sind total ranzig!«

»Genau. Und Zimttaschen sind es auch nicht«, sagt Rocky und verpasst Mads eine Kopfnuss.

Unser Sniper taucht sein Maul ins Wasser, um auszuspülen. »Hä? Was dann?«

»Zerkleinerte Plastikschläuche aus dem Autowrack«, antwortet Rötelmaus Mark, und die Tiere amüsieren sich.

»Nur ganz vorn stehen Sachen, die man wirklich essen kann«, ergänzt Erdmaus Maik. »Alles andere ist Deko.«

Ein Pfiff lässt uns aufhorchen. Archi. Er steht am Ufer und winkt mit einem Bündel Igelstachelpfeile. Soll wohl heißen, es kann losgehen.

»*High Noon*?«, frage ich.

Rufus blickt in den Himmel, dann nickt er und klettert auf das Floß. »Alle mal herhören! Wir werden das Floß jetzt durch die Spaßbecken und bis vor den Wasserfall schieben. Wir, das sind ich und meine Brüder Rocky und Ray sowie die Biber und die Otter.«

»Und ich!«, hört man Pa sagen. Er steht mit vor der Brust verschränkten Vorderpfoten am Ufer.

»Meinetwegen auch du, Pa«, sagt Rufus und zeigt zum anderen Ufer, wo sich der fünfte Wurf gerade zu Archi gesellt. »Mein … Patensohn Archimedes wird das Team der Scharfschützen anführen. Sie beziehen links und rechts des Wasserfalls Stellung und haben die Aufgabe, die Bären kampfunfähig zu machen. Fritz und die Keiler werden sich oben am Wasserfall verstecken. Alle anderen Tiere machen sich bitte unsichtbar, bis der erste Teil unseres Plans erledigt ist. Erst auf mein Zeichen hin – und wirklich erst dann – kommt ihr aus euren Verstecken, wir verfrachten gemeinsam die Bären auf die Flöße und schleppen sie flussabwärts. Ist das so weit klar?«

Zustimmendes Raunen.

»Gut«, sagt Rufus. »Noch Fragen?«

»Wie war noch mal das Zeichen?«, fragt Wiesel Ede.

»Ich ziehe mein Cape von den Schultern und lasse es über meinem Kopf kreisen«, antwortet Rufus.

»Ach ja, stimmt.«

Auch die anderen Tiere nicken.

»Sonst noch Fragen?«

Stille.

»Los geht's! Wir sind der Wald!«, ruft Jens Spanner, aber gerade ist niemandem danach, in den Schlachtruf einzustimmen. Zu groß sind der Druck und die Anspannung.

Rufus lässt sich ins seichte Wasser gleiten. »Okay. Gehen wir es an.«

59

Während wir unser Floß mit Fake-Delikatessen durch den Bach manövrieren, bekommen wir nicht einen Waldbewohner zu Gesicht. Wie von Rufus gewünscht, haben sich alle unsichtbar gemacht. Niemand wagt es, sich zu zeigen oder einen Laut von sich zu geben. Trotzdem ist die Nervosität greifbar. Wie ein aufziehendes Unwetter liegt sie in der Luft.

Auch ich spüre ein Kribbeln in der Magengegend, als wir das Floß ins letzte Spaßbecken schieben und mir die Gischt des Wasserfalls in der Nase kitzelt.

Rufus hat die echten Honig- und Marmeladentöpfe geöffnet. Der Duft soll die Bären anlocken und sie glauben machen, dass der Tisch reichlich gedeckt ist.

Tatsächlich dauert es nicht lange, bis sich eine Bärennase durch den Wasserfall schiebt und schnuppert. Dann wird auch der Rest des Kopfes sichtbar. Es ist Wassili, der Älteste. War ja klar. Das Wasser fließt über den Bärennacken und umhüllt ihn wie ein glitzerndes Cape. Cooler Auftritt, leider für unsere Zwecke unpraktisch. Ich sehe, dass die Scharfschützen zögern. Der Wasserumhang macht es praktisch unmöglich, den Bären zu treffen.

Ob er ahnt, dass wir etwas im Schilde führen? Andererseits hat er nur Augen für die Leckereien auf dem Floß.

»Er muss einen weiteren Schritt nach vorn machen«, flüstere ich Rufus zu.

»Ich weiß«, erwidert mein Bruder nervös.

»Da seid ihr ja endlich«, brummt Wassili. »Wir haben schon sehnsüchtig auf euch gewartet.«

»Hat eine Weile gedauert, die Sachen zu besorgen«, sagt Rufus. »Aber jetzt ist alles da.«

»Sehr schön.« Wassili streckt minimal den Kopf nach vorn. »Sind das Partypillen?«

Rufus greift nach der fest verschlossenen Gummibärchentüte, die Archi mit *Holy Shit* gefüllt hat. »Ja. Und genug für mehrere Partys.«

»Dann her damit«, befiehlt Wassili.

»Du kriegst sie mit all den anderen Sachen, sobald wir Grete bekommen haben.«

»Zuerst soll Jascha die Pillen probieren«, kontert der Bär. »Ich möchte sichergehen, dass ihr hier kein krummes Ding drehen wollt.«

»Okay«, sagt Rufus nach kurzem Überlegen. »Aber danach will ich sehen, dass es Grete gut geht.«

Wassili nickt. »Geht klar.«

»Achtung! Fang!« Rufus macht einen Schritt nach vorn und wirft dem Bären die Tüte zu. Der Wurf gerät zu kurz, absichtlich würde ich mal sagen. Um danach zu greifen, muss Wassili nämlich einen Schritt nach vorn machen. Und das ist die Chance für unsere Scharfschützen. Drei Igelstachelpfeile werden abgefeuert.

Leider bückt Wassili sich in diesem Moment, weil ihm die Tüte aus der Klaue rutscht und seine Partypillen in den Fluten zu versinken drohen.

Zwei Igelstachelpfeile zischen über den Bären hinweg und werden vom Wasserfall verschluckt. Der dritte, abgeschossen von Mads, schießt weit übers Ziel hinaus und trifft oberhalb des Wasserfalls Keiler Carsten, der kurz ein verdutztes Gesicht macht und dann bewusstlos zusammenbricht.

Wassili hat die Tüte erwischt und von all dem, was um ihn herum passiert ist, nichts mitbekommen.

Während unsere Geschwister hektisch nachladen, dreht der Bär sich gemächlich um, bis nur noch sein Hintern aus dem Wasserfall hervorragt. Das ist eindeutig Chance Nummer zwei.

»Schau mal, was ich für dich habe, Jascha«, hört man den Ältesten rufen.

Mitzi, Minka und Mads feuern erneut, leider verschwindet der Bärenhintern in diesem Moment im Wasserfall, weshalb die Geschosse ihn wieder knapp verfehlen. Einer der Pfeile zischt ins Nichts, ein anderer prallt vom Felsen ab und saust in den Himmel. Dabei verfehlt er nur knapp einen Keiler, der einen neugierigen Blick nach unten geworfen hat und nun erschrocken davongaloppiert.

Der dritte Pfeil landet in einer Baumkrone, die sich völlig abseits des Geschehens befindet. Ich vermute, diesen Pfeil hat unser Sniper abgeschossen.

Es dauert nur einen Wimpernschlag, bis Luchs Benjamin bewusstlos aus seinem Versteck fällt und im Wasser landet. Zum Glück sind Herrmann und Fritz zur Stelle, um die Katze vor dem Ertrinken zu retten.

»Du musst sofort hoch zum Wasserfall«, zischt Rufus. »Sag allen, sie sollen da verschwinden.«

Verstehe. *Friendly Fire*. Hat Rufus mir mal erklärt. So nennen das die Chinesen, wenn man auf die eigenen Leute schießt. Nicht gut, deshalb soll ich alle Zivilisten aus der Schusslinie bringen.

»Ist es nicht besser, wenn ich gleich Mads aus dem Verkehr ziehe?«, schlage ich vor.

»Das wird die da oben auch nicht vor Querschlägern bewahren«, kontert Rufus.

»Alles klar«, sage ich und mache mich auf den Weg.

Wassili kehrt zurück. Er schiebt Kopf und Schultern durch den Wasserfall und verkündet: »Alles klar, ihr könnt jetzt abladen, wir holen dann …«

Weiter kommt der Bär nicht, denn unsere Geschwister haben erneut drei Pfeile auf die Reise geschickt. Und diesmal landen wundersamerweise alle drei Stacheln im Fleisch des Bären.

Wassili wirft einen erstaunten Blick zur Seite, wo Mitzi und Minka sich hinter den Felsen wegducken. Dann sacken dem Bären auch schon die Beine weg, und er landet mit einem fetten Bauchklatscher im Spaßbecken. Wie eine haarige Insel treibt er mit dem Kopf nach unten im Wasser. Man müsste ihn bei Gelegenheit mal umdrehen, denke ich, während ich die Felsen neben dem Wasserfall erklimme, sonst wird er uns am Ende noch ertrinken, und das wollen wir ja auch nicht.

Rufus weiß, was zu tun ist. Er formt die Vorderpfoten zu einem Trichter und ruft: »Hilfe! Zu Hilfe! Wassili braucht Hilfe! Schnell!«

Im Nu ist Grigori zur Stelle. Als er seinen Bruder ohnmächtig im Spaßbecken treiben sieht, springt der Zweitälteste ins Wasser und beeilt sich, Wassili auf den Rücken zu drehen. Grigori ist so sehr mit der Rettung seines Bruders beschäftigt, dass er weder die Pfeile in dessen Fell bemerkt noch die Gefahr, in der er schwebt, denn unsere Geschwister haben ihn ins Visier genommen.

Rufus fuchtelt mit den Vorderpfoten wild in der Luft herum, offenbar, um unseren Scharfschützen etwas mitzuteilen. Aber die drei haben nur Augen für ihr Ziel.

Bevor ich begreife, was mein Bruder meint, stecken zwei Pfeile im Hintern von Grigori.

Mads' Pfeil verfehlt den Bären – wer hätte das gedacht? – und trifft stattdessen ein Gebüsch auf der anderen Seite des Beckens. Ein leises »Aua« ertönt. Könnte Stefan-Albert von der Wiese sein, der sich da gerade schlafen gelegt hat.

Grigori, der seinen älteren Bruder gerade noch auf den Rücken drehen konnte, bevor er selbst ohnmächtig wurde, ist neben Wassili ins Spaßbecken gesunken. Seite an Seite liegen die beiden nun da wie ein Bärenehepaar im Winterschlaf.

Als ich die Spitze des Wasserfalls erreicht habe und zum Spaßbecken hinabschaue, wird mir schlagartig klar, was Rufus den Kleinen mitteilen wollte: Verschießt bloß nicht eure letzten Pfeile!

Leider haben Mitzi, Minka und Mads genau das gerade getan.

60

Wie sagt Rufus immer? Wer zählen kann, ist klar im Vorteil. Hilft uns nur gerade nichts.

Ich hoffe, dass wir Zeit für einen Plan B haben, bevor Jascha sich fragt, wo seine Brüder bleiben.

Haben wir leider nicht, denn schon schiebt sich die Bärennase des Jüngsten durch den Wasserfall.

Jascha sieht sofort, dass etwas faul ist. Er springt ins Becken, richtet sich auf und schnuppert misstrauisch. Das Wasser reicht ihm gerade mal bis zum Bauchnabel. Wie er so dasteht, erinnert er mich an dieses Monster, das gern japanische Städte ausradiert.

Der Anblick seiner ausgeknockten Brüder macht den Bären mordsmäßig wütend. Ich sehe zwar sein Gesicht nicht, aber sein Testosteron kann ich bis hier oben riechen. Außerdem hat er sich bestimmt eine extragroße Portion Partypillen genehmigt. Die sorgen jetzt für zusätzlichen Druck auf dem Kessel. Ein paar davon machen dir gute Laune, ein paar mehr rauben dir den Schlaf. Aber wenn du zu viel einwirfst, dann machen dich die Dinger nervös, fahrig und wütend. Und Jascha gehört zu den Typen, die immer zu tief in die Tüte greifen.

»Was ist hier los?«, brüllt er in einer Lautstärke, die den Wald erzittern lässt. Dann dreht er sich einmal um die eigene Achse, um den Grund dafür zu finden, warum seine beiden Brüder bewusstlos im Becken treiben. Er schaut hoch zum Wasserfall, und unsere Blicke treffen sich. Seine pechschwarzen Augen verengen sich zu Sehschlitzen.

»Steckst du etwa dahinter, du kleine Ratte?« Er hebt die Vorderläufe und tut so, als würde er nach mir greifen, was unmöglich ist, weil wir weiter voneinander entfernt sind, als ein Tiger springen kann. Trotzdem weiche ich erschrocken zurück. Der Bär weidet sich an meiner Angst. »Wenn ich dich in die Krallen kriege, werde ich dir sehr, sehr langsam den Hals umdrehen«, verspricht er und verzieht sein Maul zu einem Grinsen.

Kunstpause, dann fügt er hinzu: »Aber zuerst werde ich mir deine liebe Familie vornehmen.«

Langsam dreht er sich wieder zu Rufus, der sichtlich angespannt ist. Seine Vorderkrallen bohren sich in das Holz des Floßes. Selbst Rocky und Pa, die ja sonst für jede Rauferei zu haben sind, nötigt der Anblick des fuchsteufelswilden Bären Respekt ab.

Während Jascha langsam durch die Flut watet, um meine Familie zu killen, überlege ich fieberhaft, wie man ihn stoppen kann.

»Sollen wir angreifen?«, höre ich Herrmann fragen.

Seine Frage gilt nicht mir, sondern seinem Sohn, der auf der anderen Seite des Baches am Wasserfall steht und starr beobachtet, wie Jascha sich dem Floß nähert. Keine Ahnung, ob auch Keiler in Angststarre verfallen können, aber für mich sieht das sehr nach *Freeze* aus.

»Sohn? Wie lautet dein Befehl?«, setzt Herrmann nach, aber Fritz rührt sich immer noch nicht.

Safe, Alter. Der ist ganz klar angstschockgefroren.

Mir fällt auf, dass auf dem Felsen zwischen seinen Vorderläufen ein Igelstachelpfeil liegt. Muss der Querschläger sein, der eben Fritz' Kollegen in Panik versetzt hat.

Bevor ich nachdenken kann, habe ich mir den Pfeil geschnappt und die Entfernung zu Jascha abgeschätzt. Und als ich mich fragen will, ob meine Idee gut ist oder vielleicht doch eher blöd und sogar tödlich, da habe ich längst Anlauf genommen, bin gesprungen und segele über den höchsten Punkt des Wasserfalls hinweg. Gleich kommt der Sturzflug.

Ich bin das einzige Tier im ganzen Wald, das einen Rückwärtssalto mit halber Schraube durch den Wasserfall hinbekommt. Wäre doch gelacht, wenn ich es nicht hinbekäme, dem Bären einen Nadelstich zu verpassen. Zum Glück ist es jetzt sowieso zu spät, um darüber zu philosophieren, denn der Sturzflug beginnt.

Instinktiv spürt Jascha die Gefahr. Er dreht sich um, sieht mich wie ein riesiges Insekt mit gezücktem Stachel auf sich zurasen und reißt die Tatzen hoch.

Oha, das war es dann wohl. Gleich werde ich von messerscharfen Bärenkrallen filetiert, was allein schon schlimm genug wäre. Noch schlimmer ist, dass ich den Löffel abgeben muss, bevor ich die Bestie ausschalten kann.

Aus den Augenwinkeln und wie in Zeitlupe sehe ich, dass Rufus sich das Cape von den Schultern reißt und wie ein Lasso über dem Kopf kreisen lässt.

Schrilles, vielstimmiges Schlachtengeheul schlägt uns aus dem Wald entgegen. Lauter ist es nicht mal im Olympiastadion, wenn Hertha das entscheidende Tor macht. Klingt, als hätten alle um uns herum nur darauf gewartet, sich endlich Luft machen zu dürfen.

Jascha ist für Sekundenbruchteile abgelenkt, und ich schaffe es, durch seine Krallen zu zischen, ohne aufgespießt zu werden. Knapp. Sehr knapp. Seine Krallenspitzen säbeln mir an den Flanken die Haare weg. Da ist nicht viel Fantasie nötig, sich vorzustellen, was mit meinen Organen passiert wäre, wenn der Bär zugepackt hätte.

Als Jascha begreift, dass er mich verfehlt hat, habe ich ihm den Igelstachel bereits in seinen Bärenhals gebohrt. Der Jüngste verdreht die Augen und sackt in sich zusammen, als hätte man ihm den Stecker gezogen. Das geht wesentlich schneller, als ich erwartet habe. Ich will zur Seite springen, um mich in Sicherheit zu bringen, bin aber nicht schnell genug. Der Bär reißt mich mit sich. Zuerst werde ich von Jaschas Wampe unter die Wasseroberfläche und dann auf den felsigen Boden des Beckens gedrückt. Bevor ich mich versehe, bin ich eingeklemmt und kurz davor, zerquetscht zu werden.

Ich strampele und schlage um mich, aber der Bärenbauch ist überall. Je verzweifelter ich mich wehre, desto schneller lassen meine Kräfte nach. Dann fällt mir auf, dass ich das Rauschen des Wasserfalls kaum noch hören kann. Komisch, hat den etwa jemand leiser gedreht? Und warum wird es heute schon so früh dunkel?

61

Ein Licht. Mehr so ein Glitzern. Etwas schiebt sich unter meinen schlaffen Körper, und ich werde in die Höhe gehoben. Luft. Und Lärm. Er trifft mich wie ein Schlag, zugleich füllen sich meine Lungen mit köstlichem Sauerstoff. Ich blinzele in die Sonne.

»Hallo?« Die Stimme kenne ich irgendwoher.

»Wo bin ich?«, nuschele ich.

»Zum Glück unter den Lebenden«, höre ich die Stimme sagen. Jetzt weiß ich, wem sie gehört. Keiler Herrmann.

Als ich den Kopf zur Seite drehe, schaue ich ihm direkt ins Keilerauge, ich glaube, es ist sein rechtes. Ich liege lang ausgestreckt auf seinen Hauern, quer zur Keilerschnauze.

Langsam drehe ich den Kopf zur anderen Seite, wo rege Betriebsamkeit herrscht. Das Spaßbecken strotzt nur so vor Tieren, die damit beschäftigt sind, die Bären auf die Flöße zu verfrachten und seetauglich zu machen.

Wassili ist bereits fachmännisch auf seinem Floß verschnürt, Grigori und Jascha müssen noch verstaut werden. Die Waldbewohner schieben und zerren an den Bärenleibern, um sie auf die Flöße zu bugsieren.

Rufus hätte seine helle Freude daran, die Waldbewohner in trauter Verbundenheit bei der Arbeit zu sehen. Apropos. Wo steckt eigentlich mein Bruder?

Ich drehe den Kopf wieder zu Herrmann. »Hast du Rufus gesehen?«

»Nachdem er mir zugerufen hat, dass ich mich um dich kümmern soll, ist er direkt in die Höhle gelaufen.«

Logisch. Rufus muss wissen, dass es Grete gut geht. Verstehe ich. Würde mich auch interessieren, ob unsere Oberbeschützerin wohlauf ist. »Lass mich runter«, sage ich zu Herrmann. »Ich will auch ins *Acapulco*.«

»Bleib liegen«, erwidert der Keiler. »Ich bring dich.«

Er nimmt Kurs aufs Ufer, um wenig später die Anhöhe zum *Acapulco* zu erklimmen. Hätte nicht gedacht, dass Herrmann so ein geschickter Kletterer ist.

Er setzt mich ab und verschwindet mit den Worten: »Ich schau mal, wo ich mich nützlich machen kann.«

»Danke«, rufe ich ihm hinterher.

Als ich den Club betrete, überkommt mich ein warmes Gefühl. *Home. Sweet home.*

Ein dunkles Etwas stürmt auf mich zu, und im nächsten Moment umklammern mich zwei Waschbärenarme. »Du kannst dir nicht vorstellen, wie froh ich bin, dich zu sehen, Kumpel.«

Die Arme drücken mich so fest, dass ich meine Knochen knacken höre, dann geben sie mich frei, und ich sehe, dass Bernie mich so überschwänglich begrüßt hat.

»Komm«, sagt er, »ich bring dich zu den anderen.«

Wir laufen ins Lager, wo die Bären Grete festgehalten haben. Rufus nimmt ihr gerade die Fesseln ab. Als er sie unterhaken will, um ihr auf die Beine zu helfen, küsst sie ihn.

Er strahlt. »Wofür war das denn?«

»Einfach nur dafür, dass es dich gibt«, antwortet Grete und lächelt ihn an. Sie will aufstehen, doch die Beine versagen ihr den Dienst.

»Wir brauchen Hilfe!«, ruft Bernie ins Halbdunkel.

Freddie, Alina und Abigail erscheinen, aber Grete winkt ab. »Geht schon, mir war gerade nur etwas schwindelig.«

»Das ist der Kreislauf«, sagt Rufus.

Alle sehen ihn verständnislos an, dann fragt Bernie: »Und was läuft da im Kreis?«

Rufus will antworten, doch ein entsetzter Aufschrei kommt ihm dazwischen. Von draußen hört man lautes Rufen und hektische Kommandos.

»Ich schau nach, was los ist«, sage ich.

»Ich komme mit«, erklärt Rufus.

»Wir kommen alle mit«, korrigiert Grete und will aufstehen, doch sie hat immer noch weiche Knie. Sie setzt sich wieder. »Geht schon mal vor, ich komme gleich nach.«

Rufus zögert.

»Nun geht schon«, fügt Grete hinzu.

62

Der Grund für den Tumult im Spaßbecken ist, dass bei Jascha die Wirkung des Schlafmittels nachlässt und der Bär angefangen hat, wie ein Betrunkener durchs Becken zu torkeln und um sich zu schlagen. Benebelt, wie er ist, hapert es zwar mit seiner Koordination, weshalb es noch keine Schwerverletzten gibt, aber das kann sich jeden Moment ändern. Und ich sehe auch schon einen aussichtsreichen Kandidaten. Es ist Pa, der sich in Jaschas Nacken festgekrallt hat und den Bären in die Knie zwingen will, indem er auf ihn einprügelt. Eine der Nebenwirkungen des Anti-Aging-Mittels, das unser alter Herr von Archi bekommen hat, scheint eine gewisse Selbstüberschätzung zu sein.

Pa ist nicht der Einzige, den der Bär im wahrsten Sinne des Wortes am Hals hat. Erdmaus Maik umklammert die Gurgel des Bären, Rötelmaus Mark klebt im Achselbereich, Jens Spanner krallt sich an Jaschas Puschelschwanz fest und hat Mühe, nicht in die Pofalte zu rutschen.

Die Waldtiere versuchen, Jascha durch Tritte und Stöße wieder in die Horizontale zu bekommen, während sie den Attacken des Bären ausweichen. Ab und zu gelingt es sogar, ihn zu Fall zu bringen, doch egal, wie oft Jascha auch strauchelt und stürzt, er ist sofort wieder auf den Beinen.

Immerhin schlafen Grigori und Wassili tief und fest. Die Tiere haben sie mit Kabeln und alten Kordeln auf die Flöße gebunden und diese ins hintere Spaßbecken geschleppt, wo sie, bewacht von zwei Bibern, vor sich hin dümpeln, während hier vorn der Kampf mit Jascha tobt.

»Wir brauchen Luftunterstützung«, sagt Rufus. »Wo ist Ritter von Schleich?«

Gute Frage, der Wanderfalke ist verschwunden. Überhaupt scheinen sich die Vögel aus dem Staub gemacht zu haben, denn bis auf Skippers und Pings Entenküken, die zum Entsetzen ihrer Eltern ordentlich bei der Bärenhatz mitmischen, ist kein Federvieh in Sicht.

Als der Himmel sich verdunkelt, wissen wir, warum. Auch Schleichi ist auf die Idee gekommen, Jascha aus der Luft anzugreifen. Also hat er die Vögel flussaufwärts geführt, damit sie sich mit Kieseln bewaffnen können. Die wollen sie jetzt auf den tobenden Bären herabregnen lassen.

Alle, die in Jaschas Fell hängen, erkennen die Gefahr und lassen sich ins Becken fallen – alle bis auf Pa. Der ist so sehr damit beschäftigt, auf den Bärennacken einzudreschen, dass er erst von ihm ablässt, als es Kieselsteine regnet.

Wie durch ein Wunder – vielleicht auch durch Archis Wundermedizin – bleibt unser alter Herr unverletzt. Rocky ist zur Stelle, um ihn aus den Fluten zu ziehen, aber Pa besteht darauf, selbst an Land zu kraxeln.

Der Kieselsteinregen ist Jascha zwar lästig, zwingt ihn aber keineswegs in die Knie. Im Gegenteil, es sieht aus, als könnte der Bär diese Prozedur ohne Probleme stundenlang über sich ergehen lassen.

»Polyphem«, sagt Rufus plötzlich.

»Und das heißt?«

»Odysseus hat ihn geblendet«, fügt Rufus hinzu.

»Und das heißt?«, wiederhole ich.

»Ich brauch mal was zum Winken«, sagt Rufus und beginnt, einen am Hang wachsenden Hartriegelstrauch zu rupfen.

»Was tust du da?«

»Wirst du gleich sehen.« Er stellt sich breitbeinig auf den Felsen, hebt zwei Hartriegelzweige in die Höhe und kreuzt sie über dem Kopf. Es folgt eine Art Turnübung. Rufus hebt mal den linken, mal den rechten Zweig, dann beide, dann wieder nur einen, dann lässt er beide sinken, dann hebt er wieder beide hoch und so weiter und so fort.

»Was zur Hölle tust du da?«

»Ich gebe Marshaller-Signale«, antwortet Rufus.

»Okay. Ich werde dich nicht fragen, was Marshaller-Signale sind«, sage ich.

»Vereinfacht gesagt, sind es Signale, mit denen das Bodenpersonal und die Piloten kommunizieren«, antwortet Rufus.

»Du bist das Bodenpersonal?«, rate ich.

»Genau.« Rufus lässt die Zweige sinken, im selben Moment endet der Kieselregen, und man hört es rauschen. Dann zischt Ritter von Schleich über uns hinweg, schießt am Kopf des Bären vorbei und rupft ihm im Vorbeifliegen ein Büschel Haare aus, um eine enge Kurve zu nehmen und gleich noch mal anzugreifen.

Der wütende Jascha sieht den Falken auf sich zukommen und greift nach dem Vogel, aber Schleichi ist schneller. Er saust dem Bären durch die Krallen, schnappt sich noch ein Büschel Haare und steigt dann wie eine Rakete senkrecht in den Himmel.

Im selben Moment setzt der Kieselsteinregen wieder ein, und Jascha, der Schleichi hinterherschaut, kriegt eine Ladung Steinchen in die Augen.

Der Bär brüllt und reißt die Krallen hoch. Trudelnd und nach Halt suchend stolpert er durchs Becken und ballert schließlich volle Suppe gegen die Felswand neben dem

Wasserfall. Das sieht nicht nur ungesund aus, es klingt auch so. Er prallt zurück, schwankt.

Alle halten den Atem an.

Jascha seufzt vernehmlich, dann sagt er: »Ne proigrav, ni vygrayesh'.«

»Was er hat gesagt?«

»Wenn du nicht verlieren kannst, dann kannst du auch nicht gewinnen«, antwortet Rufus. »Ein altes russisches Sprichwort.«

»Sag jetzt nicht, du sprichst Russisch.«

»Nicht fließend«, antwortet Rufus. »Aber ich arbeite dran.«

»Und was will er damit sagen?«

»Vermutlich war es so eine Art Resümee.«

Bevor ich meinen Klugscheißerbruder fragen kann, was ein Resümee ist, verdreht Jascha die Augen und kippt um.

Die Flutwelle lässt das Wasser über die Ufer treten und schwappt in die unteren Becken, wo sich die Flöße von Wassili und Grigori selbstständig machen und nun flussabwärts treiben. Die beiden Biber, die auf sie aufpassen, werden einfach mitgezogen.

Wolfgang und seine Leute nehmen die Verfolgung auf, während die anderen Tiere versuchen, Jascha auf das dritte Floß zu hieven.

»Interessant. Von hier aus betrachtet, sieht dein Plan wie das reinste Chaos aus«, sage ich.

Rufus will etwas erwidern, aber Grete erscheint, die Waschbären im Schlepptau. Sie wirft einen Blick nach unten und scheint meiner Meinung zu sein. »Was hat dieses Chaos zu bedeuten?«

»Wir versuchen die Bären loszuwerden«, antwortet Rufus.

»Stehen die Chancen dafür eher gut oder eher schlecht?«, fragt Grete. »Ich finde, man kann es von hier aus nicht erkennen.«

»Keine Sorge«, sagt Rufus. »Demokratie braucht Improvisation. Man kann nicht immer alles planen.«

Wow, und das aus dem Munde meines Bruders.

»Wir stecken fest!«, hört man Wolfgang rufen. »Ich brauche hier mal schnell zwei Wildschweine!«

Grete wirft Rufus einen skeptischen Blick zu. »Bist du sicher, dass dein Plan funktioniert?«

Er winkt lässig ab. »Keine Sorge. Wir schaffen das.«

»Angela Merkel?«, frage ich.

Rufus schüttelt den Kopf. »Bob, der Baumeister.«

63

Die Arbeit ist ermüdend und nervtötend. Andauernd setzen die Flöße im seichten Wasser auf, dann wieder verkanten sie sich oder bleiben im Ufergestrüpp hängen.

Gefühlt brauchen wir den halben Nachmittag, nur um die Bären durch die Tümpel zu manövrieren. Wenn wir weiter in diesem Schneckentempo vorankommen, dann werden die Wassilis morgen nicht auf fremden Gewässern aufwachen, sondern nur einen Steinwurf vom *Acapulco* entfernt.

Die nervöse Stimmung heizt sich noch weiter auf, als ein Biber verkündet: »Ich hab hier achtern Backbord ein Leck bei den Zwischenspanten. Ich weiß nicht, wie lange die Holznägel …«

Man hört ein Knirschen, und im selben Moment sackt der hintere Teil von Wassilis Floß auf den Grund des Baches.

»… das noch mitmachen«, vollendet der Biber den Satz.

»Das darf doch nicht wahr sein!«, ruft Wolfgang entsetzt. Aufgeregt schwimmt der Chefbiber um das Floß herum, taucht dann lange unter und verkündet schließlich: »Das muss ein Haarriss gewesen sein, der sich durch die Belastung vergrößert hat. Anders kann ich mir das beim besten Willen nicht erklären.«

»Könnt ihr es reparieren?«, fragt Rufus.

Der Biber verzieht das Gesicht. »Klar. Aber das braucht seine Zeit.«

Keiner sagt es, aber alle denken: Zeit ist genau das, was wir nicht haben. Und solange Wassili den Bach blockiert, geht die »Operation Bärenbrüder« auch für Grigori und Jascha nicht weiter.

»Die werden wir nie los«, raune ich Rufus zu.

»Abwarten«, erwidert mein Bruder. »Fortis fortuna adiuvat.«

»Schon wieder ein russisches Sprichwort?«

»Diesmal ein lateinisches. Es heißt, das Glück ist mit den Tapferen.«

Cooler Satz. Hoffentlich stimmt er auch.

»Das Glück ist mit den Tapferen«, wiederhole ich, seltsamerweise begleitet von Fanfarenklängen. Keine Ahnung, wo die plötzlich herkommen, aber es scheint, als wollten sie die Wirkung der Worte unterstreichen. Wobei ich nicht beschwören würde, dass da Fanfaren zu hören sind. Könnten auch Trompeten sein. Oder …

»Waldhörner«, höre ich die Tiere unheilvoll raunen und sehe in lauter bestürzte Gesichter.

»Es ist wieder so weit«, flüstert Fritz atemlos.

Herrmann nickt und muss trocken schlucken. Hat der Drachenbezwinger etwa Fracksausen?

»Was hat das zu bedeuten?«, frage ich Rufus.

Mein Bruder will antworten, aber Grete kommt ihm zuvor. »Worauf wartet ihr noch?!«, ruft sie. »Versteckt euch! Schnell!«

Die Tiere lassen sich das nicht zweimal sagen. Sie stürmen davon, als säße ihnen der Teufel im Nacken. Von der Maus bis zum Keiler sind im Nu alle verschwunden.

Als sich Hundegebell in den Ruf der Hörner mischt, ist unser Clan mit den Bären allein. Nur Grete hat noch nicht das Weite gesucht.

»Was ist?«, fragt sie. »Kommt ihr nicht mit?«

»Wir kommen nach«, antwortet Rufus. »Treffen wir uns im *Acapulco*, okay?«

Grete nickt ihm zu, dann rennt sie Haken schlagend davon.

Unser Clanchef braucht mal wieder etwas länger, um die Situation zu erfassen. »Wo sind denn alle hin?«

»In Deckung«, antwortet Rufus. »Die Waldhörner haben gerade zur Jagd gerufen.«

Rocky überlegt, dann kommt ihm ein für seine Verhältnisse richtig hellsichtiger Gedanke: »Müssen wir dann nicht auch in Deckung?«

»Erdmännchen dürfen nicht gejagt werden«, antwortet Rufus. »Zumindest nicht von Menschen. Aber es kann natürlich immer passieren, dass man Opfer einer Verwechslung wird.«

»Und das heißt?«, hakt Rocky nach.

»Wäre ich unser Clanchef, dann würde ich alle in Sicherheit bringen und Ray und mich als Wache zurücklassen«, antwortet Rufus. »Aber ich bin ja nicht unser Clanchef.«

Rocky könnte jetzt fragen, was es bringen soll, dass Rufus und ich Wache halten, aber so hellsichtig ist er dann doch wieder nicht. Außerdem finden Erdmännchen es grundsätzlich beruhigend, wenn jemand Wache hält. Wir haben das völlig unnützerweise sogar im Zoo gemacht.

»Genau so wollte ich das gerade bestimmen«, verkündet Rocky und dackelt ab.

»Was hast du vor?«, frage ich Rufus.

»Wir sorgen dafür, dass die Wassilis von den Jägern gefunden werden.«

»Was? Du willst sie erschießen lassen?«

»Ganz im Gegenteil. Ich will vermeiden, dass sie versehentlich erschossen werden. Aber wenn wir Glück haben, dann sorgen die Menschen dafür, dass die Wassilis in ihre Heimat zurückkehren.«

»Und das Glück ist ja bekanntlich mit den Tapferen.«

»Du hast es dir gemerkt. Sehr gut.«

Ich folge Rufus auf eine steinalte Silberpappel, deren Stamm in eine gemütliche Astgabel mündet. Von hier aus kann man hinter die dicht bewachsene Uferlinie sehen.

Acker- und Weideland, so weit das Auge reicht. Die Jäger bewegen sich Richtung Osten, die Hunde laufen voraus.

Rufus pfeift. Keine Reaktion. Er versucht es erneut. Zwei Jagdhunde halten inne und spitzen kurz die Ohren, dann folgen sie wieder der Meute. Rufus pfeift ein drittes Mal. Wieder halten die beiden Hunde inne, doch diesmal lösen sie sich vom Rudel und nehmen Kurs auf unser Versteck.

»Na, geht doch«, murmelt mein schlauer Bruder.

Die Hunde, zwei Labrador-Retriever, einer sandfarben, einer schwarz, finden den Wassili-Clan ohne Probleme. Im Grunde stolpern sie über den Fund ihres Lebens. Doch die Sache ist ihnen nicht ganz geheuer. Drei Bären auf einen Streich, das ist selbst für erfahrene Jagdhunde ein krasser Fang.

»Und was machen wir jetzt mit denen?«, fragt der Sandfarbene.

»Keine Ahnung«, antwortet der Schwarze. »Meinst du, wir sollten die apportieren?«

»Apportieren? Sind die nicht viel zu groß?«, fragt der Sandfarbene.

»Vielleicht versuchen wir es zusammen«, überlegt der andere.

Gemeinsam bemühen sie sich, Jascha zu apportieren, aber der Bär bewegt sich keinen Millimeter.

Die Hunde geben auf.

»Und jetzt?«, fragt der Sandfarbene.

»Holen wir die anderen, oder?«

Sie laufen zurück auf die Wiese, recken kühn die Schnauzen vor und bellen, als würde ihr Leben davon abhängen.

64

Nachdem Rufus und ich es uns in der Astgabel mit ein paar Brombeerspinnerraupen gemütlich gemacht haben, treffen die Jäger ein.

Es gibt aufgeregte Diskussionen und eine Menge Selfies mit den Wassilis. Dann kommt endlich jemand auf die Idee, die Polizei zu rufen. Die erscheint in Gestalt einer Polizistin und ihres väterlichen Kollegen.

Die Beamten inspizieren die Bären und rufen dann ihrerseits die Feuerwehr und einen Tierarzt, der wenig später in Anglerhose durch den Bach watet und sich davon überzeugt, dass die Wassilis am Leben sind. Er kann sich zwar keinen Reim darauf machen, was hier passiert sein könnte, rät den Beamten aber dringend, die Bären in einen Käfig zu verfrachten, bevor sie wieder zu sich kommen.

Die Feuerwehr hat nicht nur Rettungsliegen und -tücher dabei, sondern auch eine Motorsäge, mit der die Männer ein Loch in die Uferböschung schneiden, um die Bären zu bergen. Mit vereinten Kräften schleppen Jäger und Feuerwehrmänner die Wassilis zuerst ans Ufer und dann die Böschung hinauf. Schließlich liegen die Bären nebeneinander auf der Wiese, und es geschieht – nichts, und das eine ganze Weile.

»Weck mich, wenn es wieder spannend wird«, sagt Rufus, dem schon mehrmals die Augen zugefallen sind. »Ich löse dich dann ab, okay?«

»Total okay«, sage ich und nehme mir vor, ihn schlafen zu lassen. Er hat gleich mehrere harte Tage hinter sich und im Gegensatz zu mir auch letzte Nacht kein Auge zugetan.

Es wird bereits dunkel, als ein Traktor auf die Wiese zuckelt. Er zieht einen Viehanhänger hinter sich her, der wie ein Knast auf Rädern aussieht. Die Stangen an den vergitterten Fenstern sind dicker als meine Vorderläufe. Ich frage mich, was mit diesem Vehikel üblicherweise transportiert wird. Drachen? Dinosaurier? Seemonster?

Überraschung. Der Fahrer des Traktors ist Bauer Fröhlich. Zeus begleitet sein Herrchen. Freundlich hechelnd läuft er zu den Jagdhunden, um sich sämtliche Details der Bärengeschichte erzählen zu lassen.

Auch Bauer Fröhlich zeigt sich heute von seiner geselligen Seite. Könnte daran liegen, dass er mit einem Schnäpschen begrüßt wird. Die Jäger haben die Jagd abgeblasen und sind gleich zum gemütlichen Teil übergegangen. In einem großen Gefäß, das an einem Dreifuß über dem Lagerfeuer hängt, köchelt ein Eintopf vor sich hin. Die Anwesenden sind eingeladen, sich zu bedienen.

Vor dem Abendessen müssen die Wassilis aber noch in Bauer Fröhlichs Viehtransporter verfrachtet werden, und danach gibt es einen weiteren Fototermin, diesmal sogar einen offiziellen, denn inzwischen ist jemand von der Presse da, der über den Bärenfund berichten möchte. Selbstredend bleibt auch der Reporter zum Umtrunk mit Erbseneintopf. Ebenso wie die Polizei, die Feuerwehr und natürlich Bauer Fröhlich.

Ich frage mich, was mit den Wassilis geschehen wird, scheine aber der Einzige zu sein, den das interessiert.

Am Lagerfeuer wird gegessen, getrunken, gelacht und gescherzt, als gäbe es überhaupt kein Bärenproblem.

Ich sehe, dass Bauer Fröhlich auch deshalb heute so gesellig ist, weil er ein Auge auf die Polizistin geworfen hat. Die scheint ebenfalls nicht abgeneigt zu sein. Die beiden sind so ins Gespräch vertieft, dass der Bauer mehrere Schnapsrunden verpasst und die Polizistin beinahe ihren nächsten Einsatz.

Bevor der Streifenwagen losfahren kann, drückt er ihr immerhin noch rasch einen Zettel in die Hand, auf den er seine Telefonnummer gekrakelt hat. Ich höre zwar nicht, was gesprochen wird, aber ihre Mimik ist eindeutig. Sie wird ihn anrufen, darauf verwette ich meinen kleinen Erdmännchenhintern.

Mit einem Lächeln auf den Lippen setzt Bauer Fröhlich sich wieder ans Lagerfeuer und starrt versonnen in die Flammen.

Ich habe das Gefühl, ich kann sehen, wie da gerade ein winziges Licht in ihm angezündet worden ist. Eine Kerze der Hoffnung, die schon beim nächsten Windhauch erlöschen, deren Flamme aber auch mit der Zeit heller und stärker werden kann.

Seltsam. Hätten wir ihm seinen Honig nicht geklaut, dann wären die Bären nicht auf die Idee gekommen, uns zu erpressen, damit wir noch mehr davon besorgen. Wir hätten uns nicht zur Wehr gesetzt, und der heutige Abend hätte nie stattgefunden. Und Bauer Fröhlich hätte vielleicht nie erfahren, dass es auf dieser Welt eine Polizistin gibt, die ihn zum Lächeln bringen kann.

»Soll das heißen, es war am Ende richtig, den Honig zu stehlen?«, höre ich eine Stimme fragen.

Aurin sitzt im Nachbarbaum. Inzwischen bin ich ja daran gewöhnt, dass er wie aus dem Nichts auftaucht.

»Es heißt eher, dass die meisten Dinge zwei Seiten

haben«, antworte ich. »Und vielleicht ist es wichtig, beide Seiten zu betrachten.«

»Darf man nun stehlen, oder darf man es nicht?«, hakt Aurin nach.

»Vielleicht ist es so eine Art Geben und Nehmen«, sage ich. »Wenn wir nur so viel Honig nehmen, wie wir brauchen, dann kann Bauer Fröhlich das verkraften, vor allem, wenn er seinerseits auch etwas bekommt. Einen Abend wie diesen beispielsweise.«

Aurin sieht mich an und schweigt.

»Ich meine, es könnte doch sein, dass für alle von allem genug da ist, wenn jeder nur so viel nimmt, wie er braucht. Das Problem sind nicht Kleinganoven wie wir, sondern Typen wie diese Bären, die alles für sich einsacken, egal, wie es den anderen dabei geht.«

Aurin sieht mich an, dann nickt er langsam. »Ich glaube, es ist so weit.«

»Was ist wie weit?«, frage ich

»Du brauchst mich nicht mehr. Ich darf mich verabschieden.«

»Ich verstehe kein Wort.«

Keine Reaktion. Aurin ist verschwunden. Ich habe das Gefühl, diesmal für immer.

Gleißendes Licht lässt mich hochschrecken. Ich brauche einen Moment, um mich daran zu erinnern, wo ich bin.

Es ist mitten in der Nacht. Die Jäger haben längst zusammengepackt. Die Scheinwerfer der im Halbkreis parkenden Geländewagen tauchen die Wiese und das Gespann von Bauer Fröhlich in helles Licht. Alle scheinen auf etwas zu warten.

»Warum hast du mich nicht geweckt?« Rufus setzt sich gähnend neben mich.

»Ist nichts Spannendes passiert«, sage ich. »Die haben die Bären in den Transporter gesperrt, und das war es auch schon.«

»Und worauf warten jetzt alle?«

»Keine Ahnung.«

Am hinteren Gitterfenster des Viehtransporters taucht das Gesicht von Wassili auf. Angestrengt späht er in die Dunkelheit, kann aber nichts erkennen. »Hey, ihr da, Erdmännchen. Seid ihr da?«

»Aber sicher«, rufe ich ihm zu. »Wir haben nur darauf gewartet, dass ihr aufwacht. Möchtest du lieber Tee oder Kaffee, Darling?«

»Ich komme zurück, und dann werde ich dich und deinen ganzen Clan zum Frühstück vernaschen«, antwortet Wassili.

»Könnte eine Weile dauern«, sagt Rufus. Er deutet auf einen alten Lastwagen, der in diesem Moment auf die Wiese fährt, und erklärt, dass auf den hölzernen Seitenwänden des Lkw »Zirkus Babuschka« zu lesen ist. Darüber prangt das Gesicht eines lachenden Clowns. Unter dem Namenszug steht »Großer Zirkus von Russland« – was auch immer das bedeuten mag.

Am Steuer sitzt tatsächlich ein Clown. Er hat sich nur notdürftig abgeschminkt, trägt aber noch die grüne Pluderhose, mit der er heute in der Manege gestanden haben muss. Der Beifahrer ist ein Typ mit Reiterhose, schwarzen Stiefeln und einem Dreitagebart. Von der Hüfte aufwärts sieht er aus wie ein Taschendieb, den unteren Teil könnte man für einen halben Zirkusdirektor halten.

Gemeinsam inspizieren die Zirkusleute, die Jäger und Bauer Fröhlich den Viehwagen.

»Jawohl, das sind unsere drei Racker«, stellt der halbe

Zirkusdirektor fest. Sein russischer Akzent rollt wie eine Bowlingkugel über die Wiese.

»Hat der euch wirklich gerade ›Racker‹ genannt?«, frage ich, während die Zirkusleute ihren Wagen direkt neben Bauer Fröhlichs Transporter parken, bis die seitlichen Schiebetüren sich genau gegenüberliegen.

»Wie gesagt, wir kommen wieder«, knurrt Wassili, während er und seine Brüder vom Vieh- in den Zirkuswagen trotten.

»Grüßt mir Las Vegas!«, rufe ich den Bären zu, bevor die Wagen, einer nach dem anderen, die Wiese verlassen.

Dann wird es wieder ganz still in unserem Wald.

65

Zwei Wochen nach der »Operation Bärenbrüder« muss der Sommer endgültig die Waffen strecken. Tapfer hat er sich gegen den Herbst gewehrt, aber jetzt kriecht jeden Morgen die Kälte durchs Gebüsch, und der Wald bekommt einen neuen Look verpasst. Adieu, laue Sommernächte, hallo, frostige Vormittage.

Ich beginne meine morgendlichen Rundgänge jetzt mit einem kleinen Dauerlauf, um mich auf Temperatur zu bringen. Ist gesund, sagt Rufus, den ich allerdings noch nie beim Laufen gesehen haben. Aber er muss sich morgens auch nicht auf Temperatur bringen, weil er die Nächte bei Grete verbringt und sich deshalb ins flauschigste Brustfell des ganzes Waldes kuscheln darf. Er behauptet, dass er ihr helfen muss, weil unsere Oberbeschützerin nicht mehr so schnell hoppeln kann wie früher. Der Grund dafür ist klar, aber mein Bruder kann es nicht lassen, Statistiken über Gretes Schwangerschaft anzufertigen. Und damit geht er mir gern und ausführlich auf die Nerven. So wie heute.

»Feldhäsinnen haben ja bekanntlich eine Tragezeit von zweiundvierzig Tagen. Je nachdem, wann Grete ihrem Hoppler begegnet ist, dauert es also noch zwischen elf und dreizehn Tage bis zur Entbindung. Wenn man das in Relation zu ihrem Bauchumfang setzt, dann besteht eine dreiundachtzigprozentige Wahrscheinlichkeit, dass Grete Fünflinge bekommt. Ist das nicht interessant?«

»Ich muss los«, sage ich. »Arbeitsbesprechung.«

Stimmt sogar. Fast. Ich treffe mich später mit den Waschbären. Und mit Jens Spanner, der neuerdings zu meinem Team gehört. Das heißt, eigentlich arbeitet er nicht für mich, sondern für die Waldgemeinschaft. So wie auch ich das jetzt tue. Rufus hat das *Acapulco* nämlich zum Waldeigentum erklärt, es gehört also nicht mehr mir allein, sondern quasi allen Waldbewohnern. Ich bin nur noch der Manager. Gefällt mir ganz gut, jetzt muss ich mich nämlich nicht mehr für jeden Scheiß verantwortlich fühlen.

Jens ist mein Türsteher. Klingt komisch, funktioniert aber tadellos. Rufus sagt, Spanner hat die Inselbegabung, Leuten anzusehen, ob sie etwas im Schilde führen. Kann ich nur bestätigen. Wir haben jetzt regelmäßig Familienveranstaltungen im *Acapulco*. Wenn Jens die Tür macht, dann klappt das so perfekt wie die Kindersicherung bei Netflix: keine Drogen, kein Sex, keine Flüche, nicht mal derbe Sprüche.

Ansonsten gibt es ohnehin nur eine einzige Regel: Bei den Partys für die erwachsenen Tiere ist alles erlaubt – ausgenommen Großbären. Die müssen grundsätzlich draußen bleiben.

Wobei Rufus findet, die Wassilis haben uns einen Dienst erwiesen. Ihr Angriff auf die Gemeinschaft hat den Zusammenhalt der Tiere gestärkt. Laut Rufus passiert das immer, wenn eine Gruppe gegen eine Gefahr von außen zusammenrücken muss. Leider ist dieser Effekt nicht von Dauer. Wir sollten den idyllischen Herbst also genießen.

Vor dem *Acapulco* sind Archi und Pa mit Anti-Aging-Forschung beschäftigt. Unser alter Herr nutzt das Becken vor dem Wasserfall als Gegenstromanlage.

Schon wenige Tage nach der »Operation Bärenbrüder«

ließ die Wirkung von Archis Wundermittel nach, und Pa war binnen weniger Tage wieder der Alte – also, er war tatsächlich wieder alt. Archi experimentiert jetzt mit neuen Wirkstoffen, die von Pa getestet werden, was dazu führt, dass er mal wie ein junger Gott aussieht und dann wieder als Tattergreis durch die Gänge schleicht.

»Hallo, Robin!«, ruft Pa mir zu, was mich vermuten lässt, dass er heute noch nicht das richtige Zeug bekommen hat.

Ich winke ihm zu: »Schönen Tag, Pa.«

Bei den Tümpeln werde ich Zeuge einer Diskussion zwischen den Pinguin-Vätern und ihrer besonders kecken Ziehtochter Felicity. Mann, wie schnell sind die süßen Entenküken groß geworden. Herrmann, Traudl und Hermine hören zu, halten sich aber raus – ebenso wie Felicitys Geschwister.

»Nein, junges Fräulein«, ruft Skipper energisch. »Die Antwort lautet definitiv: Nein! Du wirst diesen Winter nicht mutterseelenallein nach Afrika fliegen. Ist das klar?«

»Aber Allegra darf auch fliegen«, begehrt Felicity mit ihrer hellen Entenstimme auf.

»Allegra ist eine Turteltaube, und Turteltauben fliegen im Winter immer in den Süden«, erklärt Ping. »Während Mandarinenten hier überwintern. Frag Rufus.«

»Aber wir sind nicht wie andere Mandarinenten. Das habt ihr uns selbst beigebracht.«

Skipper und Ping tauschen ratlose Blicke. Ist nicht schön, mit den eigenen Waffen geschlagen zu werden.

»Ray, was sagst du denn dazu?«, bittet Skipper mich mit leiser Verzweiflung um Hilfe.

»Felicity hat recht, andere Enten fliegen vielleicht nicht

nach Afrika, aber das muss nichts heißen. Andere Pinguine machen ja auch … andere Sachen.«

»Heißt das, du findest, dass ich fliegen sollte?«, freut sich Felicity.

»Na ja, vielleicht kann man das Thema um einen Winter verschieben. Ich meine, es ist schon Herbst, und ein bisschen Training braucht man schon, wenn man nach Afrika fliegen will. Immerhin sind das bestimmt … eine Million Kilometer, wenn nicht noch mehr.« Ich habe nicht den leisesten Schimmer, ob das stimmt, aber die Zahl verdeutlicht hoffentlich, dass Afrika verdammt weit weg ist.

Skipper und Ping finden meine Idee ansprechend, hoffnungsvoll drehen sie die Köpfe Felicity zu.

»Wenn ich jetzt nicht mitfliege, darf ich dann im nächsten Winter mit?«

Die Pinguine wissen, dass sie Zeit gewinnen müssen.

»Darfst du«, lügt Skipper wie gedruckt, und Ping nickt heftig, obwohl ich sein inneres Kopfschütteln sehen kann.

»Danke!«, ruft Felicity und umarmt ihre Väter.

»Darf ich dann auch mit nach Afrika?«, fragt Hermine.

»Fliegen, oder was?«, brummt Herrmann ärgerlich.

»Das besprechen wir dann am besten gemeinsam und in aller Ruhe«, lenkt Traudl diplomatisch ein.

»Danke!«, raunt Skipper mir zu.

Auf dem Weg zu unserem Bau stelle ich fest, dass ich offenbar ganz gut mit Kindern kann. Aber ist ja auch kein Kunststück, als Erdmännchen wird dir der Familiensinn mit in die Wiege gelegt.

Ist nicht so, dass das für mich jetzt anstehen würde, Familie und so. Eher im Gegenteil. Als Natalie ganz plötzlich davon anfing, während wir in meiner Kammer rumgemacht haben, wäre mir fast das Herz stehen geblieben.

»Ganz bestimmt will ich eines Tages Mutter werden und, wer weiß, vielleicht sogar mit dir, Ray«, sagte sie und biss mich zärtlich in den Nacken. »Aber momentan gefällt mir alles so, wie es ist. Ich bin jung, ich will Spaß, mein Leben genießen und keine Verantwortung tragen. Zumindest jetzt noch nicht.«

Tja, was soll man dazu sagen? Außer vielleicht: Wie hammergeil ist das denn?! Hab ich natürlich nicht gesagt, sondern professionell Verständnis gezeigt.

Seitdem bin ich Natalies erste Wahl, wenn sie Spaß haben und ihr junges Leben genießen will. Was super ist.

Manchmal, wenn ich so wie jetzt gerade in der Morgensonne sitze und einfach nur die Herbstluft genieße, dann denke ich, dass mein Leben perfekt ist. Aber manchmal habe ich auch das Gefühl, es fehlt etwas. Leider weiß ich immer noch nicht, was das sein könnte.

»Abwechslung?«, fragt Rufus.

»Was?«

»Ob du Lust auf eine kleine Abwechslung hast.«

Er gesellt sich zu mir und drückt mir ein Stück Papier in die Hand. »Hat Ritter von Schleich heute gefunden.«

Ich erkenne das lachende Clownsgesicht wieder, das ich auf dem Zirkuswagen gesehen habe. »Kannst du mir vorlesen? Ich hab meine Brille verlegt.«

»Hier steht, dass ›Meister Petz und seine lustige Bande‹ endlich wieder auftreten.«

»Meister Petz und seine lustige Bande?«

»Scheint der Künstlername der Wassili-Brüder zu sein. Wir könnten da heute Abend hin. Bauer Fröhlich hat dem Zirkus eines seiner Felder für ein paar Gastspiele überlassen. Ist also quasi um die Ecke.«

»Cool. Bin dabei.«

66

Wir graben uns ins Zirkuszelt – Kleinigkeit – und schleichen unter der Zuschauertribüne hindurch bis zum Rand der Manege. Es riecht nach Sägespänen, Popcorn und Bratwurst. Ein Jongleur, dessen Show, wenn man den Gesichtern des Publikums glauben will, niemanden vom Hocker gerissen hat, bekommt freundlichen Applaus. Dann betritt der Clown, den wir als Fahrer der Wassilis kennengelernt haben, die Manege. Während er das Publikum mit Kapriolen unterhält, wird in aller Eile um ihn herum ein Raubtierkäfig aufgebaut.

Der Zirkusdirektor, der heute nicht nur mit blitzblanken Stiefeln, sondern auch in Frack und Zylinder erscheint, kündigt einen der absoluten Höhepunkte des Abends an: ein Sonntag bei Familie Bär.

Auftritt der Wassilis: Vater Bär, gespielt von Grigori, trägt einen winzigen Bowler und hat eine Pfeife im Mund. Jascha ist Baby Bär. Er trägt eine XXXXXXXXL-Windel und nuckelt an einem Schnuller. Seine Babyhaube ist weiß mit rosa Punkten und rosa Rüschen. Mutter Bär hat ebenfalls eine Haube auf dem Kopf, allerdings im Stil einer Magd aus dem alten England, wie mein Schlaumeierbruder erklärt. Wassili trägt zudem eine weiße Küchenschürze, weshalb er aussieht, als wäre er in »Rotkäppchen« für den bösen Wolf eingesprungen, weil der mal Pinkelpause machen musste.

»Interessant«, sagt Rufus. »Uns wird also keine klassische Dressur geboten, sondern eine Burleske.«

»Keine Ahnung, was das heißt«, sage ich. »Aber bislang hab ich immer gedacht, man könnte sich nur aus Angst auf die Hinterbeine pinkeln und nicht vor Lachen.«

Der Sonntag bei Familie Bär ist schnell erzählt. Während Grigori einen Humpen zum Mund führt und so tut, als würde er Frühstückskaffee trinken, gibt Wassili Baby Jascha ein Fläschchen, das etwa die Größe einer Milchkanne hat.

Dann legt Baby Bär sich in einen Kinderwagen, der verdächtig nach einem umgebauten Lastenkarren aussieht, und wird von Vater und Mutter Bär durch die Manege geschoben. Das Publikum ist begeistert, es johlt und applaudiert.

Nach dem Spaziergang hält Grigori sich eine riesige Pappzeitung vor die Nase, während Wassili so tut, als würde er an einem Stück Stoff herumnähen, und Jascha mit einem Püppchen spielt.

Dann wird es Abend bei Familie Bär. Jascha legt sich in den Kinderwagen, der nun als Babybett dient. Mutter und Vater Bär tippeln ans andere Ende der Manege, während im Zirkus langsam das Licht ausgeht.

Als es fast dunkel ist, fängt Jascha an zu krakeelen.

Das Licht flammt wieder auf, und die besorgten Bäreneltern laufen, so schnell sie können, zum Bett ihres Babys, um es zu beruhigen.

Das Publikum lacht und ist so entzückt von diesem Gag, dass die Wassilis ihn ungefähr einhundertfünfzigtausend Mal wiederholen müssen. Komischerweise nutzt er sich nicht ab. Das Publikum lacht immer wieder aufs Neue, sobald Jascha nörgelt und das Licht angeht.

Wie zu erwarten, bekommen die Wassilis stehende Ovationen. Als Zugabe spielt die dreiköpfige Zirkuskapelle eine unterirdisch schlechte Version von »Versuch's mal mit Gemütlichkeit«, während Wassili und seine Brüder sich zu einer Polonaise formieren und mit Trippelschritten die Manege verlassen – nicht ohne einen donnernden Schlussapplaus hinterhergeschickt zu bekommen.

Das Ende der Nummer kommt gerade rechtzeitig, denn mein Bauch tut weh vor Lachen.

Der Zirkusdirektor freut sich, dass sein Publikum zufrieden ist, und kündigt eine Pause an. Eis und Bratwürstchen warten auf die gut gelaunten Gäste.

»Sollen wir sofort abhauen?«, fragt Rufus. »Sonst müssen wir warten, bis die Pause vorbei ist. Oder willst du sowieso noch bleiben?«

Ich sehe mich um und denke: interessante Welt, so ein Zirkus. Man kommt viel rum, sieht fremde Länder, trifft interessante Tiere. Und Menschen.

»Heißt das, wir bleiben?«, fragt Rufus. »Oder überlegst du, ob du dir ein Autogramm holst?«

»Nein, ich komme gleich«, sage ich abwesend. In diesem Moment bleibt mein Blick hängen, und ich erstarre.

Rufus merkt es. »Was ist los?«

Ich winke ihn zu mir. »Siehst du auch, was ich da neben dem Manegeneingang sehe?«

Er folgt meinem Blick. »Alter Schwede! Ist er das wirklich?«

Und ob er das ist. Unser alter Kumpel und früherer Partner Phil Mahlow. Wir waren mal ein Ermittlerteam. Haben zusammen eine Menge krasser Sachen erlebt. Allein der Gedanke daran macht mir Bauchkribbeln.

»Was für ein irrer Zufall«, kommentiert Rufus.

Ich muss an das letzte Gespräch mit Aurin denken und an Bauer Fröhlich und seine Polizistin. War das Zufall, oder hatte da eine höhere Macht die Finger im Spiel?

»Woran denkst du?«, fragt Rufus.

»An nichts«, wiegele ich ab. »Wollen wir Phil mal Hallo sagen?«